迷失在白垩纪

⑥

—— 林中之马的魔王　著 ——

浙江文艺出版社
Zhejiang Literature & Art Publishing House

图书在版编目(CIP)数据

迷失在白垩纪.⑥/林中之马的魔王著.—杭州:浙江文艺出版社,2023.3

ISBN 978-7-5339-5966-1

Ⅰ.①迷… Ⅱ.①林… Ⅲ.①长篇小说—中国—当代 Ⅳ.①I247.5

中国版本图书馆CIP数据核字(2019)第294105号

图书策划 柳明晔
责任编辑 诸婧琦 沈 逸
营销编辑 宋佳音
装帧设计 仙境 WONDERLAND Book design
版式设计 吕翡翠
责任印制 吴春娟

迷失在白垩纪.⑥

林中之马的魔王 著

出版发行 浙江文艺出版社
地　　址 杭州市体育场路347号
邮　　编 310006
电　　话 0571-85176953(总编办)
　　　　 0571-85152727(市场部)
制　　版 浙江新华图文制作有限公司
印　　刷 杭州印校印务有限公司
开　　本 710毫米×1000毫米 1/16
字　　数 253千字
印　　张 15.25
插　　页 1
版　　次 2023年3月第1版
印　　次 2023年3月第1次印刷
书　　号 ISBN 978-7-5339-5966-1
定　　价 49.00元

第1章
加餐 /001

第2章
致命的水坑 /010

第3章
重重困难 /025

第4章
糟糕的夜晚 /043

第5章
救援 /053

第6章
人心 /063

第7章
中继站 /074

第8章
再一次探险 /085

第9章
震撼 /113

第10章
幸存者 /125

第11章
意外收获 /138

第12章
收获季 /150

第13章
收税 /157

第14章
狩猎 /165

第15章
传染病 /177

第16章
暴乱 /201

第17章
骑虎难下 /218

第18章
猝不及防 /229

第1章 加　餐

烟雾从潮湿的木柴上散发出来，呛得人们不停地咳嗽，但他们的目光一直落在那三个架在火堆上的不锈钢饭盒上。王永军用勺子不断轻轻地搅动着雪白的蛙肉，香气让人们垂涎欲滴。

雨林中的蛙类体表可能会有强烈的毒性，有些还会有令人恶心的有毒腺瘤，但幸运的是，也许这样的防身手段还要在许多年之后才会进化出来。王永军帮那名队员用碘酒消毒并且包扎好之后，就亲自过来把它的皮剥了，仔细地检查，确认没有毒腺之后才决定按照队员们的要求把它煮来吃。

一起煮的还有他们从旁边找来的棕榈芯以及一种饱含淀粉质的果实，这两种植物都是他们出发前培训时学会辨认的植物，算是味道不错而又很有营养的食物。

真正耗费了他们大量时间和精力的事情是寻找干柴。

火种不是问题，每个人身上都带了至少一个打火机和一盒防水火柴，但在这样潮湿的地方，找到完全干燥的引火物简直就是一种奢望。他们好不容易才在附近一棵大树的树根下面找到了一个干燥的蜘蛛巢穴，里面有不少杂乱而又干燥的早已枯死的植物，全被他们用棍子扒拉了出来。

那只巨大的蜘蛛试图保护自己的领地，但它冲出来之后马上就被严烨干净利落地一矛扎死，丢弃在一边。这种东西本来也能吃，但有感官上比这鬼东西好上一百倍的蛙肉，当然不会有人愿意吃这种浑身是毛有六只眼睛看上去恶心而又瘆人的东西。他们从附近弄了不少枝条，用刀劈成细条，用力地甩干，花费了将近半个小时之后，终于把火生了起来。

潮湿的枝条放在火边烤干，准备一会儿投入火堆充作燃料，蛙肉则洗净切好之后放进饭盒里混上其他东西一起烹煮。这只巨蛙的身上足足切下来两三公斤嫩肉，一个饭盒根本装不下，只能用三个饭盒一起煮，香气让每个人的心情都变得轻松而又愉快。

“其实也没有那么夸张啊，”一名队员一边用手驱赶着一只在烟熏之下依然顽强地在他们周围飞舞的虫子，一边说道，“就是背包太重，不然的话，我觉得和在城里也没多大区别。吃的东西还更多，一路走过来，我看到不少果子，就是没时间摘。”

“是谁刚开始的时候差点吓尿了？”严烨说道。

“我靠！你小子找打是吧？”

几个人相互开着玩笑，让唯一一个不是来自新洲的李彦成很不自在。大家虽然在一起培训了将近一个月，但因为要学的内容太多，时间太紧，而且李彦成和严烨始终是戴罪之身，一上完课就被带回宣教组，他其实并没有太多和他们交流的机会。

另一方面，他也感觉到人们看他的目光总有些不屑和鄙视，这也让他不愿意与他们交流。

乌合之众！

他在心里默默地说道。

就你们这种态度，有你们哭的时候！

“快点吃，吃完了抓紧时间烧水，下午还得抓紧时间赶路！”王永军说道。他微微地皱着眉头，像是在考虑什么难题，严烨舀了蛙肉之后专门坐到了他旁边。

“有什么问题吗？”严烨悄悄地问道。

“流向。”王永军低声地答道。

严烨点点头。

这条小溪的流向是从东南方向往北流，这也意味着，他们的目的地位置比较高，但如果是海的话，那里应该是最低点。

“也许是一条分水岭，跨过去之后就好了。”严烨说道。

王永军点点头:“希望是这样吧!”

一行人的动作都很快,几分钟吃完了这顿算得上丰盛的午餐,各自烧了一壶水灌满自己的水壶,便扑灭了火堆继续往前。

王永军把一些烤干的木头绑在了自己的行囊上,这样的话,他们晚上就不用再花费这么多时间去找引火物了。

他们溯着溪流向上,但它很快就变得越来越细,最终消失不见,地势明显地向上,但因为视线受阻,看不出山势的走向。

大家有意识地寻找着山脊走,按照联盟里少数几个有登山和徒步经验的人的说法,峡谷当中不同的区域间往往会存在很大的落差,到处都是悬崖峭壁,难以通过,而且因为视线受阻,很容易迷路。在他们这种经常面临暴雨和阵雨的山区,沿沟渠走很容易会遇到山洪或者是泥石流,非常恐怖。

在平缓的地区沿着较大的河流走是一种寻路方法,但如果是山区,那就要小心地避开冲沟和峡谷,沿山脊走才是更聪明的做法。

严烨和王永军一直在不停地通过指南针对照方向,面前这座山的出现让他们之前一路直行的想法落了空,两人都感觉,从因为遇到那条镰刀龙而绕路开始,他们的方向就出现了一些问题,而翻越这座山会让方向变得更加难以辨认。仅仅是拿着指南针一路向东南走,也许他们会偏离到很远的地方去。

王永军很快就决定停下来,严烨把背包放下,拿出钩索,用力地甩到附近最高大的那棵树上,带着望远镜向上爬去。

“小心! 注意安全!”王永军在下面大声地提醒着他。

繁茂的枝叶让攀爬变得简单,但严烨很快就遇到了麻烦,距离地面大概十米高的地方有一个巨大的蜂巢,几乎占据了大半个树干,上百只足有大拇指那么大的黄色蜜蜂嗡嗡地在他身边飞来飞去,甚至停在他身上,隔着衣服爬来爬去。他能够看到它们尾部巨大的螯针,比最粗的缝被子的针还要粗得多。

权衡之下,他最终决定不冒不必要的风险,放弃继续往上,回到了地面。

“让我来!”李彦成主动站了出来,并且在王永军同意之前就向另外一棵巨树发起了挑战。

严烨愣了一下,随即冷笑了起来,而王永军则皱了皱眉头。

李彦成的个子很高，至少有一米八，这让他在最开始攀爬的时候比严烨轻松，但到了上面枝条密集的地方，要穿过去就变得困难了起来，他不得不爬到远离树干的地方，透过枝条间的缝隙向上爬。

“小心！”王永军的声音从下面隐隐约约地传来，李彦成不以为然，反而加快了速度。

穿过那些藤蔓和较为低矮的树木之后，光线终于开始明亮了起来，空气稍稍干燥了一些，这让几个小时以来身上一直又湿又冷的李彦成不由得惬意起来。

他抓住一根枝条，奋力向上，这时候，一个东西却突然叫了起来，随后重重地撞在他的头上，让他差一点就摔了下去！

“靠！”李彦成忍不住骂了出来。

羽毛乱飞，又一个东西从后面扑到他背上，隔着衣服重重地啄在他的脖子上，让他疼得叫了出来。

这时候他才意识到那是什么，很久以前他们曾经在板桥村见过几只类似的东西，一种非常原始的鸟类！

他头顶不远的地方，树木的枝杈上架着一个很大的鸟巢，这两只鸟一定以为他是要来袭击巢穴的某种猎食者，于是开始疯狂地对他发动攻击。

“怎么了?!”王永军听到了头顶上的声音，但因为隔了六七米，什么都看不到。

那两只鸟的喙非常尖利，李彦成头上用来遮挡蚊虫的面巾在这种武器面前根本就没有什么作用，他感觉自己应该已经流血了，但它们不断疯狂地攻击他，让他即便是想逃也很难逃开。

他伸手抓住攀在自己背后的那一只，它马上就开始疯狂地扑打强有力的翅膀，并且不断地啄着他的手臂，让他不得不把手放开。

“快来帮帮我！”他绝望地叫道。如果是在地面上，这样的东西根本就不可能让他这么狼狈，但这是距离地面六米多的高空，他的绝大部分力量都必须用来保持平衡，这两只仅仅鸭子大的鸟竟然让他感到了无助和绝望。

即便是他已经停止继续向上，它们依然没有放过他的意思，他不得不用力挥舞着右手，希望能够把它们赶开，努力地离开这个地方。

人们在树下终于看到那正在不断袭击他的东西，“坚持住！别管它们，往下爬！”

王永军大声叫道，同时丢下背包，把军刀拔出来咬在嘴里，快速地向上爬去。

但他的长处是力大勇猛，并非灵活，眼看李彦成在高处已经摇摇欲坠，他却才爬到距离地面三米多的地方。

一个人影突然从另外一侧超越了他。

“加油！严烨！”人们在下面叫着。

严烨灵巧地在树枝间穿行着，“抓住！不要放手！”他大声地叫着，迅速地靠近了李彦成所在的位置。

一只鸟猛地扑向他，他用腿紧紧地钩住脚下的树枝，在它撞到自己的同时，双手抱住它，猛地向树杈上砸去。一人一鸟同时失去平衡向下落去，严烨的脚死死地钩在一起，双手拼命地向周围乱抓，身体倒挂着重重地撞在树干上，而那只鸟却在下方的树枝间撞了好几下，直接落到了地上。

“干得好！”王永军收起军刀叫道。

就在这时，两人上方突然传来一阵树枝断裂的声音，李彦成一声惊呼，从上面直接落了下来！

“抓住！”王永军大叫道。

严烨下意识地伸手，抓住了李彦成的衣服，但却没能阻止他的下落，只是稍稍减缓了他下落的速度。他一路惨叫着撞断了好几根枝条，最终被王永军单手抓住，死死地按在了一根粗壮的树杈上。

三个人都吓得脸色惨白，足足喘息了几分钟后才回过神来。

这时候另外一名队员也爬了上来。他们用绳子把李彦成放了下去，他的手脚都在下落的过程中被撞伤，不知道情况如何，而王永军的手为了抓住他而在一根断裂的枝杈上划了一下，拉出了一条将近五厘米长的伤口，鲜血直涌。

队员们很快就清理出了一块平地，开始替王永军处理伤口，检查李彦成的情况。

严烨抬头看了一眼那只已经回到巢穴正在哀鸣的大鸟，咬牙向鸟巢爬了上去。

“严烨！你干什么？回来！”王永军抬头看见严烨的举动，急忙大喊起来，但严烨却假装没有听到，速度反而更快了。

他小心翼翼地避开了李彦成弄断的树枝，从另外一侧向上爬去。那只鸟站在巢边，张开双翅，不断虚扑着，尖厉地叫喊了起来。

严烨冷笑一声，快速地观察了一下周边的形势，把身体架在一个粗壮的分岔点上，把右手解放了出来。

“来啊！”他对着那只鸟大声地叫道。

一人一鸟僵持了一会儿，相互恐吓着。最终动物的天性战胜了理智，让它离开巢穴，向他扑了过来。

严烨故技重施，他缩着双手，直到它扑到他的后背开始乱啄乱扑，才突然伸手抓住了它的一只翅膀。它马上用十倍的狠劲向他的手啄去，但严烨忍着疼痛，狠狠地抓住，将它向自己身前的树枝上砸去。

一下！两下！

那鸟很快失去了知觉，细长的脖子软软地耷拉下来。

“小心！”他对下面叫道。

人们让开一个空间，他把那只鸟扔了下去。

“这小子果然够狠！”李根摇着头说道。

这只鸟的脖子明显已经断了，而之前那只鸟则被砸碎了胸骨。

“毕竟是杀过人的……”有人低声地说道，大家的表情都僵了一下，随即什么都不再说了。

严烨没有听到他们的话，他停在原地平静了一下，然后用手隔着衣服摸了摸那些被啄过的地方，有几处肯定是出血了，只是现在没有办法处理。

他喘了好一会儿，等自己的心跳平静下来，手脚也不再颤抖，这才继续往上爬。

啾啾的声音从鸟巢那边传来，但却看不到是什么。他小心翼翼地爬上鸟巢所在的那个平台，才看到巢里有三只长着褐色绒毛的雏鸟，正惊恐地蜷缩在一起。

原来是这样。

严烨摇了摇头，越过鸟巢继续向上，周围的空间渐渐变得广阔了起来，视线也变得开阔。但放眼望去，却依然是一片一望无际的绿色海洋。

少数高大的树木鹤立鸡群似的跃出这片原野，就像是这片海洋中的一个个孤岛。有风吹过的时候，所有树木的树梢便轻轻地颤动起来，宛如一道一道的波浪。

这样的风景让严烨的心情也舒畅起来，但他向远山城的方向望去，却只能苦笑。

原来，我们才走了那么一点路而已。

大的方向应该没错，但他们也许是无意间在密林中绕了不少路，从树顶看去，新洲酒店距离他们此刻所在的地方不会超过五公里。

严烨判断他们此刻所在的方位大致上应该是远山城的正东稍偏北一些，距离那片水域应该还有十几公里。

“什么情况？”王永军好不容易才把他盼下来，但他却没有回答，而是先把那三只已经被他拧断了脖子的雏鸟扔在火堆边上，然后才把自己看到的告诉大家。

果然，大家都有些沮丧了。

他们已经走了将近七个小时，但却只是一直在丛林里打转？出发的时候距离那片水域十五公里，七个小时之后，距离还是十几公里？而且还有人受伤了！

“往好的方面想想，至少中午我们吃了一顿大餐，晚饭也有了着落。”严烨说道。

“你小子！”王永军摇摇头说道。

他手上的伤口已经止了血，用针和棉线缝好，并且用纱布包了起来。

李彦成的情况则要糟糕得多：左手的手肘也许是在下落的时候撞在树枝上，已经明显肿了起来，动也不能动了。头上、脸上、脖子和手臂上有几十个被鸟喙扎破的地方，好在不深，用碘酒擦一下就行了。而他躯干和四肢的那些擦破和瘀青的地方也让他的行动变得困难了起来。

“现在怎么办？”王永军问道。

火堆在严烨观察周围情况的时候就已经点了起来，周围也勉强算是清理出了一块空地可供休息。以李彦成的情况，他们看样子今天就只能走到这里了。

但问题是，明天怎么办？

“我还能走！”李彦成马上说，“虽然走得不快，但我们本身前进的速度也不快，我完全能跟得上！”

“但如果遇到要跑要爬树的时候呢？”张开印不客气地问道。

严烨的表现让他对李彦成越发不满了，如果上去的不是李彦成而是严烨，就算不能把这一窝鸟像现在这样一锅端了，多半也会提前发现并撤下来。

一路上就数他提醒大家小心，小声，注意脚下的次数最多，但结果呢？

“那我就认了，你们把我丢下就行！”李彦成毅然决然地答道。

回去不是不行，但成为团队失败的原因灰溜溜地回去，这样的结果他无法接受。

他本来就是戴罪之身，等着立功后风风光光回去的，这样回去，还有什么希望？

张开印冷笑了一声，这样的话根本就没有任何实际意义。

“我只是不能跑，一只手不能用，但我还能背东西！”李彦成继续试图说服大家，“我还能放哨，帮忙值夜！正好我受伤了肯定疼得睡不着，就让我守夜好了！再说了，难道你们就准备以这种理由回去？人家会怎么说？这些人，遇到一点儿挫折就灰溜溜地回来了！”

“你还好意思说？”

“我怎么知道那上面会有鸟巢？”李彦成说道，“我发誓，它们对我发起攻击之前，那里根本就没有任何声音！不然我疯了吗，非要给自己找麻烦？那地方谁上去都是一样的！只是我运气不好而已！”

“别说了！”王永军烦闷地说道。

他也不想回去。

他们距离远山城的确是不远，但实际上已经绕着远山城的外围走了周长将近五分之一长的大圈子。直接回去，远山城旁边都是悬崖，照样上不去，还是得走回出发点，路程并不近。把李彦成送回去，一来一回至少一天半就没有了，路上同样没有办法保证安全。

兵分两路的事情则想都不用想，本来人就少，再一分，那就什么都不用干了。

“你这个样子，真的能走？”他对李彦成问道。

“只要用绷带绑紧别让它乱动，肯定能走！”

“如果是骨折，这么放着不管，你这手可就废了！”

李彦成愣了一下，咬着牙半天没有说话，但最终还是说道：“不会的！明天说不定我的手就会好起来了！不管怎么样，我不回去！我们出发的时候就已经考虑过这些情况，难道遇上了就要放弃？那我们还出来干什么？待在远山不就什么事都没有了！只要我还能走，你们就别想抛下我！”

他这种嘴硬的态度反倒让王永军对他的印象有所改观，虽然他的确成了一个累赘，但就像他说的，他们没有办法保证以后就不出事故，如果每次一出什么问题就马上往回走，那什么时候才能完成任务？

“好，那就看他明天早上的情况再说。”他对人们说道。

距离天黑还有一段时间，人们开始忙碌起来。这个地方过于靠近蜂巢，他们必须搬到足够远的地方重新构筑营地。要准备更多的足够烧一夜的柴火，找水源打水，处理那两大三小五只鸟，寻找棕榈或者是其他可以吃的东西。虽然带的干粮足够他们吃上一个礼拜，但在王永军的警告下，他们已经不敢再随意把宝贵的存粮拿出来吃了。

对于在什么地方睡觉，大家踌躇了一下，钱伟给他们设计的在树上睡觉的装备当然能保证安全，但安装起来太麻烦，身体悬在半空中也的确让人心里发毛。

以他们今天所遇到的生物的数量来说，点着火堆之后，还有野兽会靠近他们的可能性又有多大？

"还是睡树上，"王永军最后说道，"小心驶得万年船，别因为怕麻烦被一锅端了。"

于是大量的时间又被花在了安装帐篷上，为了保证安全，帐篷并没有全部装在同一棵树上，最低的帐篷也安在离地面六米高的地方，正常来说，应该不会有什么东西能够伤到他们。就算周围有另外一只镰刀龙，以它行进的速度，他们也应该能够及时发现它。

在各项工作进行得差不多了之后，严烨弄了一大堆树叶和湿土重新回到之前那个鸟巢边，然后把它点燃。它很快就变成了一个巨大的火炬，大量的浓烟从那棵树上方透了出去。

"你找死啊！"李根摇着头说道，"放火烧山，牢底坐穿！"

"滚！"严烨说道。

第2章

致命的水坑

“有信号了！”新洲酒店的哨兵惊喜地叫道，快速地把位置记录下来，一路狂奔下楼，送到康华医院的联盟办公室去。

“怎么这么早？”梁宇看了看天色，有些诧异地说道。

太阳至少还有两个小时才会落山，以他对王永军和严烨的了解，他们都不像是那种稳扎稳打的人。

“宿营要花不少时间，也许他们是怕不熟练，不能赶在天黑之前弄好？”钱伟说道。张晓舟等人坚决反对他带队，他也找不到自己非去不可的理由，于是他只能在装备器材上投入了极大的精力，对于这次行动的成功与否，他也许比张晓舟还紧张。

“位置有点不对啊。”张晓舟则关注着信号发出的位置，离城太近，位置也不对。

“也许是有沼泽或者是山谷之类的，逼着他们绕路了，”钱伟说道，“不管怎么说，哪怕慢一点，安全完成任务才是首要的！”

张晓舟点点头，把目光放向北面。

武文达带的队伍也该回来了。

“都吃饱了？”王永军说道，“那我们来总结一下今天的经验和教训，安排一下明天怎么走。”

这是张晓舟对他反复交代的要求之一，他们这次行动不会是联盟最后一次对外探索，而是一系列探索行动的开端。

因为他们对于这个世界一无所知，所以在每一天的探索中获取的经验都非常重要，必须及时总结、分享，并且记录下来。

另外一个方面，分析总结经验教训，对第二天的行动进行计划，也有利于队员们调整心态，更好地完成任务。

但值得记录的东西并不多，人们的注意力几乎都放在了之前的两次事故上。当然，被巨蛙咬伤的那个人基本上没什么事，而李彦成则肯定将成为团队的负累。

"任何时候都必须小心，"王永军总结道，"不管有没有用，该执行的条例一定要执行，不然就得拿命来填了。"

"我建议每两个小时上树确定一下方位，"严烨说道，"虽然比较费时间，但只要能够保证我们的方向正确，花这点时间比走错路要划算得多。远山城就是最好的路标，可以让我们很容易弄清楚自己的位置。"

"你说得没错。"王永军点了点头。

人们随后开始讨论要怎么快速地杀死树上的鸟，这一点几乎是严烨在主讲，其他人在讨论，让李彦成心情越发郁闷。

"我的办法还是有问题，一不小心就把自己坑进去了，"严烨说道，"我觉得最好的办法还是发现有鸟之后避开它们，或者是用套索、网兜之类的东西。"

"这回去可以向他们提一下，"王永军点点头，"多带一个网兜增加不了多少重量，但可以用来抓虫子、抓鸟，甚至还可以用来捕鱼。"

天很快就黑了，周围开始有更多的声音出现，让他们知道，这座丛林在夜晚才真正醒来。很多动物也是在夜晚才出来觅食。周围甚至有沙沙的声音，不知道是虫子还是蛇类。

但更引人注意的是在他们宿营的这个山坡下面，不知道什么动物正在通过，树木被它们弄得摇晃起来，有些树甚至直接倒了下去。它们一边移动一边发出奇怪的叫声，就像是有人在吹响号角，悠长而富有韵味。

"是什么东西？"李根有些好奇。但他们都清楚，这时候离开火堆就是找死。

"睡吧！注意关好帐篷，别被什么东西摸进去了！"王永军说道。

李彦成说自己负责值夜当然是不可能的，他的状况连往火里加木头都费力，更不要说及时处理什么特殊情况。让他值夜，他唯一能做的大概只有大声叫唤。

“你好好睡一觉，明天别拖后腿就算是帮我们大忙了。”张开印用很不客气的语气说道。

李彦成又气又怒，但在火光下，别人都看不清楚他的脸色。

王永军和李根用绳子做成吊索把他拉到树上，帮着他进了自己的帐篷。

“衣服我看你就别脱了，不然明天穿的时候也麻烦，”王永军帮他把防刺服脱掉，就这么一下都弄得两个人满头大汗，“我就在你上面一点，有什么事情你就叫，别怕麻烦，你要是出什么事情才更麻烦！”

“谢谢。”李彦成握紧了拳头，强忍着不快低声地说道。

“睡吧，明天天一亮我们就出发！”王永军打了一个大大的哈欠说道。

但疼痛却让李彦成几乎一个晚上都没有睡着，他蜷缩在帐篷里，听着外面各种各样动物的声音，听到其他人轮流起来守夜，相互之间开着玩笑。

痛苦和煎熬让他的心情越发不好，当第一抹阳光照亮世界，他便坐了起来，等待王永军来把他放下去。

“我靠，你的脸色怎么这么差？”王永军看到他的第一眼被吓了一跳，“你还行不行啊？”

“我行的！比昨天已经好多了！”他咬着牙说道，“劳驾你，把我放下去吧。”

好在肿胀的情况的确比之前要好很多，为了证实这一点，他强忍着疼痛让王永军替他进行检查。

“骨头应该没断，要么是骨裂，要么是扭伤或者是挫伤。”王永军以自己浅薄的医疗知识判断道。

“那不是很好吗？也许我明天就能彻底好了，”李彦成说道，“劳驾你们，帮我把防刺服穿上，把手固定一下，然后我们就出发吧。”

他这种状况反倒让其他人有些佩服了。王永军给他吃了两颗止痛药，大家把昨天晚上吃剩的肉汤热了一下当作早餐，然后把东西装好、捆牢，便向着正东方向前进。

按照昨天严烨在树顶看到的方位，他们之前已经走得足够靠南了，目的地已经变到了他们正东的位置。

雨一直在断断续续地下，好在繁密的树叶挡住了大部分雨水，但这样的结果就是，即使不下雨的时候也一直都有水滴在往下落，让他们根本没有办法辨别天气的情况。

清晨的丛林中，各种各样的昆虫很多，这让他们前进的时候不得不更加小心。严烨把他们第一次进入丛林时高辉被蜘蛛落到身上的事情当成笑话讲给大家听，所有人都哈哈大笑，只有李彦成完全不知道这有什么可笑的。

“开始下山了！”王永军提醒着他们，“注意脚下！ 别滑倒了！”

好在整个丛林的地面上几乎都是落叶和繁盛的蕨类、苔藓和地衣植物，踩上去软绵绵的，就像是有一层厚厚的垫子。虽然随时会有某种看上去极其危险的虫子从脚下冒出来，但却不像泥地那样容易让人摔倒。

李根的长矛上很快就串了四五只巨大的虫子，一只巨蜘蛛，一条像是蜈蚣和蝎子合体的奇怪虫子，两只巨大的甲虫。

“中午有吃的了。”他对其他人说道。

李彦成咬着牙走在队伍中间的位置，他当然已经没有能力去开路了，但也没有拖累队伍前进的速度，这让人们对他的厌恶感减轻了不少。

王永军的心情也变得好了不少，开始下山意味着东边的地势开始降低，如果运气够好，也许他们真的能找到大海。

但严烨又一次到巨树上去观察路线的结果却几乎断送了这样的希望。

“我看到对岸的山了，虽然只是一些看不太清楚的影子，但肯定是山而不是岛屿，”他叹了一口气说道，“应该是个大湖。”

“也许这里是一个狭长的海湾呢?”李根说道，“别忙着下结论，等我们走到水边，亲口尝了水的味道就知道了。”

这一段行程感觉要比昨天顺利得多，在沿着山坡向下走了一段路之后，他们幸运地找到了一条通往东边的兽道，这让他们的行动变得轻松了下来。

地上是一大片被践踏过的痕迹，沿途的树木被啃掉了不少叶子，低矮处的植物也被吃了不少。脚印有大有小，应该是某种群居恐龙从这里经过时留下的印记。最大的脚印足有汽车轮胎那么大，四五十厘米深，小的也有一个成年人的巴掌那么大。

“注意安全。”王永军小声地说道。

这些印记看上去都很新，从那些断裂的树枝和被踩倒的植物看，它们经过这里的时间应该不会超过半天，甚至也许只有几个小时。在这种地方如果遇上一大群这样的庞然大物，即使它们都是吃植物的也足够他们受的了。

气氛重新变得紧张起来，但出于效率的考虑，他们并没有选择自己开路，而是继续沿着这条路往前走，只是负责开路的队员走到前面十几米的地方作为前哨，随时准备处理紧急情况。

大约走了三公里多，那些脚印突然消失在了一片泥沼之间，他们也只能停下了脚步。

“该死！”王永军就像是嘴里被人硬塞了一只苍蝇，别提有多难受了。

“距离那片水域大概还有四五公里，应该不会超过五公里，”李根从树上下来之后说道，“但都是树，看不出来下面是什么。”

人们都沉默不语。

泥沼当中依然有大量的参天巨树，但底层的植物一下子少了很多，视线变得稍稍广阔了一些。他们很容易就能看到，不管是往南还是往北，都是一片散发着腐臭气味的泥沼。

大量的飞虫在树丛间飞舞，偶尔能够看到一只翅膀上长着爪子的原始鸟类从远处飞过，似乎是在告诉他们，这里并不像他们看到的这样一片死寂。

“怎么办？”严烨问道，“绕过去，还是想办法蹚过去？”

大量的空间都是黑色的静止的水面，只有少数区域长着植物，应该是一片片的土地，但相互之间距离很远，不容易利用。

一些树木倒在水面上，看上去已经腐朽，表面长满了苔藓和低矮的蕨类植物。那样的地方一定会是大量虫子的乐园，很危险。

“很深。”张开印放下背包冒险到水边去用自己的长矛试探泥沼的深度，岸边的水并不深，但出去一米多之后，水深马上就超过了两米，而且下面都是厚厚的黑色污泥。即使不考虑水蛭之类的危险物，蹚过去或者是游过去的可能性都几乎不存在。

谁知道这里面会不会藏着可怕的肉食生物？

“只能绕过去，”李彦成说道，“下水的危险性太大了。做木筏也不可能，凭借我们手上的砍刀和多功能工兵铲，造木筏得要多久？还不能保证安全。如果水下有类似鳄鱼那样的动物，我们进入沼泽就是送菜。”

“往哪边?”王永军看着队员们问道。

“往北吧，至少能离回去的路近一点。”严烨说道。

没有人提出异议，但在距离目的地这么近的地方出这样的状况，每个人的心里都非常不舒服。

队伍沉默着向前走，一方面是因为突如其来的打击让大家都没有什么心情说话，另一方面则是因为靠近沼泽地，飞来飞去的蚊虫多了很多，他们不得不把面巾拉得很高，以免被蚊虫叮咬。

沼泽地带复杂的地形也给他们带来了巨大的麻烦，有时候大家向前走了很长一段路，最终才发现那是一座伸进沼泽深处的狭长半岛，不得不折返。

唯一让他们感到轻松的事，也许是经常有巨型动物在这里活动，靠近水边的植物几乎都有被吃过的痕迹，比起丛林深处，这里的植物要稀疏得多，能够让他们行走的兽道也多得多。

“小心。”王永军一路上都在提醒，地面的植物丛中经常会有积水的坑洞，上面长满了低矮的水生植物，看上去就像是一片平坦的苔藓，但如果不小心一脚踏上去，随之而来的就是狠狠的一跤。

张开印就这样扭伤了膝盖和右手，他没有看清前面那个同伴踩过的是什么地方，一脚踏下去之后，连人带包摔了下去。

同伴们急忙回来把他从水坑里拉出来，陷入水坑的那条裤腿不知道是被什么植物挂了一下，撕开了一个很大的口子，几条将近十厘米长的软体动物牢牢地扒在他的腿上，正在以肉眼可见的速度迅速变大。

“我靠!”张开印惊慌地用手想去把它们抓开，严烨急忙拉住了他的手。

“别硬来!”他大声地说道，随即掏出打火机，用火焰灼烧着它们的身体，终于让它们扭动着，从张开印的腿上掉了下来。王永军用刀把它们一刀一个剁成两段，鲜血从破开的躯体里涌了出来，但它们却还在拼命地扭动着。严烨急忙用刀把它们挑到远处，扔在水里。

“怎么样?”王永军用水壶里的水冲洗着张开印的腿，洗去那些污血和黑色的污泥后，人们看到他的腿上留下了好几个硬币大小的牙印，让人有些毛骨悚然。

“还好。”张开印答道。

奇怪的是，被咬的地方一点儿也不疼，只是微微地有些痒，但血流却一直都止不住。

“他妈的！”王永军低声地骂了一句，随后大声地叫道，“严烨！把急救包拿过来！”

严烨却愣在原地，似乎是在看着什么。

“快点啊！”王永军叫道。

“李根呢?!”严烨大声地叫道，“李根！李根！”

王永军急得直接跳了起来。

周围只有五个人，李根果然不见了！

张开印摔进那个水坑的时候李根正负责在前面开路，距离大家大概十五六米，张开印出事之后，人们都忙着去帮他，跟在李根后面的那个人却忘了叫他停下。

大家的脸色一下子变得惨白，一个人迷失在这样的地方，那几乎就是必死无疑！

“你来帮他处理伤口！我去找李根！”王永军大声地说道，抓起长矛就往前跑了出去。

“王永军！”严烨焦急地叫道。这种情况下最重要的就是不能慌，这样的密林当中，走出三五十米就完全是另外一个世界，声音也根本传不出去。

视线不好，叫又听不到，更没有任何标记，如果他这么一去又走失了怎么办?!

但他刚刚站起来，王永军就已经消失在了前面的树丛里。

剩下的那个队员想要跟着他跑进林子，严烨狂吼了一声，把他叫住了。

“徐杰！别再去了！”严烨的脸涨得通红，大声地说道，“这么一个个分开，我们全都得死在这里！你别再往林子里走了！就站在那里大声地叫他们俩的名字！要是嗓子哑了，就用刀砍旁边的树！从现在开始，我们再也不能分开了！”

张开印恨恨地往地上捶了一下：“都怪我！”他的眼圈一下子就红了。

“别说这样的话！”严烨说道。

他快速地把急救包拿出来，用冷开水帮张开印冲洗了伤口之后，又用碘酒处理，然后用纱布包裹了起来。

但张开印的膝盖肯定是在落下去的时候扭了一下，已经明显地红肿了起来。

他试着行走，但勉强走了几步之后就疼得脸都失去了血色。

“靠！靠靠靠靠靠！”他愤怒地骂着，恨不得给自己一下。

“你这样自暴自弃有什么用?!”李彦成在旁边说道，“要想不当累赘就赶快好起来！”

张开印从昨天下午他受伤的时候开始就一直对他没什么好脸色，看张开印变成这样，虽然知道团队将要面对更大的危险，他的心里却隐隐约约有些快意。

“别说没用的话！”严烨说道。

徐杰还一直站在远处叫着王永军和李根的名字，但却始终都没有回应。

“李彦成，你去换他！”严烨说道，“让他过来帮我做一个担架。”

“我能走！”张开印大声地争辩道。

“别他妈废话了！好好地给我休息！”严烨咆哮了起来，把所有人都吓了一跳。

他的年龄在所有人里是最小的，但这时候却让人忘记了他的年龄。

“你快点好起来，我们才有走出去的希望！”严烨压低了声音说道，随即开始在周围寻找粗细和韧度适合的藤蔓、树木，用砍刀把它们斩断。

“不管有什么情况都不能走远了，我们一定要始终保持在彼此的视线当中！李彦成，你盯着徐杰；张开印，你盯着我！有任何情况就大声叫！”

徐杰跑了过来，两人一起剥着树皮，快速地做了一个简易担架。

“我们不能离开这里太远，否则的话他们回来就找不到我们了，但我们也不能留在这里，”严烨看着周围说道，“留在这里必死无疑！”

距离沼泽的水面太近，虫子太多，而且是一个兽道，地面上有许多新鲜的脚印，不难想象，这里会是那些庞然大物行动的通道，留在这里，即便什么都不做，他们也极有可能被踩死。

他快速地爬上一棵树，在三四米高的地方向周围看了看，然后跳下来，削开好几棵树的树皮做出了标记。

“我们到那边去宿营！”他对其他三个人说道，“然后去找王永军他们！”

严烨选定的营地在一堆带刺的藤蔓之间，他和徐杰花了好一番功夫才砍了一块勉强能够容纳他们四个人的小平地出来，然后砍来一堆柔软的蕨类和苔藓堆了上去，垫在那些没有时间拣出去的带刺的藤蔓上。

这地方完全不能保证安全，但没有办法，李彦成和张开印两个伤员几乎什么事都不能做，仅仅是凭借他和徐杰两个人，不可能在短时间内找到更好的位置，更不可能把悬空的帐篷安装起来。这片藤蔓几乎没有被吃过的痕迹，这或许表明，在周围活动的恐龙并不喜欢它们，也不会到这个地方来。

李彦成和张开印唯一能做的就是轮换着一直不停地敲击着树干和水壶，希望李根和王永军能够听到这样的声音找过来。但直到营地建好，在进出口的位置好不容易点燃一堆篝火，依然没有见到他们的身影。

“你俩留在这里，”严烨对李彦成和张开印说道，“不要停，一直敲，但如果听到附近有什么野兽的声音，就赶快停下来。我们会在天黑之前回来。”

张开印点了点头：“你们去吧！小心！不要担心我们！”

包括王永军丢下的背包在内，五个人的背包都放在了这里，严烨和徐杰只带了砍刀、长矛、水壶和两段带着抓钩的绳子便匆匆走了出去。严烨一路在所有经过的大树上随机砍下一块树皮作为记号，虽然速度因此而慢了下来，但王永军和李根离开已经将近一个小时，急也不急在这么几分钟了。

张开印和李彦成轮流敲打着水壶，张开印完全没法走，只能留在原地看着火堆，李彦成则尽可能地到周边去砍了一些树枝，拖到了他们藏身之处，一方面是作为掩护，另一方面也是作为燃料。

止痛药的作用渐渐过去，李彦成那条用绷带绑在胸前的手臂越来越疼，但张开印的右手也扭伤了，用不了力，没有办法帮他处理这个。

李彦成不敢走得太远，只敢在周围十几米能够看到那团藤蔓的地方行动，当他最后精疲力竭地回来，发现张开印如释重负地松了一口气。

虽然在刚刚受伤的时候都把话说得很漂亮，但没人愿意真的死在这里。尤其是在严烨他们也离开之后，两个受伤的人却成了彼此的依靠。

“他们一定能找到李根的！”张开印像是在念咒一样地说道。

李彦成点点头。

李根不可能一直傻傻地走下去，他一定早就已经发现了自己走丢的事实，并且开始尝试着往回走。也许王永军已经遇上了他，他们甚至有可能已经和严烨他们碰上了……

但内心深处却有一个声音在告诉他，这不可能。

如果他们没有走兽道，而是一路自己开路，迷路的可能性就不会存在。李根一边开路一边走，不可能走得很远，而他在发现自己走丢之后，只要沿着砍出来的那条小路往回走就能找到自己的队友。

但这个地方偏偏到处都是被那些沼泽中的动物踩出来的兽道……他们把张开印从那个水坑里拉出来大概花了两三分钟，严烨发现李根不见又过了两三分钟，这段时间里，如果李根一直没有回头，也许他已经走到了两三百米之外，而在这样的丛林里，这几乎就是隔了整个世界。

张开印一直在敲打一个空水壶，但那个声音却在树叶的漫反射中变得到处都是，甚至很难辨认究竟来自什么方向。刚才李彦成出去砍那些树枝的时候，虽然仅仅是走出去十几米，却有一种强烈的迷失了的感觉，周围都是一模一样的树木和丛林，几乎无法辨认出自己究竟是从什么地方来的。

唯一能够让他确认营地方向的，只有那枝叶燃烧之后散发出来的烟味。

如果严烨他们自此一去不回了呢？

强烈的恐惧感突然占据了他的整个心灵，甚至让他的汗毛都立了起来。

他的左手已经完全不能动了，他甚至没有办法把那紧紧绑住左手的绷带解开，事实上左手已经开始因为血脉不通而渐渐麻木起来。

张开印的情况比他还要糟糕，仅仅是在营地里移动一下位置都能让他疼得一身冷汗。

如果只有他们两个人留在这里，即使没有任何野兽威胁他们，他们也无法活下去。

严烨他们一定能回来的，他们必须回来！

但时间却在两人木然的等待中一点点流逝，头顶上一会儿有雨滴落下来，一会儿又停止，光线也忽暗忽明，然后天色渐渐暗了下来。两人都已经饥肠辘辘，但他们却都没有吃那些干粮的想法，只是恐惧而又绝望地看着对方。

如果严烨、王永军他们到天黑以后都不回来，那他们也许就永远都不会回来了。

这样的恐惧渐渐控制了他们的身体，让他们的脑子变得一片空白。

“李彦成？张开印？”忽然有人在不远的地方叫道。

“这里！这里！”李彦成急忙站了起来，用力挥舞着一根长矛。

严烨和徐杰很快走了过来，他们看上去疲惫而又沮丧，也不管地上湿漉漉的，直接坐了下去。

严烨看了看火堆旁边李彦成弄回来的那些树枝，微微地点点头。休息了一下之后，他走到营地里把背包里的饭盒拿了出来，取出一些干粮放在里面，把水壶里的水倒进去煮。

这种时候，他们已经没有体力和精力再去寻找食物了。

大家都没有说话，结果显而易见。事实上，对于李彦成来说，严烨他们还能回来就已经是意外之喜了。

“把空水壶都给我，我去打水。”严烨说道。

“天马上就要黑了！”李彦成脱口而出。

“没关系，是一条直路，而且沿途都有记号，不会走丢的。”严烨答道。

徐杰开始把帐篷打开，但他们开辟的地方太小，只能紧紧地放下两个帐篷，而他们已经没有体力更没有时间去扩大这个区域了。

“挤一挤，没关系，”张开印说道，“我不睡了，今天晚上我来守夜。”

这样的话和李彦成头一个晚上说的话几乎没有什么区别，但人们的心境却已经完全不同了。

严烨很快就提着四个满满的水壶回来，走到火堆边他才想到应该发烟火信号给远山那边，但他已经累得动也不想动一下，更不要说弄出足够透过四五十米高的树丛让相隔十几公里的远山能够看到的烟火信号。

“随便吧。”他低声地说道，把水壶随手扔在地上。

火堆上的饭盒里，掰成碎块的压缩饼干已经被煮成了糊状，正咕噜咕噜地冒着泡泡，香气占据了他的整个大脑，让他什么都不愿意去想了。

“他们没有发信号回来。”天色即将全黑的时候，齐峰走进办公室对一直等待着结果的张晓舟等人说道。

这种时候，即使是点燃烟火也不可能被看到了，除非他们能够把某一棵大树的树冠点燃。但今天淅淅沥沥地下了一整天的雨,这几乎不可能。

“也许是没有找到足够的干柴,”梁宇说道,“武文达他们不是说了吗,要让烟雾能够透过三四十米,甚至是五六十米高的树冠,生的火堆必须足够大才行。也许他们今天走了一整天,没有足够的时间去收集那么多柴火了。”

他的假设并非完全没有可能,但张晓舟心里依然微微地有些不安。

还是太急躁了。

应该做一段时间的适应性训练,像武文达那个组那样,在周围两三公里能够保证救援的范围内进行一段时间的演练之后再进入丛林里去。

但他们却没有这样做。

一方面是缺盐的情况严重,如果那片水域最终被证明并不是大海,那他们将要花费更多时间,搜索几十平方公里的土地才有可能找到一片盐碱地或者是一个盐井。另一方面,也许是因为之前对于丛林的开发过于顺利,包括张晓舟在内,所有人对于这次探险虽然已经给出了足够重视的态度,但事实上,并没有把它看得太困难。

毕竟,他们的目标只是十五公里外的一个地方。

正常来说,即使全部都是难走的山路,这也仅仅是七八个小时就能走完的路程。按照预计,今天他们就应该到达水边,完成勘查后开始往回走,或者是在条件允许的情况下在周边进行一些基本的调查。

张晓舟用力地摇了摇头,把那些担忧从自己的脑海中驱逐出去。王永军是新洲团队中单兵战斗力最强的人,而严烨则是他一直寄予厚望的人,他俩的组合,应该不会有太大的问题。

也许就像梁宇说的,他们只是因为某种原因而没有来得及在天黑以前把信号发出来。

“洪斌情况怎么样?”他转头问道。那是武文达组的一名队员,今天下午探索丛林的过程中不慎被一只巨大的多足虫咬伤,好在那时候他们已经在回来的路上,武文达冷静地按照之前培训的内容对他的伤口进行了简单的处理,然后和其他队员一起做了一个简易担架把他带了回来。

“他的精神很好,刚刚我去看过,段宏说应该没有生命危险,”梁宇答道,“出了这样的事情,明天是不是让他们休息一天?”他其实有一句潜台词没有说,如果王永军他们那个组真的出了什么问题，武文达组留下也便于及时地出发进行营救。

“好。”张晓舟点点头说道。

火堆里，那些微微带着湿气的木头不时发出啪啪的轻响。头顶的树冠上不时有怪异的叫声传来，应该是某种夜行性的鸟类在鸣叫。距离他们不到两百米的沼泽地方向，此起彼伏的兽鸣声已经开始响起，也许用不了多长时间，那些白天躲藏在沼泽中的动物就会从那里出来，到植物更加繁茂的丛林里来寻找食物。

巨大的如同麻雀一样大小的虫子在傍晚之后就开始从沼泽地里飞出来，在他们周围盘旋，甚至直接扑到他们身上，他们不得不躲到了那两顶帐篷里，把它们挡在外面，只有在给火堆添柴的时候才包裹得严严实实地出来。

“你们有什么想法？”严烨压低了声音问道。

营地周边的荆棘和那个挡在唯一入口前的小小火堆在他看来完全不保险，但他们也没有更好的办法了，只能听天由命。

“什么想法？”李彦成在另外一个帐篷里反问道。严烨和张开印挤一个帐篷，而徐杰则和李彦成挤另外一个，这种帐篷设计的时候只考虑了单人使用，两个人，尤其还有一个是行动不便的伤员的情况下，显得非常狭窄，几乎没有任何活动的空间。

“明天我们怎么办？”严烨继续问道，“继续找他们，还是派人回去求助？”

其他三个人都没有说话。

从某种意义上来说，如果失踪的那两个人还没有碰到一起，那到了夜晚，李根活下来的可能性反而比王永军大。他毕竟有着全套装备，只要他不因为与队友失去联系而惊慌失措，在天黑以前找到合适的树木爬上去把帐篷支起来，凭借干粮和剩下的水，他完全可以平安地度过这个晚上。

但王永军身边却几乎什么都没有，除了一把刀、一根长矛，他甚至连水壶都没有带。

在这样炎热的气候下，长时间无法补充水分就意味着脱水和死亡。

也许他也会找一棵树暂时容身，但没有帐篷，没有水，没有食物甚至没有火，他坚持下来的可能性微乎其微。

“你想放弃他们了？”李彦成片刻之后才缓缓地说道。

"不是放弃他们，而是我们根本就没有找到他们的能力，"严烨说道，"今天我和徐杰找了一天，可结果呢？如果他们还在附近，应该能够看到我们留下的记号，应该能够听到我们的声音……"他微微地摇了摇头，"你们两个都受了伤，没有行动的能力，只能留在这里。如果我们一直把时间花在找他们上，那我们就没有时间去砍柴、取水、找食物，干粮吃完之后我们怎么办？现在这种情况，继续找下去的结果很可能是人没找到，我们自己反而陷入困境，全都死在这里。"

张开印紧紧地握着拳头，想要说什么，却说不出口。

昨天他嘲笑李彦成是团队的累赘，但现在，因为他的一时大意，他自己不但成了更大的累赘，还直接导致了李根和王永军的先后走失。

自责让他的眼泪悄悄地流了出来。

"要想救他们，只能向联盟求助，"严烨继续说道，"两种办法，一种是砍伐大量的木头，按照约定点燃两堆烟火求助。但我很怀疑，我们有没有能力维持两堆这么大的烟火一直到他们找到我们。另外一种办法，就是派一个人回去。"

这片区域的树木甚至比之前他们所在的那个地方还要高得多，普遍都有四十米以上，在这种地方发烟雾信号，不是随随便便点燃一堆篝火就能做到的。严烨的意思其实很清楚了。

"一个人回去？"李彦成说道。

"我们距离远山的距离其实并不远，只有十公里，"严烨说道，"之前耗费时间更多的是因为走了冤枉路。如果能够笔直地向远山城的方向走，到了悬崖边上再沿着那里往北，因为目标明确，可以不负重，轻装上阵，速度应该能更快。我觉得不会耗费太多的时间，运气好的话，也许一天就能来回。"

"但如果运气不好呢？"张开印说道，"一个人去太危险了！"

"只能一个人去，"严烨说道，"把你们两个伤员留在这里，你们才真的危险！"

"今天我们两个人也熬过来了，"张开印说道，"你们把干粮留下来，帮我们砍一点柴，我们就能坚持。就像你说的，只是留在这里一两天的时间，不会有什么问题。"

"水呢？"

"李彦成可以去打水，我俩留在这里不动，消耗量不会很大，"张开印说道，"一个人回去，如果回去的路上出什么问题，我们得不到救援反而更危险！"

李彦成沉默了一会儿，但他最终还是支持了张开印的说法：“你俩留下谁都不可能把我们两个伤员都移动到更安全的地方，真的有什么危险也起不了太大的作用，不如一起回去，保证能找到救援。”

“好吧，”严烨说道，“明天早上我和徐杰帮你们多砍一些柴，再把这些荆棘处理一下，如果可能的话，弄点吃的给你们，然后我们就出发。”

大家再一次沉默了下来，不远的地方，某种动物低沉地鸣叫了起来。

“也许情况没那么糟糕，”严烨突然说道，“如果是我，找不到你们之后，我也会往远山的方向走。说不定他们现在都已经快到了。”

徐杰干笑了一下，两名伤员却都没有说话。

第3章

重重困难

那群从树下经过的恐龙中，有一只蹭了一下这棵大树，竟然让它微微地摇晃了起来。

王永军死死地抓住身边的树枝，好让自己不掉下去。

树枝摇晃的时候，上面有积水落了下来，他张开嘴，努力地去接住它们。

怎么会变成这样的？

他还是想不通。

白天的时候他曾经听到李根惊慌的叫声，于是一边大喊着一边往那边跑去，但却始终没有看到他。当他决定回头的时候，却发现自己已经找不到回去的路了。

他很确定严烨他们就在不远的地方，因为他曾经听到空空的金属相互敲击的声音，但当他寻觅着过去时，那声音却渐渐地消失了。

千万不要冲动。

他似乎又听到了张晓舟的唠叨。

于是他苦笑了起来。

嗡嗡嗡……一只虫子落到了他的身上，慢慢地爬到了他的胸前。他猛地收回右手，一巴掌把它拍扁。

淡淡的腥味从那里传到了他的鼻子里。

胃里像是有火在烧，他迟疑了一下，抓起那扁扁的虫子，塞到了嘴里，用力咀嚼了起来。

明天我就会找到他们。

他对自己说道。

整个晚上他们都无法入睡，上半夜的时候那些动物从沼泽地里出来，踏着沉重的脚步到丛林深处觅食。它们距离他们的营地最近的时候也许只有不到二十米，当它们从那里走过，似乎整个大地都在随着它们的脚步而颤抖。

四个人都在帐篷里绝望地看着那堆小小的篝火，如果它们真的要往这边过来，它真的能够起到任何作用吗？

幸运的是，这片荆棘林也许早已经深入了它们的记忆，它们当中并没有哪一只因为好奇或者是因为嗅到他们的气味而走过来，将他们踏成碎片。

就在他们的心情渐渐放松，挤在一起将要入睡时，它们却又踏着同样的脚步慢慢地回来了。

沼泽里的植物无法养活它们，但却可以让猎食者们无法攻击它们，也许千百年来，它们就是这样在一个个夜晚从沼泽中走出来，前往不同的方向觅食，从而造就了这片区域特有的地貌。

一切都不得而知，对于严烨他们来说，唯一的结果就是整个晚上大概只有一两个小时入眠，精神极度困倦。

但严烨和徐杰还是按照前一天晚上的计划，替李彦成他们砍来了足够烧两三天的木头，打来水装满了所有的容器，然后把周围的荆棘加固了一下。

徐杰在砍树的时候发现了一条巨型蜈蚣，于是他们便把那东西做了早餐，随后徐杰和严烨收拾了最基本的用品，轻装上路，向着远山城的方向走去。

李彦成不知道应该怎么形容自己的感受，他看着严烨和徐杰的背影消失在那些巨大的树干后面，突然就被那种巨大的失落和恐慌感占据了整个身体，心里空荡荡的，似乎失去了所有的东西。

“他们还能找到这个地方吗？”张开印轻轻地说道。

对于不熟悉这片丛林的人来说，放眼望去几乎都是一模一样的树、一模一样的灌木、密密的蕨类，难以分辨。每一个晚上沼泽中的那些动物都会出来，大吃大喝，彻底改变这里的地貌，让地形更加难以辨认。

王永军和李根就这样莫名其妙地失踪在这片丛林里，花费了将近一天的时间都没能找到他们，严烨和徐杰真的能够带着救援人员准确地在茫茫树海当中找到他们吗？

“一定能的。”李彦成喃喃地说道。

如果找不到的话，他们就没有活路了。

王永军是被脸上的瘙痒弄醒的，他下意识地用手摸了一下，却感到有个东西马上隔着防割手套咬了他一口。他猛地清醒过来，看到自己眼前一抹暗红色，无数的腿从他的面巾上爬了过去。

冷汗马上就流了出来。

好在那东西似乎并没有把他和手联系在一起，它爬到他的胸口，向着他的右手立了起来，身体前端的刚毛快速地相互摩擦着，发出嘶嘶的声音。

王永军一动也不敢动，那东西离他的脸就只有不到十厘米，他甚至能够清楚地看到它的触须、螯肢和獠牙，数百只又细又长的脚在不断地如波浪一样涌动着。

“除了少数以血为食和群居性的昆虫，绝大多数肉食性的昆虫反而不太可能主动向你们发动攻击，它们猎食的对象应该是比它们小，或者是和它们体形差不多的动物。绝大多数有毒昆虫袭击人们都是因为人们没有及时发现它们，误碰到它们，让它们误以为遭到了攻击。”

张晓舟给他们讲课的内容突然在这时候冒了出来，这让王永军强忍着一把将它扯掉的念头，以极其缓慢的速度把手放了下去。

这条红色的虫子在他的胸口等待了一会儿，随后重新伏下身体，王永军可以感觉到那些脚正在隔着他的衣服蠕动着，带来一种令人全身酥痒的恐惧感。足足几分钟之后，他才慢慢地尝试着移动手脚。

那条虫子早已不知道爬到什么地方去了，王永军对自己竟然能够在这样的地方睡着感到很惊奇。但昨天一整天在丛林里走来走去，严重消耗了他的体力和精力，让他在凌晨那些动物再一次从脚下经过、重新回到沼泽后迷迷糊糊地睡着了。

好在那条虫子不是在半夜爬上来的。

他后怕地这样想着，尝试着活动因为血脉不畅而变得又酸又麻的双脚，然后慢慢地在这个枝杈上站了起来。

太阳已经到了很高的地方，透过头顶的树叶散发着迫人的热力。王永军在一些树叶上找到一些看上去还算是干净的积水喝了下去，振奋了一下精神，随即向周围望去，希望能够看到人影，或者是他们曾经留下的记号。

但站在将近六米高的地方却什么都看不到，反而很快就让他的眼睛开始发花。

以前他曾经听说多看绿色对眼睛有好处，但如果今后还有人敢在他面前这么说，他一定会好好地给他点颜色看看！

无尽的丛林在风的吹拂下不断发出沙沙的声音，似乎在嘲弄他。

“我不会死在这里的！”他大声地对着它们说道，随即抓起自己为数不多的随身物品，向树下爬去。

周围的树木都有被啃过的痕迹，幸运的是，他在一片低矮的灌木中找到了一些看上去被虫子咬过的果实。这种果实不在他的记忆里，但如果虫子能吃，他也能吃吧？

大部分的果实明显还没有成熟，很涩，但多多少少含有一些水分和糖分，吃下去之后，他感觉精神好了不少，胃部因为饥饿而带来的轻度痉挛也减轻了。

冷静。

他对自己说道。

这种时候应该怎么做？

课程里有没有讲过？

那几个自称参与过多次徒步旅行的人来给他们上课的时候好像曾经说过类似的内容，但王永军从来都不是一个喜欢学习的好学生。张晓舟说的那些关于恐龙的内容还能吸引他的注意力，那些不知道从什么地方来的伪专家的话实在是没法让他重视。

但现在，他却尝到了走神的苦果。

严烨他们会怎么做？

他强迫自己努力地去思考。

有两个伤员，他们应该不会走远，但也不会留在昨天张开印受伤的地方，那里离沼泽太近了。

他们应该是在附近的某个地方，找了一棵大树躲起来。

严烨会来寻找他和李根吗？

应该会，但几个人在这样广阔的丛林里，相互寻找，无异于大海捞针。

那些粗大的树干对视线的阻隔太严重，加上那些灌木，根本就看不到多远的地方。

严烨应该不会离开营地太远，甚至只会在营地附近几十米的地方活动。

也许就在昨天听到敲击声的那个地方附近？

但那是哪个方位？

指南针被李根带走了，在密密的树林里也无法通过阳光和影子来辨别方向，站在树梢上，唯一能够确定的只是远山城的位置，他甚至没有办法判断自己现在是在远山的正东还是在东北或者是东南。

往哪个方向走？

他深深地吸了一口气，再一次变得茫然了起来。

一个脚印！

王永军完全是在无意中看到了它，他马上就和自己的脚对比了一下，同样的花纹，但却明显小了一号！

是李根还是严烨他们？

他马上大声叫了起来，但除了他自己的回音，什么都没有听到。

冷静！冷静！

他对自己说道。

这个脚印是踩在另外一个更大的动物的脚印里留下的，这说明，留下脚印的人应该是今天早上从这个地方路过的，不然的话，他的脚印早就应该被踩得根本就看不出来了。

真该死！

距离他睡觉的那棵树只有不到二十米远！要是那时候他们两人之间有一个发出一点声音，他们就遇上了！

但这已经是从昨天早上李根失踪之后，他所收获的唯一一个线索，于是他马上直起了身体，一路追寻着脚印的方向，向前走去。

这并不容易。因为林中很多地面上都是厚厚的苔藓和地衣，如果踩在这样的东西上，几乎不会留下什么明显的印记。只有在泥地里留下的脚印或者是用刀子砍出来的通路才能明确地指示出对方的去向，但在这片丛林中，这样的痕迹并不多。

王永军完全没有在这样的密林中追踪目标的经验，说起来，整个联盟也没有这样的人才。

他不止一次地想要加快速度，但昨天一整天的茫然寻找让他明白，在这种地方，乱跑只会让他把这个来之不易的线索也丢掉。

冷静，冷静下来。

他一次次地对自己说道。

不要急，一定不要急。

只要跟着这些线索，就一定能够找到他们！要是跟丢了，那就真的没希望了。

他强迫自己把注意力放在周围的地面上，静下心来寻找那些难以辨认的蛛丝马迹，有时候是一个模糊的脚印，有时候是被砍开的藤蔓和树丛，有时候则是被折断的枝条、被采摘过的灌木丛。

但线索却并不能常常被找到，在寻找的过程中，他时不时会失去它们的踪迹，这时他便小心翼翼地退回最后一个线索周围，重新寻觅。

渴了就喝一点树叶上的雨水，饿了就吃路上找到的棕榈芯和野果，渐渐地，他对寻找印记有了更多的经验，于是，追踪慢慢变得容易了起来。

他甚至能够辨认出那些被压扁的苔藓，虽然上面没有留下明显的脚印，但从那些下凹的地方，却依然能够判断出对方前进的方向。他在路边发现了被丢弃的吃了一半的棕榈芯和酸涩难以下口的野果，被咬开的地方甚至都还没有完全在空气的作用下变色，这让他越发兴奋了起来。

就在前面不远的地方了！

不要慌！冷静！

他不得不强迫自己调整好心态，事实上，他早就已经对自己的莽撞感到后悔了，如果当时他没有那么匆匆忙忙地追出来，而是像现在这样细心地寻找李根留下的痕迹，也许早就已经找到他了。

但现在，李根下落不明，严烨和徐杰等人的情况同样不清楚，带着两个行动不便的伤员，他们究竟有没有找到安全的地方？

强烈的自责让他又一次失去了一直在追寻着的那个线索，他闭上眼睛，深深地吸了几口气，慢慢地沿着自己的脚印退了回去。

“我们走对了吗？”徐杰在树下问道。

“应该没问题。”严烨一边往下爬一边答道。

丢下了沉重的包袱，只带最基本的防身武器和用具，这让他们得以轻装上阵，但前进的速度却并不像他们所想象的那样快起来。

他们不可能沿着昨天和前天走过的路往回重新走一遍，那样做毫无意义，两人都同意，最好的办法，同时也是唯一的办法是笔直地向远山城的方向走，一直走到崖壁边上，再沿着那道隔离带向北走。

在没有指南针也没有其他明显路标指示的情况下，这是最理智的选择。

可走一条直路却不像他们想象的那样简单，他们首先要解决的问题就是他们曾经翻越的那座小山。

当时他们走的是它的一条山脊，绕了不少路，但却胜在相对平缓。

而当他们决定直接翻越这座山的时候，却两次遇上了无法跨越的峡谷，只能选择绕路。

严烨不得不一次次爬到树顶去确认方向，这不但耽误了不少时间，也极大地消耗了他的体力。

“喝点水。”徐杰说道。

他比严烨大九岁，如果是以前，严烨这样的小子敢在他面前指手画脚说点什么，他绝对要把严烨打得满脸桃花开。但经历了这么多事情之后，他已经很自觉地在两人的关系当中居于从属的位置。

有些东西，真的不是年龄可以划定的。

在那次判决之后，新洲团队内部对于严烨其实也有两种截然不同的态度。

一种态度和联盟官方相同，认为严烨身为张晓舟的助手，明明可以走正规途径更好地处置那些袭击他的人，却偏偏要选择私刑，是不成熟不理智的表现，不但给张晓舟脸上抹了黑，带来了不必要的麻烦，也给新洲团队的形象抹了黑。他们认为让严烨服一段时间刑，磨磨他的棱角，让他懂得服从规则，懂得从团队的角度出发考虑和解决问题也好。反正他要做的事情和其他人做的没有根本上的不同，无非就是没有报酬白干。但他自己是光棍一条，严淇自然有新洲的家属们照看，这对他来说其实没有什么害处。等他的性子磨得差不多了，该减刑减刑，该特赦特赦，也许对他来说反而是一件好事。

持这种态度的以齐峰为首，多半是年龄稍大的队员。

而另外一种态度却截然相反。联盟能有今天的局面，说得不谦虚一点，根本就离不开新洲团队的贡献，严烨本人也在其中贡献了不少力量。而偷袭他但被他杀掉的那几个人呢？说得直白一点，他们对于团队来说不但没什么用，反而是蛀虫！他们非但搞不清楚自己的状况，反而胆敢偷袭新洲的人？那些觉得严烨有罪的人，他们根本都还不明白这是什么世界，即便在和平年代，偷袭现役军警也是重罪，何况是现在这样的情况？

按照王永军私下的说法，只杀两个根本就不解恨，要是他在现场，会全都杀掉，让那些私下还有小心思，还有不该有的念头的人搞清楚状况，明白什么人能惹，什么人不能惹！

哪怕严烨真的有错，也应该是由新洲自己来判决，自己来决定怎么处置他，而不是把他交给那些对联盟根本就没有做出多大贡献的人来处置。

他们有什么资格来处置新洲的人？

当然，持有后一种态度的人并不太多，也不敢在正式场合这么说。毕竟张晓舟一直都在反复说，进入联盟之后，就不能再抱着自己的小团队不放，不能再搞自己的小圈子。要让联盟真正做大，就一定要消除人们心里的圈子意识，新洲和安澜尤其要以身作则。

但这哪有说起来这么容易？每个人身上都有各种各样的烙印，不可能因为某个人的愿望和理想而改变。来自新洲和安澜事实上就是当前联盟内最强大也最有说服力的资本，谁会真的主动把它淡化，甚至是消除掉？

他们多多少少都觉得，联盟的那些人，包括张晓舟在内，在这个事情上做得太不够意思了。

徐杰最初的时候比较倾向于前一种态度，但从昨天开始，他就彻底转变了。

不管别人怎么评判，但他现在就觉得，严烨这样的人，不可能做出他们所说的那些事情，即便做了，也一定有他的理由！

“休息一下，然后看看从左边能不能过去，”严烨用面巾擦着汗，把水壶接了过去，“徐哥你觉得呢?”

他们面前，一股汹涌的急流正咆哮着在山间奔涌，撞击着山石，不断发出隆隆的巨响。

对于他们来说，这就是一条无法逾越的天堑。

向南寻找它的源头然后设法跨越过去，或者是向北寻找地势平坦的地方蹚过去?

两个选择都可能有风险，但从他们昨天翻山的过程来看，这座山的高度并不算非常夸张，往南寻找源头也许会比较简单。下游也许会是一条他们依旧无法跨越的急流，甚至直接汇入沼泽，那样的话，他们就不得不再一次重新爬回来。

“好，”徐杰点点头，完全认可严烨的判断，“这水也太夸张了。”他摇着头说道。

“应该是今天凌晨那场暴雨涨的水。”严烨说道。

这时候，他突然听到身后的林子里有什么响动，马上就条件反射地抓起了长矛。

徐杰也马上放下水壶抓起长矛站了起来。

一只大概七八十厘米高的恐龙小心翼翼地走了出来，它的身形很纤细，脖子和腿都很长，身上披着一层墨绿色的羽毛，看上去就像是一只缩小版的鹤，只是嘴没有那么长那么尖，而是又扁又宽。它对着他们叫了几声，从它张大的嘴里，可以清晰地看到又细又密像剃刀一样的牙齿。

“去!”徐杰大声地吆喝着，试图把它赶开。

它惊慌地快速向后逃了几步，但看到徐杰没有后续的动作，它又停了下来。非但如此，几秒钟之后，十几只同样的恐龙从树丛里跑了出来，慢慢地围拢，把他们包围了起来。

“我靠……”

前面的树林里，突然有个声音隐隐约约地传来。

"李根!"王永军大喜过望,急忙用尽全身的力气大喊了起来。

"王哥! 王哥!"那边也惊喜地叫了起来,"你在哪儿?"

"别乱跑!"王永军大声地叫道,"千万别乱跑! 站在原地!"

"好! 好! 我不动! 你快过来!"李根的声音听上去激动得就要哭出来了,但王永军又何尝不是这样?

"继续说话! 不要停!"王永军说道,同时努力地辨认着声音的来源,慢慢地向那边走去。

从林里的声音是会骗人的,那些粗大的树干和宽大的树叶一方面能够吸收声波,另一方面,也会把声波反射到不同的方向。这让没有经验的人很容易被引得完全偏离方向,甚至是向着截然相反的方向跑去。

之前王永军一路寻找听到声音的方向却越走越远,应该就是这个原因。

但在一个人走了将近两天之后,他终于摸索出了一些规律,声音的方向没有办法确定,但音量的大小却是不同的,反射不可能增强声波的强度。凭借这样的差别,他终于慢慢地找出了音量最大的那个方位。

"昨天我一回头,你们就全都不见了! 他妈的吓死我了! 到底是怎么回事?"

"张开印摔到一个坑里了,"王永军答道,"继续说话,不要停!"

"他怎么样了?!"

"膝盖受伤了,但我没细看。"

"膝盖受伤?! 他怎么不去死! 差点害死我了!"李根愤怒地说道。

王永军不以为意,这两个人关系好得被人说是一对伙伴,这不过是李根在发泄而已。

"我马上就往回走,但一开始还能听到你们的声音,后来就越走越远了。"

"我一开始的时候也听到了你的声音,我们大概是在什么地方错开了。"

"昨天晚上吓死我了!"李根继续说着,"我找的那棵树不知道是怎么惹了恐龙,好几只涌过来撕扯树枝! 我差一点就摔到树底下! 帐篷也坏了,掉在地上被踩得看都看不出来了。"

王永军终于看到了李根,他看上去一脸憔悴,但应该没出什么事。

"你小子!"王永军大声地说道。

他本来想一定要好好骂李根一顿，但看到人，看到他什么事都没有，心里就只剩下了喜悦，那些愤怒和不满一下子就消失了。

李根也看到了他，一脸狂喜地向他跑来。但靠近了之后两人才愕然发现，他们之间隔着一条大约五米宽的水面，而且两端都看不到尽头。

“他妈的！”王永军忍不住骂了出来，“你怎么跑到那边去的？！”

“我也不知道啊！”李根茫然地说道。

这片区域到处都是水坑、成片成片的沼泽和水塘，他是从什么地方走到这里的？真的没法记住了。

“一起往那边走！找地方会合！”王永军说道，“走慢点！别再离开我的视线了！”

“别慌……”严烨低声地说道，同时缓缓地放下长矛，握紧了手中的砍刀。

眼前的这些东西体积太小，如果它们真的扑过来，长矛反而难以击退它们，还不如用刀。以它们瘦弱的躯体，他完全有信心一刀一个把它们全部干掉。

也许他会受伤，但它们也别想好过。

徐杰却没有他这么镇定，他并不是当初被困在新洲酒店的那一批，而是之后招募的队员，虽然也曾经历过与恐龙的搏杀，但同时面对这么多……

“不要怕它们！我们穿着防刺服，戴着防割手套！只要不被直接咬中动脉，以它们的体型，不可能对我们造成很严重的伤害。”严烨继续说道。

他的日光一直盯着距离自己最近的那只恐龙，它们已经逼到了距离他们两三米的地方，而且一直在快速地跑来跑去，嘶吼，怪叫，挥舞着前爪跳动，用各种各样的方式恐吓着他们。

其中一只把自己的尾巴立了起来，上面的羽毛突然展开，那花色就像是一只巨大的肉食恐龙的头部，它慢慢地，一步步地向他们走来，口中发出了如同暴龙一样巨大的吼声。

徐杰下意识地退了一步。

“不要退！”严烨大声地叫道。

后面就是山崖，往后退，那就只有死路一条。

“不要怕它们！”他大声地对徐杰叫道。

又一条尾巴竖了起来,随后是另外一条。如果站在山崖对面,也许会认为这里聚集了好几只巨大的肉食恐龙,但谁能想到,其实不过是些如此瘦小的东西?

看到严烨他们停在原地,它们变得急躁,越发大声地嘶吼了起来。

如果不是亲眼看到,真的很难相信这样的咆哮声是从这么小的动物口中发出来的。

但除此之外,它们却没有更多的举动了。它们的跑动越来越快,一次次地把尾巴立起来,向他们逼近,以巨大的咆哮声恐吓严烨他们,但它们却始终小心地没有过于靠近,而是一直保持着两三米的距离。

严烨试着挥舞着砍刀向它们靠近,距离他们最近的那只恐龙快捷地逃到了一边,而其他的则不约而同地把尾巴立了起来。

"我明白了。"严烨摇了摇头,对徐杰说道。

"什么?"

"这大概就是它们的捕食方式,冒充大型肉食恐龙,用惟妙惟肖的吼叫声把猎物赶到悬崖边,让猎物在惊慌失措中自己跌下去,摔死或者是摔伤,然后成为它们的食物。"

巨大的咆哮声中,他不得不用很大的声音才让徐杰听懂了他的意思。

"这也行?"徐杰目瞪口呆。

"不然你怎么解释它们的行为?"严烨猛地扑向其中的一条,它尖厉地咆哮了一声,飞速地从他的刀下逃走了。

剩下的恐龙再一次咆哮了起来,但或许是明白眼前这两个奇怪的东西并不会成为猎物,它们对比了一下双方的力量,很快就像来时一样,迅速地消失在了丛林当中。

"我们走吧,"严烨从地上把水壶和长矛捡起来,对徐杰说道,"就算它们对我们没有威胁,真被缠上了肯定也很烦人。"

"水……"张开印低声地呻吟着。

李彦成咬着牙,捏紧了拳头在地上狠狠地砸了一下,但还是努力地用自己完好的右手拿起水壶,夹在腿中间把它拧开,然后放到了张开印嘴边。

张开印是从严烨他们离开之后大概两三个小时的时候开始表现出发热症状的。

李彦成觉得他其实应该早就已经开始发热，只是强忍着不说，而其他人也没有发现。

是因为受伤，因为淋雨，还是因为昨天被那些东西咬过？

李彦成的心里乱得像是一团麻花。

他从急救包里把药找出来，按照双倍的剂量给张开印吃了抗生素，又给自己补了几颗止痛药，药效上来后，他的精神才慢慢地好了一些。

但张开印的体温却变得越来越高，甚至很快就开始昏睡，意识也渐渐不清了。

李彦成不得不把严烨他们离开之前烧好的那些宝贵的凉开水用来浸湿了面巾，敷在张开印的额头上给他降温，但除此之外，他不知道自己还能做什么了。

中午时他吃了一点早上剩下的蜈蚣肉，但张开印却依然没有好转，也吃不了东西，到后来甚至连水也不会喝了，李彦成只能用面巾吸水之后滴在他的嘴里。

李彦成在他身上嗅到了一种奇怪的恶臭，随后他意识到那是什么。

解开张开印腿上裹着的纱布，那曾经看上去没有什么大问题的伤口已经开始腐烂，散发出一种令人难以忍受的气息。

李彦成差一点就直接吐了，他扑到帐篷外面去呕了好一会儿，吐得肚子里几乎什么都没有剩下，然后才慢慢地爬了回来。

张开印却始终没有任何意识。

这要怎么撑下去？

李彦成心里悲凉到了极点。

为什么留下的是我？

我明明可以一起走的！

他自暴自弃地把碘酒拿起来，浇在张开印脚上。张开印在昏睡当中喃喃地吼叫了几声，身体也抽搐起来，但却依然没有醒过来。

我们真的能撑到他们回来吗？

李彦成把已经倒空的碘酒瓶狠狠地向远处砸去，心里彻底绝望了。

“李根！李根！”

王永军焦急地大声叫着，但却一直都看不到李根的身影。

沿着河边走，除了那些讨人厌的一直对他们纠缠不休的虫子之外，最大的问题就是那些在水边丛生的植物，有时候，他们必须要绕很大的一个圈子才能重新看到对方。

而这个看不到对方的阶段，对于他们来说都是一种煎熬。

他们已经沿着这个方向走了将近一个小时，但水面非但没有变窄的趋势，反而有越来越宽的倾向，这让王永军意识到，他们选择了一个错误的方向。

怎么办？

返身走回去？

“王哥！”李根终于从树丛那边绕了过来，看到他之后，王永军悬着的心又稍稍落了下来。

他把自己的想法对李根说了，李根愣了一下，随后看了看前面，用手挠了挠脑袋。

往回把同样的路再走一个小时？

“要不找个水浅的地方我蹚过去吧？”他对王永军说道，随即站在岸边，用手里的长矛小心地试探起这个地方的水深。

王永军想起曾经咬在张开印腿上的那些东西，摇了摇头。

虽然那么大的吸血生物在水里游来游去的可能性不大，它们更有可能是在那个坑里的植物上栖身，但谁知道水里面有什么。

张晓舟一直在对他们说，看不到的东西，有时候比能够看到的那些更危险，也更恐怖。

“我们还是走回去！”他对李根说道，“不要冒不必要的风险！”

“王哥，没关系的，我水性很好，”李根却说道，“以前我横渡过长江的……”

他小心翼翼地试探着水深，却没有看到，在他侧面的水面突然急速涌动了起来。

哗啦！

大量水花突然翻滚了起来，溅得到处都是！

王永军完全没有看清楚发生了什么，等一切平静下来，李根已经消失了。

“李根！李根！”王永军疯狂地大叫了起来。

没有回应，甚至连水面也已经恢复平静，丝毫看不出曾经发生过什么事情。

“李根！”王永军再一次大吼了起来。

我靠！

他突然快速地脱去防刺服，丢下长矛，拔出军刀，直接跳了下去。

水很深。

只是离开岸边两米多，就已经完全踩不到底了，而且水里的杂质太多，让水呈现出一种灰黑色，能见度非常低。

他第三次潜入水底，才看到一个巨大的模糊的影子咬着一个人形的物体，正缓慢地贴着水底向前游。被咬住的应该就是李根，他还在挣扎，但动作已经变得软弱无力。

王永军急忙回到水面，狠狠地吸了一大口气，然后再一次潜了下去。

穿着衣服和鞋子让他游动起来并不自如，但他的水性不差，很快就赶了上去。

那个东西的身体足有五六米长，不时摆动着巨大的尾巴，王永军以为是一条鳄鱼，但游近之后才发现，它的身体表面很光滑，并没有鳄鱼的鳞甲。它的四肢和巨大的身体完全不成比例，看上去又短又小。

李根的动作已经停下来了，他昏迷了?!

王永军加快了潜游的速度，那个庞然大物也许是没有注意到他，也许是觉得他不构成威胁，只是微微地向旁边游了一点，王永军在水中抓住它的一条前肢，另一只手握紧了军刀，狠狠地向着它的脑袋刺了进去。

那东西猛地扭动了起来，它巨大的头部猛地撞在王永军的胸口，让他呛了一口水，爪子也在他的身上抓了一下，血马上就涌了出来。

但王永军却死死地抓着它的身体，右手的军刀一次次地向它的脑袋刺去。

更多的血涌了出来，这个庞然大物终于张开了嘴，把李根吐了出来，巨大的如同脸盆一样宽的嘴向着王永军咬了过来。

王永军的手臂被它狠狠地咬了一口，但他及时地把军刀竖了起来，那东西在咬中他手臂的同时，上下颚也遭受了一次可怕的重创!

它在水底拼命地翻滚起来，王永军被它的尾巴狠狠地抽了一下，痛得眼前一阵眩晕。

但这也让他离开了它身边。他努力让自己保持清醒，用还完好的左手抓住已经完全不动了的李根，拖着他向水面游去。一条巴掌大小的鱼不知道什么时候咬住了他右手受伤的地方，他咬着牙把它甩开，深深地吸了一口气，拖着李根向岸边游去。

大量的鱼往这边快速地聚集过来，它们游得太快，甚至撞在王永军身上，咬住了他的衣服，被他带到了岸上。它们拼命地扭动着，向水面跳去。王永军看到它们与身体极度不成比例的大嘴里面，布满了可怕的像是刀子一样的牙齿。

水面突然像是开了锅一样翻滚起来，之前那个怪物的身体在水面上扭动着，无数的小鱼被它砸开，但更多的却在血腥的刺激下，疯狂地向它的伤口游去，从那里撕下一块又一块血肉。

王永军却没有心思去管它们之间的争斗，甚至都没有心思去管自己流血不止的手，他用力拍打着李根的脸，压住他的前额，一手提起下颌，打开气道，清除他口鼻中的泥沙，然后开始替他做胸外按压和人工呼吸。

“快点醒过来！”他大声地叫着，一次次地尝试着。

终于，李根咳嗽了一声，随后持续不断地咳嗽了起来。

“他妈的！”王永军这时候才感觉自己什么力气都没有了，他的脑袋一沉，直接摔在了旁边的苔藓丛里。

“它们一直跟在我们后面。”徐杰略微有些惊慌地说道。

“不要管它们！”严烨说道。

他以为自己已经赶走了那群小恐龙，但显然，他低估了它们的耐心。

它们身上的保护色让他俩很难在灌木丛当中看到，但它们此起彼伏的叫声一直远远地缀在他俩身后，就像是一群催命鬼。

严烨估计它们的体重应该不会超过十公斤，如果是正面搏杀，他也许会被咬几下，但应该能干掉好几只，可它们却始终不露面，只是一直在他俩周围的丛林里跑来跑去，试图用恐怖而又巨大的声响惊吓他俩，把他俩重新驱赶到悬崖边上去。

徐杰被这些声音搞得心神不宁，严烨也被搞得很烦躁，但在这样的地形下，他们既追不上，又逃不掉，只能忍受。

“等它们靠近了就想办法杀掉几只，不靠近就别管！”严烨恨恨地说道。

这群意外跟上他们的恐龙严重拖延了他们的进度，甚至让他们没有办法好好地寻找食物，只能草草地用一些路边的果实和嫩叶充饥。

“到了城边就好了，”严烨只能这样对徐杰说道，“别理它们，现在最重要的事情是回城求助！”

"水……"张开印昏昏沉沉地叫着。

"水！水水水！水你妈!"李彦成愤怒而又绝望地叫道。

那瓶碘酒完全没有起到任何作用,张开印小腿上那几个被咬过的地方已经有脓液开始流出来,肿得不像样子,那如同尸体一样的腐臭味越来越浓,让李彦成越发心烦意乱。

怎么办?

如果他的身体情况还好,也许有能力来照顾张开印,想办法让他舒服一些,但他自己现在也有一只手动不了啊!

止痛药的药效很快就过去了,他只好又吃了两颗,但这样令人绝望的环境却无限地放大了他的痛苦和不安,让止痛药变得似乎没有了半点作用。

该怎么办?

没有事情可做,也做不了什么更有意义的事情,这让他无法遏制地胡思乱想起来。

如果他死了怎么办?

一开始他还在用湿布努力地给张开印降温,但在几乎把所有冷开水用完之后,他已经放弃了这样的努力。张开印发烧明显是因为那几个可怕的伤口,降温有什么用?

来不及了。

他这样对自己说道。

就算严烨他们再怎么厉害,再怎么幸运,回到远山也要花上好几个小时。那时候天已经要黑了,张晓舟他们再有本事,召集人手,准备装备和用具也不是马上就能做到的事情。

就算他们彻夜不眠地做这些准备,出发也是明天一早的事情。

也就是说,即便是在最幸运的情况下,他们也要到明天下午才能到这里来。

如果不幸运呢?

如果严烨他们在路上又迷了路,如果他们没有办法准确地把救援的人带回来呢?

那张开印就死定了!

而他,将一直伴随着这具发臭的尸体,在这里傻傻地等待吗?

他无法想象那样的场景,从张开印腿上散发出来的恶臭突然又一次让他强烈地作呕起来。

我们都要死在这里了。

他绝望地想到。

连王永军和李根两个大活人都没本事找回这个地方，严烨和徐杰这两个无能之辈又怎么可能做得到？

他突然恨起自己来，昨天晚上商量的时候为什么要跟着张开印的话说？为什么不主动要求一起回去求援？

他摔伤了手，又不是脚！昨天他可以跟着其他人一起走到这里，那他就能跟着他们一起回去求援。

为什么要同意留在这里？

他妈的！

他狠狠地踢了张开印一脚。

自己发烧了也不说，还说什么把干粮留下，砍一点柴就能坚持！

你发烧了为什么不说！

你自己想死，为什么要拖上我？

你是不是故意的？

对的！他们就是故意想害我！从昨天我摔伤之后他们就一直想丢下我！这个张开印，知道自己没救了就故意想拖人下水！

你活着也是受罪！也是累赘！就算他们找到了这个地方，要怎么处理你？要花多少工夫才能把你带出去？又要花多少精力多少药物来救你？

你为什么还不死？

他愤怒地抓起了刀，紧紧地握着，却没有勇气砍下去。

第4章

糟糕的夜晚

“王哥！王哥！”

迷迷糊糊地，王永军感到自己的人中很疼，有人在不停地叫着，用力地掐着自己。

“滚！”他迷迷糊糊地说道。

“你醒醒！快点醒醒！”李根摇晃着他，生怕他又昏过去。

王永军用力地闭了一下眼睛，猛地睁开，然后晃了晃脑袋，终于清醒了过来。

“怎么了？”他问李根。

“你晕过去了！”李根答道。

王永军这时候才发现自己的右手手肘被李根用一根布带紧紧地扎住，又涨又麻。

“你的伤口一直在流血，我没有办法止住。”李根低声说道，眼泪忍不住掉了下来。

“你怎么样？”王永军却问道。

“我没事！”李根急忙答道。

他的腿上也有几处被咬伤，但因为那个东西咬住他的时候实际上咬在了防刺服上，并没有造成太大的伤口。但王永军被它抓到和咬中的这两下却是实打实的重创，与他相比，李根受的伤几乎不算什么了。

“都怪我！”他的眼泪越发停不下来，“如果我听你的，老老实实地往回走……”

“别婆婆妈妈的，说点有意义的事情！”王永军粗暴地打断了他的话，“我还没死，要哭等我死了再哭!”

“王哥……”李根用力地吸了一下鼻子,不知道应该说什么。

“我昏了多久?”

“大概十几分钟……”

头还是昏昏沉沉的,不知道是因为失血过多还是别的原因。

“我们得往回走,”他对李根说道,“继续留在这里就真的是死路一条了。”

李根一直在点头。

“严烨很聪明,他一定会找到办法的,”王永军说道,“指南针还在你身上?好!你现在到树上去,看好远山的方向,记下来,我们直接往远山走!运气好的话,也许能坚持到……要是我不行了,你就自己走回去,让张晓舟派人过来救他们!”

“王哥,我就算是死也不会丢下你的!”

“屁话!”王永军说道,“要是我能走,你敢丢?要是我不行了,你背着我的尸体出去有什么用?”

李根的眼睛又红了,王永军用左手抓住他,慢慢地站了起来:“快点爬树去!我坚持不了多久了!”

天色开始变得昏暗,李根一只手架着王永军,另一只手拿着砍刀,跌跌撞撞地在林间行走着。因为没有余力来拿更多的东西,长矛已经被他丢下,所有现在看来没有用处的东西都已经被丢下,只带了他们走回远山所必需的东西。

但即便是这样,他依然很快就感觉到疲惫。

因为持续不断地失血,王永军又变得有些昏昏沉沉,脚步也越来越沉重,整个身体的重量几乎都压在李根身上,这让他越发慌张起来。

他牢记着培训课上的内容,每隔一段时间就松开绑在王永军手肘上的止血带活血,然后再重新绑起来。但王永军的手臂仍然很快就呈现出了青紫的颜色,情况看上去非常糟糕。

李根知道他必须尽快把王永军带回去,但即便是已经知道正确的方向,在密林中行走依然是一件极其困难的事情。他不得不一次次地把王永军放下,小心地辨认方向,寻找合适的道路,然后扶起他继续前行。

“水……”王永军突然呓语道。

李根急忙找了个稍微平一点的地方让他坐下，拧开水壶喂水给他喝。

“我们还有多远？”王永军迷迷糊糊地问道。

“应该还有六七公里……”李根低声地说道。他越来越自责，如果不是他冒冒失失地用长矛在水边试探水深，就不会被那个东西拖进水里，王永军也就没有必要冒险去救他。那样的话，虽然他们必须多绕一两个小时的路，但王永军不会像现在这样身受重伤，他们肯定比现在走得更远，甚至还有余力去继续寻找和帮助严烨他们。

“不能再走了，”王永军说道，“天马上就要黑了。”

“但是你……”

“晚上走风险太大，既看不到路又看不到周围的东西，蛮干下去我俩的命都保不住。没关系，一晚上我还撑得住，死不了的，”王永军喝了几口水，神志稍稍清醒了一些，“我这个样子没法到树上去，你看看周围有没有什么树丛或者是树洞之类的地方，我们到里面去躲一躲。”

李根不敢走远，生怕又走丢，但幸运的是他很快就在大概十几米外的一棵树下发现了一个不规则的树洞，里面不算大，但足够他俩挤在里面。他快速地用刀在里面拨弄了一下，几只甲虫慌乱地从树洞顶上落下来，差点掉在他脸上，角落里有几只巴掌大小的蜘蛛向他扬起了螯肢。他用刀一个个把它们串了起来，放在一边，然后在周围找了柔软的苔藓，胡乱地铺了进去。

王永军对这个地方很满意，李根忙着到周围去寻找可以生火的干柴、水源和可以吃的东西。但三样东西都不好找，他好不容易才在一片灌木下面找到了一些干枯的苔藓，把火引了起来。

周围没有活水，他也不敢走远，于是只能用面巾过滤，从树洞边的一个积水坑里用饭盒打了一盒水，在火上煮沸。那几只甲虫和蜘蛛被他小心地烤熟，剥开喂给王永军吃，而他自己则胡乱地煮了些从周围挖出来的蕨根。

就在他做这些事情的时候，天色终于彻底暗了下来，蚊虫开始嗡嗡地飞舞，李根的手上、脸上被叮了好几下，微微地肿了起来，但这时候，他已经没有余力去考虑张晓舟曾经对他们说的那些关于疫病的禁忌。

此刻他唯一的信念是一定要把王永军活着带回去，其他的都不重要了。

他把火堆移到了树洞口。因为没有时间砍太多的柴火，火堆没有办法烧得很旺，如果有恐龙过来，这么小的火堆能够吓走它们吗？

“王哥，你好好休息，一定要撑住！明天早上天一亮我们就出发！”

“好。”吃了点东西之后，王永军的精神状态看上去好了一些。李根把一些苔藓放在火堆旁边烘干，然后铺在洞里，力图让里面舒服一些。

“别弄这些了，养足精神，明天好赶路。”王永军说道。

“我再去弄点柴火，”李根答道，“我不走远，就在能看到火堆的地方活动。”

从灌木上砍下来的枝条多半水气很重，烧起来烟气很大，而且烧不了多长时间，他选择了旁边的一棵乔木，用力地想把一根距离地面两米左右的横枝砍下来。

但他们手中的砍刀用来开路还算是不错，干这个事情却显得有些力不从心，尤其是在从下往上用力的时候更是如此。木屑四处飞舞，那根树枝却一直没有要断裂的迹象，黑暗中，刀子砍在树枝上的声音听上去非常突兀，他生怕这样的声音引来某种野兽，心里越发着急了起来。

就在这时，他突然听到了人的叫喊声。

“严烨？严烨！”

是谁？

声音很模糊，几乎听不清楚，他急忙大声地叫了起来：“这边！我在这边！”

但那个人的声音却忽远忽近，李根心里着急，但他挂着王永军的安危，不敢离开火堆到丛林里去找这个声音的主人，只能一边叫，一边继续用力地砍着那根树枝。

它终于落了下来，他用力地把它拖到树洞那边。王永军显然也听到了那个声音，正努力地想要从树洞里出来。

“王哥！你别动，我去找他！”李根说道。

“一定要冷静，不要离开能够看到火光的地方！”王永军说道。

李根点燃了一根树枝，慢慢地向着那个声音传来的方向走去，同时不断地回头看着树洞和火堆的位置，大声地回应着那个声音。

终于，一个人影从黑暗中冲了出来，喜极而泣地奔向了他。

“李彦成？”李根惊讶地说道。

李彦成的表情同样惊讶，而在看到受伤的王永军之后，他越发地惊讶了起来，脸上的表情也变得有些古怪。

“你怎么会一个人?”王永军勉强振作起精神问道,“严烨他们呢?你们走散了?”

李彦成的表情有些不自然,但在微弱的火光下,王永军和李根都没有看出来。

“严烨和徐杰回去喊救援了,”他低声地说道,“张开印的伤口感染,很严重,而且还发高烧。我……我一直在想办法照顾他,希望能够让他好起来。但他……但他还是没坚持下来。”

李根痛苦地吐了一口气,右手重重地砸在了地上。

“什么时候的事?”王永军闭了一下眼睛,对这样的事情他早就有所准备。在这个世界,在这片丛林,张开印也许是第一个牺牲者,但绝对不会是最后一个。

如果运气不好,他很快就会成为第二个了。

“严烨他们是今天早上出发的,他们离开的时候应该还不到十点钟,”李彦成答道,“张开印……他走的时候应该是午后。”

“情况发展得那么快?!”李根脱口而出道。

“他昨天晚上就开始发烧了!”李彦成大声地叫道,“伤口都完全腐烂了!我有什么办法?!你对我叫有什么用?难道是我把他杀了?”

他用力地摇了摇头:“我把能用的办法都用上了,可我自己也只有一只手能动,我有什么办法?你说!我能有什么办法!”

他的话让李根愧疚起来。

“对不起,我不是这个意思。”李根低声地说道。

李彦成摇了摇头,沉默了。过了一会儿,他才像是突然想起了什么,把自己背的包放在了李根面前。

“我单手没有办法收帐篷,就只能把干粮和急救包放进去。你赶快看看,能不能帮王队长处理一下伤口!”

李根急忙行动了起来。

东西当然都用得上,虽然王永军右手的伤还是没有办法完全止血,但他身上被抓破的地方之前只是草草地用撕开的衣服包起来,既不卫生也起不到保护伤口的作用。碘酒已经被用完了,但李根用反复煮沸后冷却下来的温水化了一些高锰酸钾,替王永军清洗了一下伤口,然后用干净的敷料和纱布包裹了起来。

一切都弄好之后,他才又处理了自己身上的伤口。

这个过程中的剧痛让王永军大汗淋漓，筋疲力尽，很快就昏昏沉沉地睡了过去。李根替李彦成检查了一下手的情况，然后便弄了些干粮煮起来。

两人都没什么心思说话，于是便都木然地看着火堆上的那个饭盒，等待它沸腾。

丛林里突然有某种声音响了起来。

“那是什么？”李彦成警觉地问道。

听上去就像是某种大型动物的鸣叫，此起彼伏，数量相当多，而且正在快速地向他们这边靠近。

两个人的脸色都变得惨白。

“是血！是血腥味把它们引过来了！”李彦成突然大声地说道。

这时候他们才想起培训课里的一项内容，任何时候都不要在距离营地很近的地方宰杀动物，不要把内脏之类不要的东西随意丢弃在营地周围，解手最好是到营地的下风口，挖坑，解完之后尽快用土覆盖起来。这样做除了卫生防疫之外，最重要的作用是防止这些气味把那些嗅觉敏锐的猎食者引到营地周围。

但他们的精神都已经非常疲倦了。三个人前一天晚上其实都没有怎么闭眼，今天又都经历了许多，已经有些麻木。在替王永军处理伤口的时候，他们根本就没有想到这一点，李根甚至没有把那些换下来的带血的布条扔到远处、烧掉或者是埋起来，而是随意地把它们扔在了不远的地方。

而现在，丛林告诉他们，在这个地方，任何一次疏忽大意都将带来毁灭。

那些声音已经把他们包围了起来，响亮的叫声此起彼伏，他们甚至能够看到一些巨大的头颅在周围的树丛里移动，似乎马上就要扑上来。

李彦成的牙关颤抖起来，发出了磕碰的声音。

王永军已经完全没有战斗的能力，而他自己也只剩下一只手可以用，仅凭李根一个人，能挡得住它们？他们甚至连一根长矛都没有，只有两把可怜的砍刀！

怎么办？

“我来引走它们。”李根突然说道。

“什么？”李彦成惊讶地说道。

“我来引走它们！趁它们还没有过来，快！”李根大声地说道。

他把李彦成推到那个树洞里，把那根他刚刚砍下来、还没来得及修掉枝叶的树枝拖过来挡在了树洞前面，遮蔽得并不完全，于是他用力把那些没有用上的枝杈砍下来，以最快的速度堆到洞口，尽力把它遮严实。

“李根……”李彦成惊愕得不知道应该说什么。

“你一定要守住王哥！一定要让他活下去！”李根大声地说道。

那些东西已经到了很近的地方，但洞口还有很多地方空着，可在这种时候，已经没有办法做得更好了。

李根一咬牙，用刀把火堆拨散，把饭盒丢向远处，抓起那堆沾满了血污的布条，并且用刀在自己手臂上划了一下，大声地叫道：“来啊！来吃我啊！”

那些东西的叫声越发疯狂了。

李彦成蜷缩在树洞里，听着他的怒吼，听着他向远处跑去的脚步声，心里突然有些愧疚。

这种愧疚迅速蔓延，甚至让他开始回想起更久之前的事情。

不！

他急忙对自己说道。

我和他们不一样！

他们都是孤家寡人，死在这里，或者是死在别的地方，并没有什么区别。

可我不一样！

我还有蓁蓁！

她那么爱我！而且她非常需要我！

如果我死了，她怎么办？她要怎么在这个世界活下去？

所以我不能死！哪怕只是为了她，我也不能死在这里！

他握紧了拳头，对自己说道。

而且，我并没有让他这样做，是他自愿的！

他们这些人本来就没有什么用处，只知道好勇斗狠，如果不是他们自己麻痹大意，一切问题就都不会发生，事情也就不会弄成现在这个样子！

如果不是张开印自己摔到那个坑里……

如果不是李根自己走丢了……

一切就不会发生！

他们将找出一条通往海边的路，满载荣耀回到远山。

谁也不用死，每个人都将获得自己应得的报酬！

但恰恰是因为他们自己麻痹大意，害得事情变成了现在这个样子！

所有问题本来就都是他们自己搞出来的！

怪谁？

李根只是在赎罪而已！

李彦成拼命地对自己说着，心里终于舒服了一些。他的身体不小心碰了一下躺在旁边的王永军，但王永军却没有醒过来。

之前在换纱布的时候因为忍受剧烈的疼痛而消耗了太多的精力，王永军睡得很沉，竟然不知道外面发生了这样的事情。

这时候李彦成才意识到，自己没有问他们分开之后发生的事情，也不知道王永军究竟是因为什么而变成现在这个样子。

不过这都不重要了，反正以他们这些人的秉性，多半都是因为鲁莽。

他屏住了呼吸，小心翼翼地听着外面的动静，想知道那些东西是不是真的追着李根去了。

外面很安静。

被拨散的火堆散落在地上，但还没有完全熄灭，勉强能够让他看到外面的一些情况。

预想当中的巨兽并没有出现，反倒是一些纤细的身影快速地从树洞外一晃而过。

真的成功了？

他几乎有些不敢相信自己会这么幸运。

那些声音越来越远，似乎真的已经跟着李根去了。

李彦成心里彻底放松了，饥饿感在这时候突然又冒了出来，并且在不久之后占据了他的整个身体，撕扯着他的胃，让他什么都思考不了。

之前那一盒糊糊都快煮好了……他有些惋惜地想着。

他的包还放在树洞外面，里面还有糖果、巧克力和压缩饼干，都是之前梁宇专门为他们这次冒险而配备的，他离开之前，把所有食物都收集了起来。但因为是匆忙之间被李根推进来的，他并没有来得及把它拿进来，而且也够不到它。

要怎么办?

他小心地看了看外面,什么声音都没有,那些东西应该已经走远了。

但他决定还是等等。

雨又沙沙地下了起来,地上的那几点炭火很快就完全熄灭了。有少量的雨点飘了进来,气温也变得更低,这让他越发饥肠辘辘。

于是他终于缓慢而又轻巧地把挡在树洞口的那些枝叶推开,忍着左手的疼痛,慢慢地爬了出去。

一个声音突兀地在距离他不到十米的地方炸开,把他骇得直接摔在了地上。黑暗中,他只看到一个巨大的恐龙头颅出现在那个地方,缓缓地向他走来。

我不能死在这里!

他惊慌失措地想着。

去吃树洞里的那个!他的肉比我多多了!

但那个东西却像是根本没有注意到树洞里还有另外一个目标,而是小心翼翼地继续向他走了过来。

还有机会!

张晓舟说过,这些动物的嗅觉都非常灵敏,对于血腥味更加敏感。

那么,它应该会注意到王永军身上的血腥味才对!

还有机会!

趁着它去吃王永军,我还有机会逃掉!

他跌跌撞撞地向后爬了几步,恐惧甚至让他忘却了左手手肘的疼痛。

但一切却并未像他想象的那样发展,那只恐龙甚至没有往树洞那边看一眼,而是继续笔直地向他走来,并且再一次大声地咆哮了起来。

李彦成终于意识到这是什么动物的叫声。

暴龙……

他绝望地爬了起来,没命地向着丛林深处逃了过去。

暴龙的声音始终跟在他身后不远的地方,也许是丛林的树木干扰了它?

但李彦成却一直无法甩开它,有时候,它的咆哮声甚至会突然出现在他的前方,让他慌不择路地转向另外一个方向。

究竟是怎么了？

为什么？为什么要一直跟着我？

剧痛从左手传来，他的半个身体几乎都麻木了，这让他已经没有办法再像之前那样逃走，甚至连快走都做不到。而那该死的暴龙却像是在玩弄他，迟迟不上来取走他的生命，只是一直不紧不慢地跟在他身后，不断地咆哮着，驱赶着他。

它究竟想要什么？

李彦成绝望地想着。

他已经完全不抱任何希望了，除非有奇迹发生，否则的话……

脚下突然一空，一道峡谷突然出现在他面前，但他已经完全收不住脚，惨叫一声，直接沿着那面陡峭的山坡，连滚带爬地摔了下去。

第5章 救援

猛烈的敲门声把张晓舟惊醒，他晃了一下脑袋，很快就清醒过来。

自从来到这个世界，他的睡眠一直都很浅。

“怎么了？”他低声地问道。

“严烨和徐杰回来了！”齐峰在外面说道。

“我马上来！”张晓舟立即坐了起来。

这样的时间，这样的说法，马上就让他的心沉重了起来。

“出什么事了？”李雨欢这时候才醒来。

“没事，你睡吧。”张晓舟轻轻地在她额头上吻了一下，快速穿好衣服走了出去。

李根和王永军失踪，李彦成和张开印受伤，非但如此，严烨和徐杰身上也有多处瘀伤，那是因为连夜赶路从一个坡上摔下来导致的。

这样的情况让联盟的负责人马上行动了起来，尤其是钱伟和梁宇，他们已经没有能力再去拼凑更多那样的装备，但最起码，他们得让去参与救援的人不至于什么都没有，要拿命去拼。

“以武文达那个组为主，加上所有参加过培训的队员。”张晓舟说道。但要在茫茫林海中寻找两个失踪的人，这样的人力完全不够看。

“征集更多的志愿者，向他们说明危险性，”他补充道，“能动员多少人就动员多少人。”

“按照严烨的说法，他们失踪的位置在远山正东偏北，距离远山大概十公里左右，”老常低声说道，“已经过去了两天，怎么判断他们的位置？我们是以人海战术平推过去，还是以他们的失踪点为圆心展开搜救？物资补给怎么准备，以什么路线、用什么方式运送过去？不管专不专业，他们好歹接受过那么长时间的培训，装备齐全，还出了这样的问题。贸然动员大量没有任何丛林生存概念的人出去找他们，装备能不能跟得上，这些人能不能派上用场，会不会有更多人出事？大量出动人员，晚上是回来还是就地扎营？如果遇上暴龙这样的大型恐龙，或者是遇上其他大型动物怎么办？打，还是逃？”

他的话让张晓舟陷入了沉默，他不得不承认，自己冲动了。

如果他们有能力一次性出动大量人员进入丛林，那他们也就不必派遣这样的两个小分队去执行任务了。正是因为技能、经验、补给、装备、团队和对于丛林的认识严重不足，他们才采取了这样的方式，希望能够以最小的代价获取足够的经验和知识，一步步踏上征服丛林之路。

他下意识地又把这个世界与之前的世界混淆了起来，那时候有人失踪可以动员大量的人员去搜寻，是因为那个世界几乎不存在不毛之地，不存在那么多危险，而被动员的也多半是熟悉地理情况的本地人，而且通信、补给和后勤都能跟得上，甚至可以动用直升机。

而他们这些人却几乎什么都没有，什么都不清楚，情况完全不同。

“这些人不用深入丛林，”他咬着牙说道，“钱伟，能不能连夜拆一架升降机过来？严烨之前说他们是笔直朝着远山的方向走过来到了悬崖边上，然后沿着悬崖往北走的，问他能不能找出那个点对应的位置，我们在那里装一架升降机，把那个地方开辟出来！就算不能进入丛林，我们至少能尽量缩短和他们之间的距离！”

联盟在这个夜晚彻夜无眠，大量松脂和动物油脂做成的火把彻夜燃烧着。

许多人被连夜动员了起来，以不同的方式为营救行动做着准备。

一架升降机被临时拆过来装在城东工业区边缘的悬崖上，钱伟带着一群工人轮番挥动大锤，把地锚牢牢地打下去。

梁宇带着自己的部下在仓库中小心翼翼地寻找着需要动用的物资，而段宏则与自愿报名参与行动的那名医生一起讨论着可能遇到的情况，选择需要带上的药品和器材。

他本来想亲自参与行动，但作为联盟最好的外科医生，他的重要性甚至超过了张晓舟，没有人同意他去冒这样的风险。

包括严烨和徐杰在内，最终确定的救援队伍一共有十八人，有一名医生和一名男护士，以武文达为领队。这也是当前联盟所能出动的全部力量。其实他们当中有许多人也存在大大小小的问题，因而在之前的初选中被剔除，但此时此刻，他们已经是联盟所能动用的最好的人手了。

“纪律！谨慎！无论什么时候都不要忘记这两点！遇到事情宁愿慢也不要慌！一切行动听指挥！”武文达的嘴上已经因为压力而起了泡，他大声对自己的队员们说着，“我们已经有两个人失踪，两个人受重伤！不要再因为疏忽大意、违反规则而出任何纰漏！我们是去救人的！别最后又要让更多的人来救我们！现在，全部都有，睡觉去！”

大多数人却根本无法入眠，一些人是因为兴奋和激动，而另外一些则是因为紧张和不安。他们睡下去不到四个小时就被叫了起来，领装备，再一次重申纪律和规则，然后便摸黑吃了一顿丰盛的早饭，在第一道晨曦出现后进入丛林，在严烨和徐杰的带领下踏上了救援的道路。

环境难以辨认，严烨他们昨天到达这个地方的时候天几乎已经黑了。好在他们在沿悬崖向北行动之前，用石头在地上堆了一个箭头，在找到这个箭头之后，他们便沿着昨天一路做出的标记，向着李彦成和张开印所在的方位直奔而去。

一路无话。

当他们接近严烨他俩昨天遭遇那群恐龙的地段，再一次听到了那些恐龙在丛林里此起彼伏的咆哮。

一些队员紧张了起来，因为这样的吼叫声实在是太容易让人联想到那些巨大的猎食者。

“不要怕，只是些虚张声势的东西。”徐杰对他们说道。

他把自己和严烨昨天的经历讲给大家听，这种恐龙离奇的猎食方式让所有人都感到很惊讶。

严烨却觉得有些奇怪，这几天来，他们在这座丛林里遇到的大型动物屈指可数，而且绝大多数都是在清晨、傍晚和夜间行动。

这群恐龙昨天锲而不舍地追了他和徐杰两三个小时，这也说明了在这片丛林中，它们寻找猎物并不容易，因此而不愿意放弃任何可能的猎物。

它们现在找到了什么？

“武哥……”他找到武文达，把自己的想法和他说了一下，马上就得到了他的赞同。

“原地休息！徐杰、于绍辉，你们负责监督，谁也不能离队！”武文达马上下令道，“赵猛、关朋、陆兴国，你们三个跟我来，我们去看看，这些东西到底在攻击什么！”

他叫上的都是自己那个组的队员。他们本身就是培训合格最终被挑选出来的队员，虽然没有像严烨他们这个组那样经历了这么多的事情，但两天下来，多多少少也掌握了一些实际的技巧，这让他们很快就顺着那些吵闹的声音找到了它们袭击的对象。

“李根?!”人们几乎不敢相信自己的眼睛。

大概二十来只恐龙围着一棵大树，而李根则狼狈地骑在一根粗大的枝杈上，身上血迹斑斑。

“武哥！严烨！”看到同伴，他的眼泪都几乎掉了下来。

队员们马上向他跑去，那些恐龙继续虚张声势着，但面对这么多训练有素的人，它们明智地选择了撤退。

“别他妈哭鼻子了，”一名队员摇着头善意地嘲笑着李根，“看到我们有这么激动吗?”

“不是！快点跟我去救王哥他们！”李根几乎是直接扒着树干滑了下来，他落地的时候摔了一跤，但马上就一瘸一拐地跳了起来，“快！”

他已经记不清自己是从什么地方逃到这儿的，但人们循着那些恐龙的叫声，很快就找到了他所说的那个树洞。之前那群被他们赶走的恐龙一定是又跑到了这个地方，树洞外面密密麻麻地站了将近四十只恐龙，看到人们过来，它们不甘心地大声嘶吼了起来，甚至向他们围攻过来。

但在武文达果断出手用投矛把其中一只当胸刺穿之后，它们便马上散开，消失得无影无踪。

“王哥！王哥！李彦成！”李根一瘸一拐地向那个树洞跑去，差点摔一跤。挡在洞口的枝条大部分已经倒在一边，只挡住了一半，洞口血迹斑斑。

人们的心里都是一颤。

一只伤痕累累的手从里面伸了出来，李根急忙上去抓住了它。

严烨和武文达急忙跑了过去，拖开挡在洞口的那些枝条，把浑身是血的王永军扶了出来。

他已经严重透支，几乎没有办法自己站立。

严烨看到洞里有好几只死去的小恐龙，其中一只的脑袋都不见了。

“王哥！”李根终于哭了出来。

“哭个屁！”王永军却哈哈大笑了起来，“又不是我的血！它们想吃我，反倒被我杀了好几只，哈哈，真痛快！”

武文达指挥队员们就地找材料做担架，让两名队员一起去把大部队喊过来。

“你不是说李彦成也在？他人呢？”严烨问道。

李根摇摇头，只是看着王永军。

王永军说得很轻松，但事实上，他手上、脸上都是被那些东西咬出来的伤痕，他身上那些也许不全是自己的血，但肯定至少有一半是。之前他全靠一口气撑着才支撑到现在，这口气过去之后，很快就虚弱得几乎连话都说不出来。

人们不停地和他说话，生怕他睡过去就再也醒不过来了。

“我怎么知道？”他连摇头的力气都没有了，“睁开眼睛就是这些东西，然后就和它们一直僵持到现在了。”

“那家伙！”李根愤怒了起来，“他一定是丢下王哥自己跑了！亏我还把王哥托付给他！”

“没看到人不要自己瞎猜。”武文达说道。但他听完李根的叙述之后，对于李彦成的观感也自然而然地变得更差了。

他们终于把简易担架扎好，小心翼翼地把王永军抱了上去，向着大部队的方向走去，准备尽早和他们会合。

剧痛把李彦成从昏迷中唤醒，他睁开眼睛，发现自己正斜躺在一片碎石之间，旁边不远的地方是一条潺潺流动的小溪。

哗啦啦的水声吵得他头昏脑涨，身上到处都在疼，头也晕得厉害。

我在什么地方？

他花了几秒钟才回想起发生的事情。

我从暴龙的口中逃生了？

他几乎不敢相信这一点。

阳光从溪流和峡谷的上方透过来，刺着他的眼睛。他努力地想要看看周围，却发现自己的一条腿已经完全没法移动，另外一条也疼得厉害，左手则麻木到没有知觉，右手也全是伤。

但还好，勉强能够动一下。

他试着坐起来，却感到胸口一阵剧痛，用右手摸了一下，才发现至少断了一根肋骨。

痛苦和绝望再一次笼罩了他的身体，让他颤抖了起来。以这样的伤势，如果没有人来营救，根本就不可能走出去了。

但他们会来吗？

他不敢去想。

就在这时，他突然听到不远的地方有石头翻落的声音，随后，是沙沙的爪子在碎石上踩过的声音。

全身的血液一下子都冷了，他努力地仰起头，却看到那是两只身形很纤细的恐龙。它们看上去很高，但却没有多少肉，脖子和腿都又细又长，就像是鹤或者是鹳。

但它们的嘴却又短又宽，里面全是细细的尖锐的牙齿。

如果是平时，甚至是昨天遇到这些东西，李彦成根本不会感到害怕。但现在，他却从它们的态度中感觉到了危险。

“滚！滚开！”他咬牙忍着痛，用唯一还能动的右手在地上摸索着，抓到了一块石头，随后用力地向它们掷去。但他的身体已经太虚弱，那块石头在距离它们还很远的地方就落在了地上，啪的一声，吸引了它们的注意力，让它们盯着它看了好一会儿。

“滚！快点滚！”他再一次大声地叫道，同时继续用手在地上摸着。但这一次，除了很小的碎石和泥土之外，却什么都没有摸到。

这让他惊恐起来。就在这时，距离他最近的那只恐龙突然张开了前爪，并且把尾巴高高地竖了起来！

“嗷呜！”它的嘴张得大大的，脖颈下方的一个地方鼓了起来，就像是一个风箱，尾巴上的羽毛向两侧展开，让它的身体看上去就像是一只大型肉食恐龙的头部。

李彦成一下子呆住了。

他茫然地摇起头来。

不可能的……不可能的……昨天晚上追我的，不可能是这些东西……

更多同样的恐龙却出现在了他的周围，它们相互吵吵嚷嚷着，争斗着，就像是一群正在等待大餐的饕客。

“滚开！滚开！”李彦成疯狂地大叫起来。

但回答他的，却是更多巨大的咆哮声。

一只恐龙终于走到了他的身边，对着他断开的小腿低下了头。

几秒钟之后，所有的恐龙都围了上来。

几个人轮流抬着担架走，很快就遇到了闻讯赶过来的大部队。武文达安排人们清理了一块场地，让随队而来的医生可以好好地替王永军检查。

在丛林中没有条件进行更多的检查，只能简单地看一下他身上的伤口，测一下血压和体温。

李根眼巴巴地看着医生，而医生的表情则越来越严肃。

“必须马上送他回去！”医生低声地说道，“他的血压太低，几乎已经测不出来了。另外，他还在发烧，有可能是感染了，必须尽快治疗！”

“我马上安排！”武文达说道。

他看了一下周边的队员，因为之前严烨和徐杰一路上尽可能地做了路标，他们的行进算是非常顺利。这条路在他们来的时候又进一步在路边用石头、木头和剥开树皮的树木做了标记，只要不在路上遇到突发情况，回去应该会很顺利。

他很快就做了决定，由徐杰和李根带六个临时抽调的队员回去。徐杰已经在这条路上走了两次，对路况比较熟悉，而李根明显是已经连续很多天都没有好好休息，现在精神虽然看着还好，但估计已经是强弩之末，支持不了多久。

他俩对于丛林的情况比较熟悉，而那些临时抽调的队员体力比较充沛，适当的轮换之下，应该能以最快的速度把王永军送回去医治。另一方面，搜救的对象已经减少到了两个，而且其中一个应该就在附近，把不熟悉丛林情况和没有经过充分培训的队员送走一些，对他来说安全责任反而更小一些，要担心的事情也更少一些。

“张开印可能已经死了……”李根这时候才回过神来，神情低落地说道，“是李彦成说的。”

这一点武文达和严烨都已经想到了，但即便这是真的，他们也必须亲眼看到他的尸体，或者是找到他死去的确切证据，不可能因为李彦成的话就放弃搜救。

“武哥你带一半人在这附近找李彦成，我带医生和另外一半人去找张开印好吗？”严烨问道。

“好！”武文达点头表示同意。

队伍再一次分成三组，经过这些事情之后，大家对于可能出现的情况也有了一定的认识和准备，不至于再出现王永军他们之前那样的状况。

严烨带着分给自己的队员匆匆沿着昨天匆忙标记过的路线往前赶，在山上的时候情况还好，但下山到了靠近沼泽的地方，前一天他们留下的印记被破坏得很严重，很难辨认，他们不得不一边继续留下明显的标记一边走，将近两个半小时之后才终于看到了那片荆棘。

“张开印！”虽然知道他活着的可能性并不大，但严烨还是忍不住叫道。

空无一人。

挡住唯一入口的火堆早就已经熄灭，被雨水浸湿，他们搭起来的那两顶帐篷也不知道被什么东西破坏了。地上全是已经干涸的血，甚至还有衣服的碎片。他们小心地沿着地上那道触目惊心的血迹追寻，在大概两百米外的另一个灌木丛里，找到了套在防刺服里被啃食了一半的血迹斑斑的骸骨和内脏的碎片。

这样的景象让一名队员马上就跑到一边呕吐了起来，其他的队员也不好受，但还能勉强忍住，毕竟，他们并不是第一次见到死人，只是第一次在这种情况下看到自己的同伴。

所有人都没有说话。

无法辨认，但丛林里不可能有其他人有这样的装备。

“找柴去吧。”严烨低声地说道。

把尸体带回去非常不现实，但埋在这样的地方也不可能，唯一的选择就是露天焚烧之后，尽可能烧一些灰带回去。

他们花费了两个小时才搭起一个足够大而且足够干燥的柴火堆，严烨和另外一名队员把张开印的遗骨小心地从那件防刺服里扒出来，又把散落在周围的那些遗骨收集起来，一起放到柴火堆上，然后点燃了它。

等待火堆燃烧，熄灭然后收集骨灰又是一件漫长的事情，他们在这个过程中小心翼翼地把那些被遗弃在营地周围还能用的东西都收集了起来。在这个时代，他们还没有奢侈到可以随意地抛弃它们。

严烨用属于张开印自己的饭盒和水壶装满了还未冷却的骨灰，随后和其他人一起草草地把剩下的烧得焦黑的部分都掩埋在了一棵树下，匆匆往回走。

经历了这一切之后，天色又开始变暗，他们也许来不及赶回远山了。

最终他们在之前与大部队分开的那个地方找到武文达那个组，他们正焦急地等待着严烨他们。

“找到李彦成了？”

武文达轻轻地提起了一个背包。

“在里面。”他低声地说道，“我们在山谷里发现了他的尸体……应该是昨天晚上不慎从高处摔了下去，然后被之前我们看到的那些恐龙发现了……”他微微地摇了摇头，“我们把他的遗骨收集了一下，很努力地烧了些灰。你们那边呢？”

“一样。”严烨也提起了装着张开印骨灰的那个包，低声地说道，“他死了。”

李彦成既然死了，那关于张开印的事情就成了一个悬案，永远无法知道在他们身上发生了什么事情。

“我们怎么办？回去，还是在这里宿营？”严烨问武文达。

“回去！”旁边好几个人异口同声地说道。

“我们连夜赶回去。”武文达点点头。

他之前就安排徐杰、李根他们在回去的时候进一步在这条路上做更多的标记。虽然天已经要黑了，但这条路已经被来回走了三次，有明显的痕迹，打着火把慢慢地走，相互之间做好照应，应该不至于迷路和走丢。

“回去。”更多人说道。

丛林里，不知道是什么动物发出了咕咕的叫声。

直到天完全黑下来，他们才走回悬崖边，张晓舟和钱伟守在升降机前等着他们。

严烨本来走在人群最前面，看到这样的情况便悄悄闪到了人群里。

看着张晓舟期盼的目光，武文达默默地走到他们面前，摇了摇头，把装着骨灰的两个包交给了他。

气氛变得很压抑，片刻之后，张晓舟点了点头。

“他们都是英雄，你们也都是英雄！联盟有你们这样的勇士，是联盟的幸运，我以你们为荣！”他说道，“请你们相信，他们不会白白牺牲，我们的脚步也不会因为这次失败而停下！我们会从这次的失败中吸取足够的经验和教训，做好更充分的准备，尽力去避免这样的事情再一次发生。总有一天，我们将会征服这座丛林，总有一天，我们会征服这个世界！”

人们默默地看着他，听着他的话，没有人说话。

他抬起头，对着队员们说道：“你们饿了吧，上面已经准备好了热饭热菜和热水！我们上去吧！”

人们终于轻声欢呼了起来。

经过一整天的跋涉，精神和体力都已经到了极限，对于已经连续在丛林里走了好几天的严烨等人来说更是如此。

在这种时候，没有什么比洗个热水澡之后饱餐一顿然后睡觉更好的安排了。

也许他们在明天或者是更远的未来将会征服这个世界，但现在，他们只想忘掉这一切。

第6章 人　心

“……历史将会铭记他们的名字……”

草草搭起的主席台上，张晓舟正在尽量投入地念着邱岳起草的稿子。

他本身对于这样的事情一点儿也不喜欢，但邱岳说服了他，也说服了其他人。

做这样的事情从来不是为了死者本身，甚至不是为了安抚死者的家属，而是为了其他人，为了联盟的未来。

只有在看到死者获得荣耀，看到死者的家人获得荣耀和保障之后，其他人才会相信自己也会获得这样的待遇。这样做与其说是为了死人，倒不如说是为了活人。

“在这个世界，死亡已经是一件再普通不过的事情，但也正是因为这样，谁能够给予死亡足够的尊重，谁能够给予牺牲者的家属充分的保证，谁就能获得人心。”邱岳这样说道，“一个团队的向心力来源于方方面面，要想摧垮很容易，只要抽掉其中的一块板子就行了。但要把这个桶箍好，就必须把方方面面的短板都补好。”

其实新洲团队之前就有这样的承诺，也在这样执行，但这样的做法扩展到整个联盟，让联盟的成员们知道当他们为联盟付出代价之后，将会获得同等的回报，这还是第一次尝试。

“建立信任的过程是漫长的，但只要一次次走下去，信任就会一点点建立起来。而这种信任将会在不久的将来，让联盟真正变成一只铁桶。”

张晓舟对这样的话深以为然。

之前有一天他在吃饭的时候偶然碰到了邱岳，于是和他闲聊起来，不知道为什么突然讲起了安澜大厦之前的事情。张晓舟自嘲地说起他们所犯的那些错误，邱岳却笑了起来。

“我知道你们在安澜大厦的时候也承诺过，一定会把因公牺牲的那些人的家属照顾到底，也一定会把受伤的人照顾到底，但为什么人们还是不愿意拼命，不愿意付出呢？”他对张晓舟说道，“人们自私，不肯吃亏，原因其实很简单，因为他们没办法相信组织能够带领他们走向未来，没有办法相信自己此刻付出的代价在未来能够获得回报。”

“这怎么说？”张晓舟对这样的话题很感兴趣。

“很明显，因为安澜的体量不够大，”邱岳说道，“当时你们有多少人，一百多？两百？里面还有多少是老弱病残？你当然相信自己能够带领大家克服困难生存下去，也在往这个方向努力，但这样的先天不足是安澜没有办法解决的。以安澜的体量，不管你们再怎么努力，只要有一次大的意外，损失掉七八个壮年男子，整个团队就会马上陷入生存危机。而我们都清楚，以你们那个时候的生存环境，这是很有可能的。人们当然愿意相信你有能力也有魄力带领他们求存，但问题是，你自己都没有办法保证自己一定能安安稳稳地活下去，你又怎么能保证其他人也能？保证你们列出来的那些承诺一定能够履行下去？在这种情况下，只要不是那种刀逼到眼前的危险，人们又怎么可能甘愿去冒险？”

“那新洲呢？新洲为什么可以？”

“我不认为新洲是一个普遍的例子，”邱岳摇了摇头，“新洲团队本身就是从各处招募而来的亡命之徒，抱歉，这个词用在这里可能有点不恰当，但我一时想不出更确切的说法了。他们本身就已经挣扎在死亡线上，不拼就得死，不拼，自己的家人就要饿死，在那种情况下，他们没有更好的选择，当然只能选择相信团队能够存续下去，也只能努力地去让团队存续下去，努力去让你所承诺的那些东西有实现的可能。但人性不会因为这些东西而改变，新洲团队在成立之后还没有真正面临生存危机，很快就迎来了联盟的组建，这把他们的后顾之忧彻底解决了，所以他们并没有机会去面对重大的挫折和风险，换言之，他们是没有受过考验的群体。”

张晓舟若有所思。

“新洲的人真的就比其他团队的人勇敢？不怕牺牲？其实我并不这样看。只是因为当时其他团队都面临着和安澜一样的困境，体量太小，没有办法承受任何失败，一旦失败就是全军覆没的结果，因此人们不敢冒险，不敢去拼，最终才让新洲这个很特殊的团队脱颖而出。但到了联盟这个层面上，这么大的体量已经有了一定的容错和承担损失的能力，已经足够让人们相信联盟有能力实现自己的那些承诺，在这种前提下，那些承诺对于人们来说才有了意义。”

一面从医院的仓库里翻出来的国旗飘扬在康华医院大门外的那个旗杆上，随风轻轻地抖动着。

虽然已经不是之前的那个世界，但这面旗帜所代表的，已经不仅仅是它最初的那些意义了。人们有意或是无意地赋予了它更多的东西，而它飘扬在这里，也承载了更多的东西。

“联盟将会尽我们所能给予张开印的儿子最好的教育、最好的生活条件，让他健康成长，我们也衷心地希望，他能够像他的父亲一样，成为一名伟大的英雄！”

主席台上，联盟的负责人开始向张开印的父母和妻子表达哀悼，郑重做出承诺。李雨欢和王蓁蓁站在台下的人群中，默默地看着这一切。

张晓舟曾经问过王蓁蓁的意见，但她坚决不愿意在这种时候以李彦成未亡人的身份到那个台上去接受人们的评判，去接受那些善意或者是恶意的猜度。

她曾经爱过李彦成，她也相信李彦成一直爱着她，但她无法以这样的身份，背负这么沉重的压力生存下去。

李雨欢悄悄地看着她的侧脸。当骨灰放入墓地时，她的眼泪终于流了出来，并且再也没有办法止住。周围的人惊讶地看着她们，有人曾经在那个伤人案的庭审上见过王蓁蓁，于是恍然大悟地轻轻“哦”了一声。

李雨欢把自己的面巾递给她，让她用来擦拭眼泪，然后轻轻地把她从人群里拉了出去。

“忘掉他，重新开始生活吧，”她把王蓁蓁搂在怀里，轻声地对她说道，“如果他爱你，也一定会这样希望的。”

王永军和张孝泉一样，获得了单独住一个病房的待遇，他们所付出的东西完全值得联盟这样做。

新洲团队的成员们都轮换着来看他，但医生并不允许他们过于靠近。“他需要休息。”医生总是这样说道。

但段宏却悄悄地对张晓舟说道：“他的情况很糟。大量失血，身体极度衰弱，右手因为长时间用止血带扎住，三根手指已经有了轻微坏死的迹象。另一方面，我们在他体内发现了好几种未知寄生虫的卵，但还不知道情况到底有多糟糕，也不知道我们手边的药能不能起到作用。”

“一定要把他救回来！”张晓舟神情激动地说道，“拜托！一定要把他救回来！”

“这我当然知道，你不说我也会尽最大的努力……但医院的情况你也知道，我们以前都没有遇到过这样的情况，甚至连参考书上都找不到这样的情况……更何况，现在我们有的条件你也清楚……”段宏说道，“我没法给你什么保证，只能尽力而为。”

这样的结果让张晓舟心情十分低落，但另外一方面，更多烦心的事情又找上了他。

“大家都希望能够减轻严烨的刑罚。”齐峰单独找到他，对他说道。

“大家？”

“王永军，武文达，徐杰，还有其他人。”齐峰答道。

张晓舟马上就明白过来，他所说的是新洲团队的成员们。

“就算要减刑也不可能是现在，”张晓舟摇了摇头，“他的审判才过了多久？而且我们之前不是已经说过了，给他减刑是肯定的事情，但要在他立功之后。”

齐峰微微地叹了一口气。

“徐杰到处宣扬他的事情，对他简直赞不绝口。按照他的说法，没有严烨的出色表现，这次他们很有可能一个都回不来。王永军和李根虽然没这么夸张，但也有这样的意思。他们现在对新洲的影响很大，很多人都觉得，这已经足够让严烨减刑了，至少可以先减掉一两年。”

“减掉一两年？”张晓舟因为知道王永军病情而低落的心情越发不好了，“他总共判了几年？如果刚刚服刑一个月就马上减掉这么多，那我们当初何必要让他接受审判？直接宣布他无罪释放不是更好？”

“这我知道，但其他人不这么想，”齐峰说道，“他们当中有至少一半人本来就不赞同对严烨采取这样的处置手段……”

“那你怎么想？齐哥，你告诉我，你是怎么想的？”

齐峰愣了一下，随即微微地摇了摇头：“我当然支持你的想法，但我们不可能硬把他们的想法扭转过来。”

“那就慢慢来！”张晓舟说道，“如果刚刚服刑一个月就开始减刑，那以后我们面对其他犯罪者的时候该怎么处理？我们还有没有底气判他们有罪？如果我们对和自己亲近的人就网开一面，那毁掉了联盟的信誉和人们对我们的信任之后，最终毁掉的将是我们自己的未来！齐哥，你应该明白，我们好不容易才有了现在的局面，绝不能自以为是，搞出什么特殊阶层来。康华医院和何家营就是我们最好的镜子，我们不可能明知道这是一条死路还继续往下走！”

齐峰再一次微微地叹了口气。

“我们一起去找他们说，我们不是不给严烨减刑，但不能是现在这个时候，也不能是因为这样的原因。”张晓舟说道。

“新洲团队的问题如果不处理好，短期内不会有什么，但时间长了，一定会成为严重的问题！”邱岳低声，但却不容置疑地说道。

梁宇微微抬起头看着邱岳，这样的话也只有他敢说，但在场的人只有张晓舟、老常、钱伟、邱岳和梁宇五个人，他自然也不担心这样的话流传出去。

“你这话过了吧？”老常皱了皱眉头说道。

“常秘书长，你觉得我是在危言耸听？”邱岳笑了笑，但却丝毫也没有让步的意思，“他们现在就已经开始以构建联盟的最大功臣自居，看不起其他人，在联盟极力消除原有的团队烙印、融合全员的时候继续搞自己的小圈子，秀优越感。你觉得，任由他们这样发展下去，最终的结果会是什么？”

老常没有回答。

作为行政系统的负责人，二把手，他当然并不喜欢新洲团队的做派。就像邱岳所说，他们这五十个人已经渐渐有了张晓舟老大，新洲老二的想法，对于联盟的其他人，他们几乎都不放在眼里，而这里面，尤其以在最初那场牺牲之后才加入新洲团队的那二十个人最为严重。最初的那三十个人，包括齐峰、武文达和高辉等人在内态度反倒算是正常，而其他人，动不动就拿新洲的身份来压人。

他们对于老常和钱伟这些经常和他们打交道的联盟领导人还给一点面子，再下面一点的办事人员，经常被他们恐吓。

“要是没有我们新洲团队，你们还困在自己的小房子里吃土呢！跑我这里装大？少啰嗦，快点给我办了！”

“要是没有我们新洲，你们早晚都得被吃掉！跟我讲程序？我就问你，你办还是不办?！信不信我收拾你?！”

人们一开始对于他们这样的话是认同的，但当他们一直在各种场合这样说，并且因此而觉得劳苦功高，应该享有特权时，人们的态度渐渐变得冷淡了下来。尤其是在联盟后勤的工作人员被他们一次次强逼索要，愤而把他们及其家属的伙食标准泄露出去让人们知道之后，人们对于新洲的看法越发变得不同。

他们的确是厉害，的确是功劳大，但那又怎么样呢？要是给我这么好的待遇，我也能做到！跩什么跩？好像高人一等似的，有什么了不起的！

“我不是在怀疑他们对联盟的忠诚，”面对老常的沉默，邱岳继续说道，“我也不是在质疑他们对联盟的贡献和重要意义，现在联盟离不开他们，也没有必要对他们怎么样。但我必须提醒各位，他们现在已经是骄兵悍将，并且正在飞快地往兵痞和小集团发展，如果不加以引导和制约，他们很有可能会变成联盟的一颗毒瘤。现在就着手做这件事情，既是为联盟好，更是为他们好。如果他们变成联盟中的特权阶级、独立王国，开始和联盟的大集体利益唱对台戏，那一切就难以挽回了。”

邱岳唱衰新洲团队也不是第一天了，从他崭露头角的那天开始，他就一直在用各种办法在张晓舟心里减新洲团队的分。虽然他一直在强调自己并不针对新洲团队，强调新洲团队现阶段对联盟的重要意义，但谁都能听得出来他明褒实贬的真实意图。

这或许是因为行政系与军事系的对立本能，也许是因为他想要强调自己部门的作用，也许是因为养新洲团队的成本问题，也有可能单纯是因为他就是不喜欢那群人，但不得不承认，他总是能够一针见血地指出他们的问题。

而他在得知张晓舟和齐峰为了平息他们对严烨减刑的要求，不得不承诺在寻找盐矿的任务告一段落之后马上就讨论这个事情，对于相关的人员给出奖励之后，他马上就向张晓舟提出要求，秘密地召集了这场会议。

“严烨的事情本身并不是什么大事，”邱岳继续说道，“也许他的表现确实不错，但任务也的确是失败了，功劳算是大还是小？这怎么评价、怎么量化还有待讨论，需要尽快拿一个具体的细则出来。我的想法是参考以前那个世界的体系，分个人一二三等、集体一二三等，然后对应不同身份的人进行奖励。对于服刑者是一种奖励办法，对于自愿参与者是另外一种。”

他的这个提议让人们都点了点头。

事实上，让张晓舟感到头疼的就是这一点。

新洲的人认为严烨的功劳很大，完全应该减刑一两年，但别人却未必这样看。他们只能直观地看到，任务失败，死了的两个人被评为烈士，重伤的一个人住院。

四个幸存者都被高调地进行了表扬，尤其以重伤的王永军被夸赞得最多。

但人们私下却在讨论，如果是遇上不可抗力，比如是被恐龙袭击而失败也说得过去。但按照新洲的人自己不小心流传出来的那些描述，明明是因为死者之一自己失误受伤，加上王永军的莽撞而造成了队伍的分散，最终两死一伤，导致任务失败，后面的一切努力都只是在弥补这个过失，怎么感觉反倒被他们吹成了一次伟大的成功？

人们对于新洲团队的意见已经很大，如果在这种事情上，把因为防卫过当杀人刚刚被判刑五年的严烨，在仅仅服刑一个月后就突然高调地以立了大功为名减刑那么多，只会让裁决庭的判决变成一个笑话，让联盟好不容易塑造出来的公信力大打折扣。

“但这只是表象，”邱岳话锋一转说道，“我们姑且不考虑那个徐杰这样做的真正理由是什么，有没有夸大严烨在其中的作用，因为我们都不知道事情的具体过程，只听到他们的复述。单就这件事情而言，现在就对有功人员进行奖励，或者是在任务有一个明确的结果之后对有功人员进行奖励，两种选择都很正常。现在就表彰有功人员，对于士气是一个激励，但有可能不客观；而任务完成之后再进行表彰，能够更客观公平地进行奖励，但时效性差。但这个决定应该是由联盟来决定，而不是由联盟下面的一支武装力量来逼着联盟上层来决定！”

他的情绪渐渐激动了起来：“那个徐杰，我真的是不想评论他什么了。明明告诉他们，宣传要统一口径，要统一认识，由宣教部来牵头，放到全局的高度来对他们这个事情进行宣传。但他倒好，根本就不听！自己想怎么说就怎么说！搞得自相矛盾！一会说事情是因为张开印不小心摔跤，然后李根走失，王永军去追他，导致队伍分散。

一会儿又说王永军多英勇，严烨多聪明多冷静。这本来是很好的鼓舞人心的事迹，现在好了，他们自己把底都揭穿了，我就是想替他们美化一下都很难了！他们还认为自己功劳多大？甚至还逼着张主席对他们做出承诺？真可笑，他们以联盟的精英自居，但却连这最基本的情况都搞不明白！"

"你的想法是什么？"张晓舟问道。

他其实很讨厌邱岳的某些说法和做法，联盟不过四千多不到五千人，在他看来，人与人之间应该是平等的，无非是发挥的作用和职位不同。人们的立场应该都是统一的，一致对外，努力工作，让远山，至少让城北联盟控制的区域尽快恢复到一种相对正常的状态，给人们带来平安稳定的生活和可见的未来。

但邱岳的想法却总是这样，他总是认为，只要有人的地方就一定有团队，无非是团队形式不同，效率不同；有团队的地方就一定有政治，一定有派系，有斗争。

好的团队形式和高明的政治手腕能够淡化矛盾，模糊派系之分，把斗争控制在一个有利于整体的范畴内，甚至是通过不同派系之间的斗争而带来高效的竞争；而坏的团队形式和拙劣的政治手腕则必定会激化矛盾，带来低效、内耗、内斗，甚至是自我毁灭。

张晓舟曾经试图说服他，让他不要总是这么上纲上线，在螺蛳壳里做道场，但邱岳却总是能够引经据典，辩得张晓舟说不出话来。

几次之后，张晓舟就再也不和他辩论这些东西，也故意无视他话里的这些东西了。

但这一次，邱岳的话却并不是完全没有道理。

"双管齐下，"邱岳答道，"一方面，我们要加强民兵队伍的建设和训练，提高他们的战斗力，缩小他们和新洲之间的差距，让新洲团队失去唯一性和不可替代性，让他们产生危机感。另一方面，既然新洲的人觉得自己是精英，也享受了最好的补给和待遇，那就应该按照精英的标准和要求来行事。"

"我不明白你的意思，这我们不是都已经在做了吗？"钱伟说道。

"不够，还远远不够！"邱岳答道，"民兵的训练现在都是和新洲的人一起进行，甚至是由新洲的人来负责，这怎么行？这无疑是在进一步让新洲团队的人树立权威，产生优越感，甚至让他们把民兵也抓在手上。民兵训练必须交到行政这一块来，联盟的两支力量必须分开，相互制衡，相互竞争。”

老常和梁宇对这样的说法当然很赞同，但这时候，他们反倒不太好表达意见。

“你的意思是交给分区执委来组织训练？”钱伟问道。

“当然不是！分区执委负责行政事务就够忙了，没有必要增加他们的工作量，更何况，这样的工作必须牢牢掌握在联盟这里！”邱岳说道，“民兵的团队和训练当然要由张主席和常秘书长来牵头负责，他俩肯定没有那么多的时间，但联盟下可以设武装部，由武装部来牵头负责具体的事务，武装部只负责训练，没有指挥权，只有张主席和常秘书长能够指挥，你们觉得如何？”

这自然不会有人反对，只是老常出来说，自己管不了民兵的事情，指挥权也不应该分散，由张晓舟负责就行了。

即使是张晓舟也觉得，选择性无视其中那些偏颇的内容之后，这样的安排很合理。

当然，具体实行起来肯定没有这么简单，但怎么看也比新洲一家独大的情况要好。

“那么新洲呢？”

“他们现在太散漫了，”邱岳说道，“我不是说他们的训练强度和工作量不足，而是说联盟对于他们的管理严重不足，完全就是让他们自行其是，想怎么干就怎么干，对于思想政治方面完全放任自流，这是绝对不行的！既然他们以精英自居，那就应该按照精英的标准去要求他们，集体住宿，严格内务管理，加强学习，最重要的是，要加设专职人员，负责教育、引导、管控他们的言论和思想。”

这样的说法让人们愣了一下。这其实不是什么新东西，严格意义上来说，邱岳一直以来推行和倡导的东西里几乎就没有全新的内容，但却都是人们没有想到过，或者是觉得没有必要设置的。

就像他现在说的这个专职人员，新洲团队的建立完全是因势而起，目的只是求生存，当时既没有这个条件，也没有这个意识，更没有这个必要。而在新洲团队从二十人扩张到三十人，又从三十人扩张到五十人之后，同样没有人想到要增设这么个岗位。

但他提出来之后，人们才意识到，的确有这个必要。

片刻之后，梁宇说道:“其他还好说，但他们现在已经是这个样子了，这个专责的职位明显是要加强对他们的控制，他们会同意?”

“这是传统，他们有什么理由拒绝？正好可以借着改组民兵的时候把新洲一起改了，名称最好也一起改掉。否则的话，他们总是新洲新洲的，一辈子也没法从那个小圈子里出去！如果现在不改，那以后就更没有办法设了。难道就这么看着他们放任自流，慢慢走到我们的对立面去?”

“人选呢?”老常问道。

“可以在新洲团队里面选，不需要他身体有多好，多能打，关键是沟通协调能力和责任心、使命感，当然最关键的是，他要对联盟有足够的认同和忠诚，能认识到新洲现在的问题。不会干没关系，宣教部可以帮忙。虽然我也没有做过这个事情，但史书我看过很多，理论上的东西这段时间也整理出来不少了，我们和他配合，五十个人的思想工作应该能做得下来。张主席、常秘书长，这是我的肺腑之言，你们一定要好好认真考虑!”

老常本来觉得他是在想方设法地为自己捞权位，但他的态度摆得这么端正，反倒没法说什么了。

“我们再讨论一下吧。”张晓舟沉吟了一下之后说道。

正式组建民兵，改编新洲团队不是一个简单的事情，武装部如果要成立，同样有许多问题。

民兵现在只是由每个区的执委负责召集和组织，然后按照大小团队的不同，直接由团队负责人带领。

但按照邱岳的思路，明显是要推翻这样的做法，那最直观的，就要有各级干部的设立，涉及一千多人的人事变动。

哪些人上，哪些人下？

张晓舟显然是联盟民兵负责人的唯一人选，那么，下面的各级人员呢？后勤怎么安排？与民政方面怎么交叉，怎么协调？特殊时刻和平时怎么管理？

武装部由谁来负责？

联盟成立才这么点时间，这样的举动，人们会不会支持？那些执委和团队负责人，会不会认为这是要收走他们手上的权力？要怎么调和这里面的种种关系，获得绝大多数人的理解和支持?

更不要说,梁宇刚刚提出的,新洲团队有可能存在的反弹。

随便想一想,问题就多得令人头疼欲裂,但张晓舟也清楚,这件事情对于联盟来说,必然是利大于弊,值得去做。

第7章 中继站

民兵和新洲团队的事情不是一天两天能够搞定的，也不是他们五个人拍拍脑袋就能完成的，必然要提前做大量的工作，找不同的人谈话了解他们的需求，教育和引导人们的想法。

做这件事情的同时，还不能干扰到联盟的正常运转，不能干扰那些更重要的，关系到人们生存的重要事项。但不管怎么说，最终还是确定了下来，即使是要花费几个月的时间，也一定要把这件事情做成。

“要盯好邱岳这个人。”梁宇悄悄地对老常说道。

张晓舟和钱伟都是很理想主义的人，他们未必会觉得这个邱岳有什么问题。但在梁宇看来，虽然他不知道邱岳究竟是仅仅想要实现个人的野心和抱负，想要获得更多的权力和信任，还是有着更大的图谋，但这个人必须要排挤到最核心的圈子之外。

他可以参加一些会议，提出一些建议，但真正涉及根本利益的事情，不能让他参与进来。

这个人很聪明，正是因为如此，才更要注意他，限制他。

老常微微地点点头，什么话也没有说。

“你想来做武装部的事情吗？”张晓舟在其他人都离开，只剩下钱伟的时候说道。

“武装部？”钱伟愣了一下，随即摇了摇头，“我不是那块料。干来干去，我觉得还是现在在做的事情最适合我。”

张晓舟于是微微地叹了一口气。

钱伟拍了拍他的肩膀，什么都没有说。

两人都明白彼此的意思。虽然邱岳说得很理想化，武装部只负责民兵日常的组织和训练，但谁都不是傻瓜，当然明白，武装部负责人最终必然会成为民兵实际上的负责人，最起码也是民兵的第二号人物。

如果民兵的事情真的能够搞好，这个人的实际权位甚至会比联盟的秘书长都高。

如果联盟有着完善的规章制度制约人们的野心和贪欲，这个位置当然只需要考虑能力问题就行。但现在，联盟的各项规章制度都只能说是草创，过去人们习惯的法律规则和现在这个世界的实际情况往往有着很大的冲突，绝大部分都已经不适用。人们的观点模糊而又矛盾，他们对于某些其实并非要务的事情非常看重，对于一些不那么立竿见影但却很重要的事情又过于忽视。

这就导致了，在这样特定的环境下，规则很容易被歪曲和破坏，成为某些野心家的温床。

康华医院和何家营的事情一直都在提醒着张晓舟，团队内部如果有那样的特权阶级存在，无论是对于团队本身还是在其中求生的人们都是一种毁灭性的灾难。

而他们现在的人口决定了，他们根本就没有承担这种错误的能力。

一旦失败，就是全盘皆输。

正是这个原因，在武装部部长这个极其重要的位置上，他本能地想要使用有操守、有理想和热情的人，能力都可以放到一边。

但这样的人却不多。

老常已经是联盟执委会的秘书长，不可能来兼这个事情。而他所熟知的人里，没有一个人适合放到这个职位上，要么私心杂念太多，要么不愿担当重任，要么能力不足。

唯一他能够信得过，而且他也相信有能力和热情去做好这件事情的，唯有钱伟了。

钱伟的能力或许不在这个方面，更多的是在机械制造和设备维修上，但他已经是张晓舟能够想到的最好的人选。

可钱伟的意思也很明确，他不想做这个事情。

“至少还有几个月的时间不是吗？”许久之后，钱伟才说道，“粮食的问题不解决，大家哪会有心思去搞什么民兵？前期工作我当仁不让，可以帮忙，但如果你现在就着手寻找合适的人选，我想到那个时候应该也有眉目了。联盟四千多人，总不可能连一个合适的人都找不到。你看，邱岳不是就冒出来了吗？”

“但他这个人的动机太不纯粹了，”张晓舟答道，“武装部部长这个位置，这样的人不能用。”

他和老常、梁宇专门去把当初邱岳填写的那张人力资源调查表找出来看过，那上面的内容与他本人完全不符合，内容异常简略。这说明，他根本就没有为了别人挺身而出的愿望，只是在看到联盟有了前途之后，才试图兜售自己的本领。

按照梁宇的说法，他这种做法，是典型的投机行为。而所有投机者的一个典型特征就是，他们的行为只是为了利益。当联盟能够让他的利益最大化，他肯定会为联盟效力，但如果有人能给他更大的利益，他的行为就会存在很大的问题了。

其实张晓舟知道，梁宇和王牧林也是同样的人，当初康华医院试图对安澜大厦施压的时候，他们的表现就很可疑，这也是张晓舟一直只让梁宇做事务性的工作，同时不再重用王牧林的原因之一。

他希望在这个位置上的人能够是一个有一定能力的理想主义者，但遗憾的是，这样的人，到目前他也只发现了寥寥几个。

“如果到最后也没有合适的人，那我可以来做这个事情，但在这之前，你一定要尽力去找合适的人选。”钱伟最终说道。

“好。”张晓舟点了点头。

冒险行动的失败成为最热的话题，大家的质疑和新洲众人的吹捧让这个事情变得越来越有争议性，邱岳不得不想方设法去弥补徐杰无意间制造的那些漏洞。但新洲的人对此并不领情，恰恰相反，他们认为邱岳的做法是在尝试着遮掩王永军和严烨的光辉，甚至是在抹杀他们的功绩。

这让他们对所谓的宣教部非常不满。

好在齐峰和武文达还能镇得住他们，不让他们闹得太过分。

“我希望您能承担这个责任。”张晓舟在这种情况下不得不专门找上了杨鸿英。

“责任我不怕，但我没干过这种事情，就怕干不好这个，误了大家的事。”老人思考了一会儿之后，摇着头说道。

“不会的!”张晓舟急忙说道,“我相信您一定能把他们拉回来!”

有了充足的营养保证,加上一直保持运动和锻炼,老人的精神比刚刚来到新洲的时候好了很多,中气十足,声音也洪亮得很。他每天早上都早早地到训练场上去,盯着当天来练枪术的队员,尤其是盯着那些新队员,在他们动作不标准或者是偷懒的时候,他手里用投矛杆子做的棍子直接就是一下。

“啪!”

又快,又准,又狠!

他的辈分高,资历也不比任何人差,新洲所有人的枪术都是他教出来的,不久前他还刚刚收了对枪术最用心的王永军做入室弟子,在新洲团队算是一个超然的人物。张晓舟想来想去,在新洲内部,真正能镇得住绝大多数队员的,除了二话不说眼睛一瞪就是干的王永军,大概也只有他了。

以他的身份,把那些儿子辈孙子辈的队员们抓过来教训一下,甚至是把他们拉过来给他们讲道理,上上课,既合理,也应该不会有什么强烈的反弹,甚至可以说是理所当然。

只要把这渐渐变成一种习惯,甚至是一种默认的规章制度,那以后再把这个职位确定下来,设为专责,甚至是换另外一个人来负责,也合情合理。

“张主席你既然信得过我,那好,我就试试看,”杨鸿英说道,“这些小子我看也早就该收拾了,学武之人该有的武德一点都没有,桀骜好斗的东西倒是一点儿都不落。你放心,有我盯着,绝不会让他们干出什么出格的事情!一定想办法把他们教育回来!”

张晓舟千恩万谢才从他家里出来。这个事情定了之后,他终于可以暂时把心思从这些让人感到无力而又痛苦的事情里抽出来,去做他喜欢而又擅长的工作。

王永军的那个组因为遭遇了那样的失败,王永军本人又受伤入院,已经自然解散,让剩下的三个人休假,即便是理论上还在服刑的严烨也不再需要随同其他人一起出操、学习和工作,而是留在房间里休息,甚至可以自由地见客。除了不能大摇大摆地出来到街上走,其他待遇和新洲的队员们没有什么不同。

而武文达的那个组则取消了原来的探索任务,换成了一个更重要的新任务。

“我们要在丛林里设置一个中继站!”张晓舟对动员出来的劳工们说道。

他们中的绝大多数都是来自瓦庄村的难民，经过一个多月的休养，虽然每天能吃的都只是最差的含有大量木纤维粉末的树皮粉，但他们当中还是有一些人渐渐恢复了元气。他们也许还没有办法做强度非常大的工作，但这样的任务需要的也并非是强悍的体能。

“危险当然有可能存在，”张晓舟说道，“但这条路我们的人已经来来回回走了好几次，沿途也已经设置了非常多的路标，迷路的可能性很小。武队长将会带队保护你们，你们每天早上外出，天黑前赶回来，只要你们严守进入丛林的各项纪律，危险性并不大。你们的工作将会被记录下来，列入个人的档案，作为立功和评奖的依据。满足条件之后，你们就将转为联盟的正式成员，享有完整的权利。”

人们兴奋地低声吼叫了起来。

完整的权利，也就意味着远离树皮粉和树叶，意味着由联盟组织人手帮忙开垦一块属于自己的土地。这对他们这群人来说，具有相当大的诱惑力。

当然也有人担心着丛林中的危险，毕竟在这条路上，刚刚死了两个人，但在张晓舟的一再动员和保证下，还是有将近五十人走出来报了名。

联盟对他们进行了基本的身体检查，确认他们有能力进行这项工作，然后由宣教部对他们进行了丛林各项纪律的培训。在王永军那个组失败归来的第三天，钱伟便带着这些人，在武文达等人的保护下，扛着工具、绳索、各种材料和提前加工好的一些预制板材，沿着那条道路向丛林的深处走去。

他们的目标是建造一间树屋，或者说，建造一系列具有多种功能的树屋。

目标选择在严烨他们走出来的那条路距离远山悬崖边大概五公里的地方，这里是那座小山的山脊，视野开阔，没有大型恐龙活动的迹象，唯一的问题是取水不便，需要下到很低的山谷中才有溪流。不过雨林中经常下雨，按照钱伟的设计，将在树屋的顶上设计集水装置，这样，只需要有简单的过滤设备就能源源不断地获得足够常驻人员使用的清水。

按照钱伟和吴建伟的设计，这几组树屋应该在距离地面六米到八米甚至是更高的位置以确保安全，以足够粗，根系足够发达，不会被大型恐龙推翻的情况良好的大树为据点，借助树木的主干和粗壮的横枝为支撑，面积四到六平方米，甚至是更大，具有更多功能。

它们应该同时能够满足六到十人的居住、仓储、瞭望、炊事甚至是简单医疗和工具材料加工的功能，以安装在主干上的爬梯上下。在这片丛林中，除了那些偶尔能够看到的鸟类、昆虫和少量的蛇类，应该没有别的生物能够到达树屋的位置。

这种东西没有办法在远山进行预制和加工，道路条件和他们现在的运输水平也决定了他们没有办法运送太多的东西。于是钱伟提前准备好的，只是角钢制成的刷了防锈漆的斜撑、长螺栓、大钉子、大量用来绑扎的绳子以及木工工具。

人们一路走一路扩大着那条已经因为短时间内多次来回而被踩得更明显的道路。他们把道路周围的灌木和蕨类砍光，点火，烧成灰烬，然后撒在道路上，个别积水的地方挖出简易的沟渠把水引走。

这样做之后，这五公里的上坡路便只需要两个小时就能到达，而下坡则只需要一个小时左右就能到达悬崖边的工作面。

钱伟很快就选定了一棵理想的树木。这是一棵类似杉木的大树，木质细密而又坚韧，树皮也比较光滑，不容易让虫子藏身。最关键的是，它的主干下部直径足有四米多，根系也非常发达，高度达到了将近五十米，六到八米的地方有不少横枝，看上去很理想。

“树太高会不会被雷劈？”钱伟的一名助手说道。

“你说得对，完全建好之后我们应该用扁铁和铜线装一根避雷针，”钱伟说道，“不过这不是现在要考虑的问题，先把树木修整一下再说。现在，指挥大家动手吧！”

扩修道路就已经花费了他们将近半天的时间，钱伟找出几个人负责烧水和加热食物，而其他人则在他和几个助手的指挥下，开始在附近砍伐和锯下粗细合适的树枝，做成木工台，然后开始在上面用刀子和刨子把砍下来的树枝加工成相对均匀和笔直的木条。

六米以下的横枝要全部锯掉，这是为了防止有动物可以凭借这些枝条跳到树屋的平台上，这也是整个工作中最危险的部分。一些横枝已经有将近一米粗，重量非常惊人，落下来的时候有可能造成严重的高空坠物事故。好在人们已经在之前的开发过程中积累了很多的经验，无惊无险地把工作推进了下去。

“我们今天只能完成一个简单的平台，”钱伟看了看天色说道，“最多加一个棚子。不过工具可以放在里面，明天就可以带更多的木板和木方过来。”

正当人们干得热火朝天的时候，不远的丛林里突然传来了可怕的咆哮声。虽然武文达等人之前已经说过这个地方有一种叫声很大但对人们没有太大威胁的小恐龙，但很多人还是在那非常类似暴龙的叫声下变了脸色。

“不用理睬它们!”武文达大声地安抚着人们，同时派了两名部下去查看情况。

理论上来说，这附近的暴龙应该都已经跑到了城里，这些叫声应该是那些杀死李彦成的小恐龙发出的。但如果就这样以为自己高枕无忧而对它们不管不顾，那就是傻瓜了。

“就是那些东西，一大群，足有三四十只，”这两名队员很快就回来了，“真讨人厌!”

“不用理它们，它们要是靠近的话，把它们赶走就行了。不过嘛，住在这个地方的人以后要烦死了。”武文达微微地摇了摇头，再一次大声地把结果告诉了在周围工作的人们。

整个工作进行了五天，但成果却远远达不到钱伟的构想。

因为没有更多的工具，他们在这五天里做出来的，仅仅是三个错落分布在那棵大树六米、八米和十米位置上的平台，成螺旋形分布，巧妙地利用了原有的空间。为了缩减工期，减轻重量，平台上只是简单地用木条搭了一个还算稳固的框架，然后用厚厚的防水篷布拉起一个类似帐篷的东西。

八米位置上的平台最大，有将近十六平方米，准备用来住人，外面单独搭了一个两平方米的烧火的小台子，上面有遮雨棚，木头上垒了一层厚厚的泥巴用来防火，放了一个用油漆桶做成的炉子。

六米位置上的平台则有将近十平方米，只有顶棚没有围墙，是用来放东西的地方。这一层的支撑用得最多，为了防止存放的物品把树拉歪甚至是拉倒，钱伟还小心地计算了重量的分布，做了块牌子挂在上面提醒人们注意。

十米处则是一个六平方米的小屋，除了能够住人以外，这里还可以充当哨所。人们在建造这个中继站的过程里把周围的树枝几乎都砍掉或者是锯掉了，站在这里，可以看到周围七八十米远的地方，甚至能够远远地看到新洲酒店楼顶上的旗帜。

三个树屋的顶上都有引流设计，可以把落在屋顶的雨水集中到边角上的桶里，兼具防火和日常使用的功能。

这个中继站再一次延续了安澜只重实用和安全性，丝毫不考虑美观的传统。按照钱伟自己的评价，这简直就是三个搭在高处的违章建筑，毫无美观可言，透气性和舒适性也大有问题。但如果仅仅是为了临时落脚和存放一些东西，功能倒是基本上满足了。

总体来说，他对这在短短五天时间里搭建起来的树屋还算满意。联盟的几位负责人分别抽空到这里来看过之后，也都对他们的工作表示了赞赏和肯定。

“要继续往沼泽里推进吗?”钱伟问道。

“要，”张晓舟点点头，“但要等武文达他们探出一条通往水边的路之后再考虑，不然的话，在一个死胡同建中继站对我们毫无意义。”

第二批丛林探险者开始进行培训，张晓舟的想法是要逐渐把这作为联盟的一项基本课程推行下去，最终让绝大多数成年男子都具有相关的知识和技能。毕竟，这就是他们所生活的环境，未来他们的许多工作都肯定要到丛林里去进行，急需一大批对丛林有着充分认识的人手。

他们按照第一批队员的反馈把之前那些培训中明显用不上的内容剔除，增加了一些针对性的内容，并且询问严烨等人的意见，希望由他们来现身说法，给这些新队员讲课。

徐杰和武文达队伍中的一名成员很高兴地接受了这个安排，李根则希望能够继续加入新的探险队，洗刷走失的耻辱。而严烨在被问到的时候，却只冷冰冰地答道：“我还在服刑。”

新洲团队参与行动的热情开始降低，已经有了自己田地的联盟成员们对于这样的冒险热情也不高，反倒是参与了树屋建设的那些难民踊跃报名。建设期间的伙食比他们之前的纯树皮粉要好得多，那些已经开始结穗和授粉的玉米也让他们眼热。对于他们来说，丛林中的危险似乎并没有想象中那么夸张，想要获得联盟完整成员身份和土地，让家人过上好日子的愿望驱使着他们，让他们站了出来。

新的探险队很快就组建了起来，队伍以武文达为组长，他队中原有的三名队员为骨干，补充了两名之前在第一批培训中得分较高的队员。

李根和严烨都申请加入队伍，但报告上报到张晓舟这里，被他压了下来。

“告诉他们，养好身体，等下一批吧。”

第一次任务失败后的第九天，新的探险队踏上了征途。而这一次，他们将以刚刚建好的中继站为基地，避开王永军、严烨等人之前探索过的区域，以扇形路线展开搜索。

“累死我了！”于绍辉把自己湿漉漉的靴子费力地脱了下来，房间里马上就充满了一种难以评说的可怕气味。

“我靠！你小子投毒也不说一声！这是要用化学武器杀人啊！”旁边刚刚脱了靴子正准备打牌的几个人一下子都站了起来，拼命地逃出房间，跑到更高的地方拼命地扇着风。

钱伟他们在搭这个房子的时候顺便做了不少踏板，让他们有充分的活动空间，倒也不觉得很挤。

“这怪我吗？成天就在积水的地方走来走去，脚能不臭吗？”于绍辉自己倒是不觉得有什么不对，他换上拖鞋，长长地吁了一口气，“你们的脚又有多好闻啊？”

“我们那是正常男人的脚臭，可你这已经是武器级别了……”

几个人斗着嘴，武文达最后一个带着一捆柴上来了。

“这是谁……”结果他也忍不住说道，“快点给我洗脚去！袜子也一块儿洗了！晚上和靴子一起放在火堆边上烤干！”

“武哥，我这走一天了……你让我休息一会儿……就五分钟？”

“现在就去！不然这地方晚上就没法睡觉了！”

于绍辉一脸委屈地沿着木头制成的走道走向一楼的平台，坐在一个装米的罐子上一边洗脚一边抠着脚丫子。下面的丛林里，不时地能够看到那些小恐龙在跑来跑去，有时候嘴里还叼着扭动着的昆虫或者是蜥蜴和青蛙。

这个地方与沼泽比起来，最好的地方就是虫子少，也不那么潮湿。队员们都无法想象，等以后把中继站放到沼泽那边的时候会是什么样子。

他们刚刚来到这个地方的时候，这些小恐龙似乎对于他们的侵入很不满意，经常围在树下叫唤，让他们不厌其烦。武文达不得不拿着投矛出来，试着想要杀光它们。

但它们实在是太瘦，很难命中，即使是离得这么近，又居高临下，一共只杀掉两只。

这些鬼东西的适应能力出奇的强，几天以后，它们对于队员们就见怪不怪，视若无睹了。除非他们是一两个人到附近砍柴和寻找一些新鲜的植物做菜，让它们觉得有机可乘，否则的话，它们根本连看都不会看他们一下。

这些小恐龙的肉很少，也不好吃，于是人们也没了猎杀它们的意图。

人们把它们命名为远山吼龙，但队员们私底下都叫它们装×龙。

“嗷！”于绍辉对着一条正在附近寻找虫子的吼龙叫道，但对方根本连头都没抬一下。

他朝它泼洗脚水，终于让它不满地逃开了，于是他把盆放到一边，慢慢地走了回去。

其他几个人已经开始打牌，武文达则在三楼作为办公室的房间里的一张塑料小桌子上记录着今天勘查的结果，并且和之前的进行对比。他的眉头一直皱着，让大家都不敢大声吵闹。

“今天该谁烧水做饭？”于绍辉说道，“快去快去！我来接棒！”

另外一名队员骂了一句，但终于还是把牌交给他，向烧火的那个平台走去。

不得不承认，有了这样一个中继站之后，探险队员们的生活和安全性马上提升了不止一个等级，士气也得到了足够的保障。每天中午都有人送补给过来，把他们留下的文件和索要的物资清单带回去。某种程度上来说，在当前物资匮乏的情况下，单身汉在这里休息和在联盟的差别并不是很大了。

“武哥，怎么了？”吃饭的时候，终于有人问道。

“我们已经把几个预定的方向都探过了，”武文达说道，“都是沼泽……接下来如果要找路，从这里出发，路程就太远了。”

他们从这里出发，比起从远山出发，每天能节省下四个小时的时间，但如果要继续往南或者是往北绕路，从这里出发就没有意义了。

但如果南北都还是沼泽呢？

武文达没法不这么想。

不管那个水域是海还是湖，如果它的周边全是这样的沼泽地，那他们不管怎么绕，最终的结果也许都是一样的。

问题是，梁宇发给他的文件里已经多次催促他们加快进度，因为盐已经快没了。

人们平日在家里很少会大规模地存放食盐，除了每家每户搜集来的食盐之外，盐主要来自大大小小的商店。但联盟将近五千人每天做饭的时候要用去的量都不是一个小数字,而每天在外面工作的那些人也需要时不时地补充淡盐水,否则身体就会吃不消。

康华医院也是一个消耗食盐的大户,不过据武文达所知,那边的用盐已经完全停下了。

按照梁宇的说法,他们现在已经开始用咸菜和腊肉之类的来代替食盐,甚至连方便面袋子里的调料包都成了重要的食盐来源。但如果他们这边迟迟打不开局面,整个联盟陷入无盐可吃的境况也只是时间问题。段宏不知道人具体不吃盐多久之后身体会出现问题,但从医学的角度出发,在这种湿热的环境下,人们出汗很厉害,如果没有盐分的补充,体内的电解质平衡应该无法坚持多久。

第8章

再一次探险

武文达看着那幅被他拼拼凑凑画出来的地图，其实最深入丛林的地方距离水边应该只有不到三公里了。

“我不同意！”张晓舟对专门赶回来的武文达说道，“你知道这有多危险吗？”

“只有三公里，也许还不到。”

“但你不知道那里面有什么东西！”张晓舟大声地说道。

他敢于把队员们派到丛林里去，因为他知道，一个区域内的猎食者的数量是有极限的。他们在远山城里已经杀死了这么多中型恐龙和两只暴龙，那片丛林中真正存在的猎食者的数量应该已经到了一个很低的水平，足以保证队员们的安全。

但沼泽内部却是不同的。

那里的猎食者们并没有受到远山的影响，它们的生活方式决定了它们不可能离开沼泽。

它们还在那个地方！

泰坦蟒、恐鳄，还有差一点就把李根杀死的那种大型两栖类，那些在血腥面前变得疯狂的食肉鱼类！张晓舟脑海中马上就能想到无数的危险，更不要说，那片沼泽中本来就有的吸血虫子，那些杀人于无形的泥沼。

与沼泽深处相比，丛林就像是一个平安快乐的天堂。

“我不同意！”他再一次说道。

“只有三公里了，为什么不让我们试试呢？”武文达再一次说道。

“即使要去，我们也可以用更稳妥的办法！我们已经失败过一次，没有理由再犯相同的错误！”

“但我们没有时间了，”武文达说道，“我们当然可以砍倒那些沼泽边的巨树，让它们向那片水域的方向倒下去，以此来作为前行的通道。但我们都知道，以现在手上的工具，砍倒一棵那样的树要多久。其他办法呢？也许需要的时间更久。如果我们要花费几个星期的时间才能到达水边，却发现那不是海而是湖，该怎么办？如果我们把时间和精力都花在这件事情上，最终却是这样的结果，怎么办？我们还有机会去尝试其他的可能性吗？”

“我已经问过所有队员，他们全都同意这个计划，”他坚毅地看着张晓舟，低声地说道，“只有三公里，如果运气好，也许只是一天，甚至半天的路程。我们已经从之前的行动里吸取了很多经验，足以应对这样的困难。那片沼泽那么大，那些猎食者分散在各个地方，没有理由我们就一定会遇到它们。”

“让我们去吧！”他再一次说道。

张晓舟仍然不同意，但武文达最终说服了更多的人。

“开一条安全的通路出来不是不可以，但我们没有那么多时间，”梁宇说道，“就像武队长说的，先以小分队确定目标，然后大规模推进，这是最理智也最有效率的做法。”

“但你有没有想过，他们面临的危险有多大？”张晓舟问道。

“我们已经做好准备了。”武文达说道。

“我相信他们有能力完成任务回来，”邱岳也说道，“在这个世界上，每个人每天都在面临危险。他们是我们当中最优秀的人，接受过最好的训练，为了整个联盟，我相信他们已经有这样的决心了。”

这样的话无疑是在给武文达他们身上贴标签，变相地在鼓励他们。

人人都认为这是值得的，张晓舟也无话可说。

“给他们最好的装备。”他只能说道。

“挑选一批队员，做好准备！”他私下找到李根和严烨，对他们说道。

“让我们和他们一起去！”李根说道，“我曾经在那里面转了一整天，还被那东西拖下水，论起在那个地方的经验……”

“他们已经在那里活动了五天，经验未必比你们少，”张晓舟说道，“我要你们做好准备，一旦他们出事，你们就要像之前他们所做的那样，用最快的速度把他们救出来！”

“是！”李根激动地大声答道。

更多的物资被送到吼龙岭的中继站，其中包括了好不容易才找到的下水裤，但只有两套。而钱伟和梁宇能够找到的最好的装备则是一艘长三米宽一米三的充气式救生艇，不锈钢管做的龙骨，橡胶和PVC材料做的艇身。它被放在工业区一家工厂的仓库里，已经有些旧了，但还很牢固，自重只有不到三十公斤。

能在城北找到这样的装备，简直就是奇迹。

“尽量避开水面，”张晓舟只能这样说道，“宁愿慢，不要急。看清楚周边的情况之后再下水。有任何危险，你们都可以放弃任务回来。”

“我明白！”武文达说道，“放心吧。”

两个队员扛着那个大大的救生艇，而其他队员则背着他们的装备，因为目标只是三公里外的水边，为了能够速去速回，他们并没有携带太多的物品。

其他人都拿着长矛，背后背着砍刀，只有武文达依然拿着他的标准装备——投矛器和放在矛桶里的十五根投矛。

人们站在吼龙岭的中继站，看着他们沿着那条几天来他们用草木灰标示出来的通路，慢慢地向山下离去。

“他们会回来的。”邱岳说道。

张晓舟则看着李根和严烨，轻轻地对着他们点了点头。

靠近平地的路标再一次被破坏，但武文达还是根据他们沿途在树上砍出来的标记走到了预定的地点。在这座丛林里，只有他们能造成这样的砍伐的痕迹。

这是一片安静的水面，大多数地方都覆盖着厚厚的一层水生植物，但他们都清楚，长矛只要戳上去，那些植物马上就会分开，变成黑乎乎看不到底的水。

也许是因为沼泽里那些每天晚上都会出来行动的动物吃掉了它们中的绝大多数，否则的话，它们应该会很快就长满整个水面，让这里看上去就像是一整块草地。

“我们有两个选择，”武文达说道，“按照张晓舟的叮嘱，小心翼翼地沿着沼泽中的陆地行走，直到有过不去的水面时再下水，渡过之后马上又上岸。这样做比较安全，因为按照张晓舟的说法，不考虑昆虫的话，绝大多数能够直接对我们造成威胁的动物因为巨大的体型都只能在水下或者是水边活动。

“但这样做的话，我们会在不断的上岸和下水当中消耗大量的精力。我们在陆地上前进的时候同样要小心那些躲藏在草丛里的东西，要砍开通道，要小心那些无处不在的泥坑和水坑。带着这些沉重的装备前进，路上会花费几倍的时间，”他继续说道，“我们还有另外一个选择，直接沿着水路往前，用最快的速度走到水边，确定那是湖还是海，然后原路返回。这样做全凭运气，如果运气好，我们就可以轻轻松松地完成任务，但如果运气不好，我们也许全都会死掉。”

“你们怎么想？”他问队员们。

“我们在陆地上就保证能避开那些东西吗？”于绍辉说道，“如果是一条狭窄的通道或者是一个孤岛，上岸也许反而更危险吧？真的遇上那些东西，我们带着这么多东西能逃掉？”

武文达点了点头：“坐船的另外一个好处是船体本身也足够大，那些东西或许会考虑一下是不是要攻击这么大的猎物，而且船还能帮我们挡住一次攻击。”

“我同意坐船进去，”陆兴国说道，“我听说雨林里的动物大多数都是昼伏夜出，只要我们小心，别发出声音吸引它们的注意力，应该不会有事吧？”

很快，所有队员都统一了意见。人们小心地观察了一下周围的环境，把救生艇轻轻地放进水里。

“关朋，你留下。”上船的时候，武文达突然说道。

“武哥?!”

“这船不够大，放上这些东西，吃水已经很深了，少一个人浮力更大，更安全，”武文达说道，“你留下来。我们沿水路进去，最多四个小时后肯定能回来。如果我们没回来，你知道我们的走向，也知道我们会留下什么样的记号，带着人进来救我们！”

“但为什么……”关朋说道。

“这是命令！”武文达突然拔高了声调说道，“附近太危险，你找棵树爬上去等我们！”他用手拍了拍关朋的肩膀，低声对他说道，“如果我们出什么事，你要负责照顾好我们的家人，知道吗？全交给你了。”

“联盟会照顾他们的，武哥，我……”

关朋的孩子是他们当中最小的，还没有满周岁。他当然知道武文达为什么让他留下，但他不愿意接受这样的照顾。可武文达却不给他反对的机会，救生艇很快就离开了岸边。

“四个小时，”他对关朋说道，“等着我们。”

关朋孤零零的身影很快就消失在了他们的视野里，于绍辉深深地吸了一口气，握紧了自己的长矛，看着救生艇前方的区域。

浮游植物和藻类覆满了整个水面，救生艇从它们中间划过，就像是破冰船切开了一望无际的冰面。

进入这里之前武文达就反复告诉过他们注意事项，人们尽可能地保持着沉默，用手中的长矛顶在周边的小块陆地上让救生艇前进，只有在比较宽阔的水面，他们才小心地使用船桨。

这是为了防止船桨搅动的水花激起什么动物的注意。

另一方面，他们也尽量靠在一起，伏下身体，尽量让自己的影子不出现在水面上。

“最理想的结果，是水里的动物把我们看作是一块漂浮的木头而不是动物。”

武文达一直在不停地看指南针，低声地指挥着队员们控制救生艇前进的方向。这一带的陆地已经变得非常少，即使有，也往往只是那些巨树根系附近的小块陆地。

当他们从那些东西周边悄无声息地飘过，经常能够看到一些巨大的昆虫在里面活动。

这里的树木渐渐变得稀疏起来，水面变得更加开阔，视线也变得更好。或许是因为过于潮湿的环境并不十分适合高大乔木的生长，早晨的阳光开始从树冠之间的缝隙透下来，让这个区域反而比之前他们行动的那些丛林更加温暖而又让人安心。

武文达小心地用水边的那些植物的秆子做成十字形的路标，然后在靠近某块陆地的时候小心地插在上面。它们也许无法持续很久，但几个小时的时间应该没有什么问题。

“小心……”于绍辉突然低声地说道。

人们向着他指的方向看去，一群大约十几个大小不一的身影出现在他们右前方六七十米外的一个小岛上。或许是昨天晚上已经获取了足够的食物，现在它们大多数都在岛上的树荫下睡觉。

武文达注意到，其中最大的个体也许比一头成年公象还要大，但最小的个体看上去却仅仅只有一头鹿那么大，而且数量还不少。大多数成年体都睡在水边，而幼体则集中在岛中心。

一些幼崽在相互嬉闹着，没有看到他们这艘小小的船只漂过。

这应该是一群不知道什么品种的鸭嘴龙，它们的额头上有着张晓舟曾经说过的那种弓形头冠，而它们强壮的前肢上则是那危险的骨钉。这样一群动物在受惊后完全可以轻轻松松地把他们全都踩死，他们手边的投矛和长矛，对于它们当中那些成年的个体来说简直就是牙签。

武文达没有说话，而是用手指了指位置，让队员们从旁边绕过去，同时小心地把几个路标标记了下来。

一条不知道什么鱼突然在距离他们很近的地方跳出了水面，哗啦的一声，几个人都吓了一跳。一只睡在地上的成年鸭嘴龙警觉地抬起了头，武文达觉得它肯定看到了他们，但或许是因为距离足够远，而且它也不觉得这么小的东西能够带来什么威胁，它并没有发出警告或者马上行动起来，只是一直盯着他们，直到他们远远地离开。

“这简直……”在离开足够远之后，于绍辉终于忍不住出声。

大多数人和他一样，无法克制自己的兴奋之情。他们中的很多人在来到这个世界之前甚至都很少到动物园去看动物，在这样的地方，在毫无遮拦的环境下看到这些美丽而又神奇的动物，让他们突然产生了一种无法形容的激动。

“我们是第一个看到它们的人类！”于绍辉说道。

“别说话！”武文达说道。

“你们看到了吗？”于绍辉却依然没有办法克制自己内心的兴奋，只是再一次压低了声音，“那只看到我们的成年恐龙的头冠！和其他的都不一样！就像是王冠一样！”

“你要是喜欢，以后可以专门找机会来看，但我们现在要完成任务。”

“知道了知道了！”于绍辉有些泄气地说道。

“放亮招子！”武文达说道。

小艇继续向前。不久之后，他们又遇到了另外一个鸭嘴龙群体。但这种鸭嘴龙比之前那种小了很多，最大的一只看上去也只有成年的牦牛那么大。武文达觉得如果能够抓到这样的鸭嘴龙或者是弄到它们的蛋，它们也许能成为很好的牲畜。

它们同样在休息，但却始终有两只成年体在观察四周，它们显然很快就发现了他们，哨兵发出了粗短而又快速的“昂昂”的叫声，整个群体都骚动了起来。

“别惹它们!”武文达说道。

但这个群体却很大，足有四五十只，分散在他们正前方的几个小岛上，如果要绕过去，必须得走很远的路。

“从水面最宽的那个地方过去，”武文达低声地说道，“镇静，动作越慢越好，不要让它们觉得我们有威胁。”

随着他们的靠近，叫声渐渐激烈起来，其中几只成年恐龙开始向他们做出明显是威胁的动作，甚至踏入水中，向着他们所在的方位走了几步，背后的风帆状结构也竖了起来，很快就变成了鲜艳的红色!

“武哥……”于绍辉紧紧地握着长矛说道。

“不要紧张，慢慢来。”武文达说道。

双方就这样对峙着，但对方终于没有做出更进一步的举动，而是看着他们从两个小岛之间的水道漂了过去。

当他们终于离开这个族群，于绍辉忍不住深深地舒了一口气：“难怪每天晚上都能听到山坡下面它们的声音，原来有这么多。”

“但沼泽里的植物也很多啊，为什么它们非要到岸上去?”另外一名队员说道。

“谁知道呢?”于绍辉耸了耸肩。

武文达也在想这个问题。

短短半个小时内就遇到两群不同的鸭嘴龙，或许可以证明这片沼泽里的确有着不少这样的生物，但就像之前那个队员所说，从他们过来沿途所看的，水边的植物非常茂盛，并不亚于陆地，为什么它们非要走那么远到陆地上去?

就在这时，他们经过了一段朽木，一名队员习惯性地用手中的长矛向它伸去，准备借力把救生艇向前推。

就在矛尖触碰到它的一瞬间，它突然猛地一扭，猛地撞在救生艇上，让救生艇剧烈地摇晃了起来!

于绍辉惊呼起来，差一点就摔到水里去，武文达急忙一把抓住他。

救生艇里面溅进来不少水，但幸运的是，那个东西并没有继续发动攻击，而是快速地潜入水底，很快就消失不见了。

差一点就闯下大祸的陆兴国脸色惨白地说道："我发誓，它真的就像一段木头……"

"好在只是一只幼体，"武文达说道，"如果是成年体，那我们说不定都死了。"

按照张晓舟的说法，这个时代最大的鳄鱼可以长到十几米，甚至比一辆公交车还要长。虽然那样的个体肯定是极少数，但这也说明了这些东西是多么的可怕。

"打起精神！别忘了，我们不是来旅游的！更不要忘了这是什么地方！"他严肃地说道。

好在所有队员都没事，但走出去几百米之后，他们突然发现，救生艇明显地倾斜了。之前被那条鳄鱼撞过的地方，几乎已经快接近水面了。

"漏气了！"人们惊叫了起来。

他们匆忙找了一个小小的湖心岛，把救生艇拖上去翻过来，这才看到，之前被那只鳄鱼撞过的一侧，PVC材料的气囊表面就像是被刀子狠狠地割了一下，虽然没有直接被切断，但却有一条深深的裂缝。

人们匆忙地用胶带把漏气的地方一层层地粘起来，然后用救生艇自带的脚踏充气阀补气。好在救生艇左右两侧的气囊是分开的，左边的气囊还算完好。

"不行……"陆兴国沮丧地说道。

那些胶带并不是专业用来弥补这种水下漏洞的，只是钱伟找来给他们应急用的东西。在陆地上的时候还好，但一放到水里，没几分钟胶带的黏性就被水泡没了，一连串的泡泡马上就从那条裂缝所在的那个地方冒出来。

"还有多少胶带？"武文达问道。

"三卷，已经用掉一卷了！"

武文达对着指南针看了看前方，他们已经进入沼泽深处将近一个小时，因为是一直沿水路走，虽然稍稍有些绕路，但前进的速度应该不慢。也许他们距离目标已经没有多远了。

"陆兴国！我们俩把下水裤穿起来。胶带不能碰水，那我们就尽量不要碰！"他说，"我们距离水边应该没多远了！大家检查一下装备，只要不是必须用的东西，全部放在这里，减轻承重。从这里开始，我们尽量从陆地上走过去！"

关朋坐在一棵大树的枝杈上，呆呆地看着沼泽地的方向，心情极度复杂。

一方面，他的脑海里总是会想起还没满周岁的儿子，这也是当初他决定冒着巨大的危险报名参加新洲团队的最大原因。但另一方面，他却因为自己被武文达排除在冒险队外而感到痛苦。

他们已经在一起行动了将近一个月，如果是从他加入新洲团队算起，那已经有了两个多月。一起训练，一起执勤，一起冒险，他早已经把这些人当作是自己的兄弟。在这个世界，他们就是他最可靠的依仗。

但他却眼睁睁地看着他们去执行危险的任务，自己却像是一个孬种那样在这里傻傻地等待着，这让他有一种被这个世界遗弃的感觉。

死亡当然会让他感到恐惧，但某种时候，这样的煎熬和等待却更加让人感到痛苦。

就在他抱着患得患失的心态不停地看表，看沼泽里的动静时，身后的丛林里，突然传来了声音。

“应该是这条路没错。”他认出了严烨的声音。

“我在这儿！”他马上大叫了起来，同时迅速从树上爬了下来。

“关朋？”人们诧异地说道，“你怎么会在这儿？”

这样的问题让关朋感到脸火辣辣地烧着，颜面尽失。

“武哥让我留在这里做支援。”他低声地说道。

“他们进去多久了？”严烨问道。他问的是具体的时间，因为他们之前在吼龙岭就分开了。

“三个小时零十二分钟，”关朋答道，“武哥说四个小时他们还不出来，就让我去找援助。”

“那我们就等四个小时。”严烨说道。

关朋这时候才看到他们抬着一个将近四米长、两米宽的木筏，做工很简单，就是用木头和绳子捆在一起做成的，但看上去还算结实。

“他们走的是哪条路？”严烨问道。

关朋指给他看。

“水路?”李根有些诧异,“居然和我们想的一样。”

严烨笑了笑,没有说话。

张晓舟反复交代他们要尽量避开水面,但他却不想一想,在这样的沼泽地带,要怎么避开水面？如果按照他所说的以陆地行动为主,危险同样存在,但人们却必须投入数倍的精力和体力,花费更多的时间,发出更大的声音。从概率的角度出发,他们就必须在危险地带停留更长时间,那样做其实更危险。

最好的办法其实还是沿着水域向前,既可以保证行动的速度,又能保证人们的体力。

至于他所说的那些危险,严烨并不放在心上。巨大到足够撞翻木筏的巨兽当然存在,但他不相信自己运气会这么差,这么大的沼泽里偏偏就撞上一只。

另一方面,他也相信自己的眼睛,可以在靠近它之前就发现它,小心地避开它。那么大的巨兽一定不会生存在浅水区域,只要他们不过分靠近深水区,安全性应该是有足够保证的。

那个人总是以为只有自己是对的,总是以为别人都是傻瓜,总是希望所有人都变成他那样的人。但显然,真正的聪明人都不会完全按照他说的做。

他们开始在周围做出发前的准备,进一步加固木筏,然后烧水做午饭。

他们小心地把木筏放进水里,这东西的浮力显然没有办法和那艘救生艇相提并论,虽然大了整整一圈,但三四个人上去就已经有水从木头的缝隙间冒了上来,几乎已经完全泡在了水里。

可惜没有竹子。

严烨忍不住这样想到。

他们也没有办法找到那些比较轻的木头,只能砍到什么用什么。这些木头的木质很细密,而且本身湿气很重,它们所能提供的浮力几乎被它们自身的重量抵消了。

“装备必须从简,”严烨说道,“一切不必要的东西都不带!”

“让我跟你们一起去!”关朋这时候主动说道,“我知道他们留下的路标会是什么样子,我也知道他们会选什么路走!”

“好!”严烨马上点了点头,“就我们三个去！其他人留下来做第二梯队。”

除了他和李根外的四名队员都参加过之前的搜救,但并没有参与过更多丛林的行动,他们其实相当缺乏经验。之前用上他们是迫不得已,而且他也没想到木筏会是这样的情况。把他们带进丛林,其实并不一定能派上用场,反而有可能变成负累。

某种意义上来说,如果真的出了什么事要用他们的木筏从沼泽里逃出来,多一个人去反而占据了宝贵的负载能力。

“但如果遇上什么东西呢?”那四个人显然没有想到严烨会这么安排。

“小东西我们也能搞定,”严烨答道,“如果是大东西,那再多的人也是死。我们是去支援,不是去打猎,关键是能不能找到他们,不是去厮杀。”

“那我们干点什么?”

“还有绳子吗?你们再扎一个木筏,也许能用得上。”严烨说道。

常规的做法当然应该是一次性投入更多的人力同时去寻找武文达他们,但这不是他们来的那个野生动物都已经被杀得濒临灭绝拼命逃离人类聚居区域的世界。他们要去救的不是迷路的旅行者,而是受过训练,甚至可以说是他们当中最优秀最有经验的一批探索者。他们所要面对的,除了严酷的自然环境,还有那些真正统治这个世界的动物。

他们的装备比起武文达他们来说差多了,投入更多的人,那就基本上什么装备都没法保证,在这种情况下贸然投入大量没有经验和知识,甚至对这个区域一无所知的人,唯一的结果只会是白白地送命。

为了救几个人,让更多的人陷入危险,这没有任何意义。

事实上,如果他们三个也自此消失,对于联盟来说,唯一正确的选择也许是放弃搜救,转而寻找其他盐的来源,而不是继续往这个危险的区域投入人力。

时间过得飞快,他们吃完了简单的野营午餐之后,四个小时的时间就已经到了。

但那条水道里看不出任何有人要出来的迹象。

“武哥!武文达!”关朋大声地叫道。

没有任何回答。

“我们出发吧!”严烨说道。

他转头对那四个人说道:“扎好木筏之后,把它放在水边找个安全的地方躲起来等我们。但如果我们到天黑都没出来,那你们就直接回联盟去,告诉他们不用再来找我们,想其他办法找盐吧!”

这样的话让所有人的表情都严肃了起来，但严烨却只是笑了笑，第一个走上木筏，小心地半跪了下来。

中午时的沼泽显得更加僻静，唯一不停骚扰他们的只有那些无孔不入的飞虫。

严烨半跪在木筏的前面，眼睛一刻不停地看着水下和周围，不时地用手中的长矛试探着水深。

大部分区域的水其实不算深，但有些水域面积大的地方，水深肯定超过了两米。虽然严烨觉得张晓舟曾经说过的那种巨型恐鳄不太可能出现在这样的地方，但他们还是小心地避开了深水区，尽量在贴近岸边，水深一米以下的区域行动。

如果不考虑其中暗藏的危险，这时候的沼泽地其实很美，但三人都不敢掉以轻心，没有被这样的表面上的安宁蒙蔽。

武文达他们没有准时回来一定是有原因的。

关朋一路上都在寻找他们留下的路标。这并不费力，武文达留下这些标记的目的就是要让自己和后来者容易辨认，那些十字形的路标清晰地指出了他们前行的方向，让严烨等人行动的速度甚至比他们之前还要快得多。

他们很快就经过了那两个鸭嘴龙族群，第二个族群同样被严烨他们的木筏惊动，但或许是已经有过一次类似的经验，它们并没有表现出更激动的反应，只是再一次把幼崽护在中间，看着他们从旁边过去。

“那里有一只鳄鱼……”严烨低声地说道。

李根和关朋看着他指的方向，距离他们大概二十多米的一个小岛上，一条大概两米多长的鳄鱼正一动不动地晒着太阳，它的吻部很短，布满了锋利的牙齿，看上去很骇人。

“嘘……”关朋说道。

但往前几百米后，关朋突然惊讶了起来：“他们怎么上岸了？”

木筏停在那个小岛边上，上面有一片明显被践踏和压过的痕迹。

“出了什么事情？”关朋不安地说道。

“嘘……”严烨说道，“从这里开始，要加倍小心了。”

“我们怎么办？ 也上岸？”李根问道。

“绕过去。”严烨答道。

他们很快就找到了武文达等人重新下水和再一次上岸的痕迹，并且在周边看到了新的路标。

关朋微微地松了一口气，但严烨却皱起了眉头。

水下有大量的鱼正往南边游去。

“走那边……”他低声地说道。

“但路标是……”

“我们要找的是人，不是路标。你明白吗？如果他们的路没问题，就不需要我们来找他们了！”

木筏转向南面，关朋一直惴惴不安，但李根却很相信严烨的判断。

走了不到五十米，他们便看到了被遗弃在岸边的救生艇。

“武哥！武哥！”关朋急得大叫起来，严烨马上扑上去按住了他的嘴。

“你找死吗？”他压低了声音叫道，“先搞清楚情况再说！”

“慢慢地，小心，离水面远一点儿！”他对李根说道。

绕过一个灌木丛包围的小岛便看到有一具尸体倒在水边，岸边一片血污，许多李根曾经遇到过的食肉鱼正兴奋地在水面上跳来跳去。那些食肉鱼正在撕扯的就是那具尸体，他的身体大半没入水中，骨头已经完全露了出来。

“罗广……”关朋从裤子认出了他，他用手紧紧地捂住嘴，心里翻江倒海，非常难受。

“是什么东西杀了他？”李根也认识他，但并不太熟，他和关朋、于绍辉、陆兴国都是武文达那个队的人。

“不知道。”严烨轻轻地说道。他已经把长矛拿在手里，小心地看着四周。

一条鱼突然跳到木筏上，嘴巴不停地一张一合，严烨用长矛戳住它，然后把它远远地甩了出去。

他们慢慢向那具尸体靠近，周围的水面沸腾得就像是一口滚锅，大量的食肉鱼在那里跳来跳去，有些甚至在相互撕咬。

李根和关朋都看不下去，但严烨还是用手中的长矛拨开衣服，试图找出他的死因。

“胸骨和肋骨碎了……”严烨轻轻地说道。

“会是什么?”

“一条蛇,”严烨说道,“不,一条蟒。”

“你怎么知道……”关朋用力把身体里的那种痛苦压下去,但严烨马上就把自己看到的东西指给了他。

就在罗广尸体侧面的那个岛上,苔藓植物明显被一个巨大的生物碾过,留下了一条长长的痕迹。

从这个痕迹看不出它有多长,但仅仅是地上的痕迹就有将近半米宽。

绝对的庞然大物。

“周围看看,”严烨说道,“轻一点,别发出什么声音。”

他们很快就在另一个方向找到了更多的痕迹,那片岸边的水生植物被压倒了一大片,严烨用长矛挑开一片植物,找到了一把带血的砍刀。

更远的地方,一根长矛掉在地上。

“他们被那条巨蟒发现,然后一路逃到了这个地方,”严烨说道,“也许在这个地方搏斗过,但他们不是这种巨兽的对手。罗广也许是被它的尾巴抽了一下,要么是被它卷起来,勒断了骨头。”

关朋在另外一个地方找到了一根断掉的投矛,他的眼泪终于掉了下来。

“我们怎么办?”李根问道。

他心里也很唏嘘,但武文达始终和他不是一个队的,好歹隔了一层关系。

“三条路,”严烨说道,“最简单的,马上回头,回去汇报他们都已经死了,任务失败。第二条路,我们三个继续往水边走,完成他们没有完成的任务,然后回去。第三条路,沿着那个痕迹追下去,看还有没有机会救他们。”

他看着另外两个人,他们都默然不语。

第一条路当然最安全,但对于他们来说都不可接受。如果是怕死的人,那根本就不会自愿来参加这样的任务。

但第三条路却太过于危险,从罗广的尸骨和现场的痕迹看,他们遭遇袭击至少也已经是半个小时以前的事情。现在追上去,还有什么用?

“我选三,”严烨却说道,“不亲眼看到他们的尸体我都不想放弃,但我们是一个团体,我也会尊重你们的选择。”

“选三已经没有意义了,”李根说道,“现在我们要考虑的是整个联盟,是更多的人!完成任务才是最重要的事情!”

“你选二?”严烨点点头,“关朋?”

武文达和其他队员离开的那一幕似乎又出现在关朋眼前,一个大男人,眼泪却怎么也没有办法止住。

“我认为如果是武哥自己,他也会选二。”李根说道。

但关朋却给出了他最不想听到的答案。

“我选三。”他说道。

“那好,我们小心一点,慢慢来,”严烨说道,他小心地从木筏里跳到岸上,把那些散落在周围的武器都收集了起来,“李根,蟒蛇吃了东西之后战斗力会一落千丈,我们并不是完全没有成功的希望。”

他的话让关朋一下子激动了起来:“那还等什么?快!”

三人沿着那条痕迹一路追寻。蟒蛇也许是最适应沼泽环境的动物之一,幸运的是,它在饱食之后身体变得臃肿起来,行动也变得极其不便,很快,他们就在一个满是灌木的小岛上找到了它。

单看它的脑袋似乎并不能算太夸张,但严烨小心地拨开挡住它身体的那些植物,看到它的身体鼓鼓的,至少有七十厘米宽。

它看到了他们,马上把身体立了起来,发出咝咝的声音恐吓着他们,但总体上却有些懒洋洋的不想动弹。

“小心它的身体和尾巴!”严烨对李根和关朋说道,“你们来吸引它的注意力!我来杀掉它!”

那巨大的身体不管在什么时候都是一种巨大的威慑,但关朋却首先鼓起勇气,拿着长矛向巨蟒刺了一下。

它向后扬起身体,大大地张开了嘴,几乎有一人多高。这时候他们才看到它藏在灌木丛中的盘卷起来的身体,有个地方鼓鼓的,显然,被吃掉的那几个人就在里面。

关朋一下子愤怒了起来,他举起长矛疯狂地向巨蟒刺去。它的身体扭动起来,但行动却非常缓慢。有几下甚至已经刺中了它,只是因为距离太远,发力不好,没有办法刺破它身上厚厚的鳞甲。

严烨趁这个机会悄悄地从木筏上走了下来，小心地想绕到背后，但巨蟒却马上就发现了他，猛地向他的方向扑了过去！

严烨急忙向旁边的平地上扑去，巨蟒一口咬空，再一次立起来。

“不行！我们三个一起来！”严烨大声地叫道，“它的身体没法动，我们能杀掉它！”

这样的格杀对于关朋和李根来说反倒是一种习以为常的动作，如果刻意不看巨蟒那庞大的身体，它立起来的部分并不比他们曾经杀死的那些驰龙更大，在吞噬了几个受害者之后，它的行动也比那些肉食恐龙更迟缓。

在确认了这一点之后，他们的行动变得越发大胆起来，关朋甚至几次刺穿了它的鳞甲，鲜血开始流了出来。

巨蟒的行动渐渐变得疯狂起来，在严烨又一次从侧面刺穿了它的身体之后，它的身体突然扭动起来，随后，体内那隆起的部位开始迅速地向前移动。

“它怎么了？”李根惊讶地叫道。

“它要把他们吐出来了！”严烨大声地叫道。

“那好啊！”关朋兴奋地叫道。

“好个屁！让它的身体灵活起来，我们三个都得死！”严烨大声地叫道。

李根和关朋一下子僵硬起来，手中的长矛机械地向它的脑袋刺去。巨蟒的身体在地上扭动着，那团凸起已经到了脖子的位置。

严烨大吼一声，丢掉手中的长矛，拔出身后的军刀向它猛扑了过去。巨蟒的尾巴像鞭子一样抽了过来，他的腿被卷中，但他还是把刀尖压在巨蟒的脑袋上，用尽全身力气压了下去！

尾巴再一次甩了过来，这一次直接击中了他的背包，把他打得向前扑了出去。

“快！”他感觉胸口一阵发闷，这时候，李根和关朋都扑了上去，李根死死地压住了那把刀，把它深深地刺进巨蟒的脑袋，而关朋则拿着另外一把刀，拼命地在它的头部和颈部乱捅乱刺。

巨蟒的尾巴再一次挥了过来，关朋惨叫一声摔了出去。

严烨连滚带爬地站起来，捡起掉在旁边的长矛，对准它的眼睛狠狠地扎了进去！

巨蟒的身体疯狂地扭动起来，李根的大腿上被抽了一下，瞬间就再也站不住了，直接哀号着倒在地上，眼珠都疼得像是要鼓出来。

关朋挣扎着爬起来，拼命地把他从巨蟒尾巴的攻击范围拖了出去。

严烨这时候也从那个地方逃了出来。巨蟒的身体不断扭动，那片区域的所有东西都很快被它碾得粉碎，但它的动作却明显越来越慢，力度也在慢慢地变弱。

“它就要死了！”严烨大声地叫道。

但其他两个人却没有回答，李根疼得整个身体都在颤抖，关朋替他检查了一下，大声地叫道：“他的腿断了！”

严烨急忙爬了过去，两人小心地把李根移到旁边，等待着巨蟒的死去。

它慢慢地把肚子里的东西吐了出来，那个人全身都已经黏糊糊的都是消化液，骨头也像是全部折断了。

“于绍辉……”关朋黯然地说道。

“他已经死了很久了……”严烨低声地说道。

第二个人卡在巨蟒的喉咙里，它的动作越来越慢，最终彻底停了下来。

严烨用力地把他拖了出来，他同样也是多处骨折，身体早已经僵直了。

“陆兴国……”关朋的眼泪终于又落了下来，陆兴国打牌的时候最爱大呼小叫和人争辩，但他也死了。

“还有呢？”关朋已经不抱任何希望了。

严烨摇摇头，他们在原地等待着巨蟒的彻底死亡。在这个过程中，他们用树枝和手边的物资做了一个简单的夹板，把李根的断腿固定了起来，但只要稍稍移动一下，他依然会疼得满身大汗。

但足足半个多小时过去，巨蟒却依然没有彻底死去。

“不能再等了。”严烨说道。他拿起刀，小心翼翼地向巨蟒走去，开始用刀划开它的肚子。几分钟之后，第三名被吞下去的队员露了出来，但他们却没有找到武文达的尸体。

几个人都惊讶了起来。

“他还活着？！”关朋惊讶地叫道。

“快！”严烨匆匆跳上木筏。

已经没有时间，更没有能力去管这些死去的人了。这种时候，只能尽可能地营救还活着的人。

他会在什么地方?

如果他还活着,那应该就在之前他们发现的战场附近!

两人小心地把李根移到木筏上,他疼得几乎要晕过去,但这时候,他们也没有办法做得更好了。

时间要紧!

两人用最快的速度把木筏驶回之前的那个地方,四处寻找。将近半小时之后,他们才在二十多米远的一片灌木丛里找到了武文达。

他的身上多处骨折,人也昏迷不醒,这让他们完全没有办法搞清楚发生了什么事情。

严烨和关朋想办法把那些严重的开放性骨折部位固定了一下,盖上敷料,用止血带扎住手臂和大腿根部,然后用最快的速度做了一副简易担架,小心地把他移了上去。

但也许是在移动的时候不小心触碰到了他的伤口,他突然疼得醒了过来。

"湖……是湖!"他低声地叫道。

"武哥!武哥!"关朋急忙说道,"是我!你别担心!我们送你回去!"

"跟着它们走……"武文达说道,但很快又晕了过去。

严烨和关朋小心翼翼地把他抬回木筏,李根挣扎着想要坐起来。

"好好待着吧!"严烨说道,"地方足够了!"

好在他们只来了三个人,不然的话,这么个木筏,根本没有办法放下两个受伤严重的伤员。

回程变得艰难得多,一方面是因为伤员占据了木筏中间的位置,让严烨和关朋只能站在两侧小心地推动筏子,另一方面,也是因为少了一个劳动力,甚至只能让李根忍着疼来充当瞭望员。

他们在回去的时候正好碰到一条鳄鱼试图偷袭到水边喝水的鸭嘴龙,但对方的体型太大,它没能把对方拖进水里,那些鸭嘴龙四散奔逃,有两只直接向着他们奔了过来!

他们完全没有躲避的能力，只能眼睁睁地看着那巨大的身躯踩着水花向木筏直冲过来。

这种完全无能为力、只能听天由命的感觉令人绝望。

严烨死死地抓着长矛，准备拼个够本，但它们在距离他们三四米远的地方跑了过去，只是把大量的水溅在了他们身上。

“该死的东西！”李根低声地骂道。那些水泼在他的伤口上，带来一阵剧痛。

整片区域都变得混乱不堪，他们只能冒险把木筏移到深水区，等待混乱过去，然后才慢慢地把木筏沿着另外一条水道绕开那条鳄鱼，重新向目的地驶去。

“你们怎么去了那么久！”当木筏终于出现在人们的视野中，他们忍不住远远地就大声地叫道，“天都已经要黑了！”

聚集在岸边的并不止之前的那四个人，也许是张晓舟派来接应的人手？但他们并非新洲的人，而是之前跟着钱伟造树屋的那些难民。

严烨摇了摇头。

在这种地方，有再多的人，没有装备，没有经验和知识，没有胆量，又有什么用？

他们把木筏靠岸，人们终于看清了状况，一下子就安静了下来。

“我们需要担架！”严烨说道。

“有！有！”岸上的人们急忙答应着。

几个人直接跳进水里，帮着把李根和武文达转移到他们带来的更好的担架上，李根再一次疼得惨叫了起来，但武文达却始终没有醒过来。

他们轮换着，用最快的速度把人往回运。好在这条路只是前半段稍稍有些问题，当他们到达中继站时，天黑了，但也已经到了他们熟悉的地方，可以点起火把赶路。

“你们需要休息一下吗？”有人过来问道。

严烨知道他是钱伟的副手，也许是这群人的负责人。

他摇了摇头：“不用。”

因为是走水路，整个营救的过程中，除了与蟒蛇相斗的那一段之外，对于体能的消耗并不是非常大，对他来说触动更大的，是武文达这个组的遭遇。

全军覆没。

如果关朋不是幸运地留下，那他或许也活不下来。

严烨用手轻轻地拍打着自己的脸，让自己清醒一些。

武文达比他差吗？

他并不这样认为。

武文达和王永军在新洲团队里都是凭借自己的本事成了队长一级的负责人，王永军也许更勇猛，但人们普遍认为，武文达更聪明，也更厉害一些。

王永军的失败更多的应该说是因为鲁莽，但把这样的话放在武文达身上，怎么都说不过去。如果把自己放在他的那个位置上，能不能逃过一劫？

很难。

如果那条巨蟒没有因为饱食而变得迟钝，那死的就不止武文达手下的那几个人了。

在这片丛林中，技能、经验、知识和勇气也许是重要的生存要素，但某种意义上来说，运气才是决定一切的因素。

哪怕是遇上暴龙都可以凭借敏捷的身手上树逃生，但遇到会爬树的蟒……

也许自己之前还是想得太过简单了。

他不怕冒险，但在这个世界，一次失误或者是一次霉运就有可能全盘皆输，而他不可能保证自己一定能幸运下去。

要更谨慎一些，更小心一些。

为了妹妹，更为了自己。

要推翻张晓舟，不会是一朝一夕的事情。但只要张晓舟还这么继续愚蠢下去，那就一定有成功的希望。

要有足够的耐心。

张晓舟的光环来自他的多次成功和副研究员的身份，而他却只是一个十八岁的大一新生。

不过，他的优势也在于此。

只要他能够保持现在的状态，五年之后，当齐峰这些人的体能和精力渐渐衰退，当老常等人老去，谁还会是他的对手？

所以一定要活下来，而且要带着光环活下来！

两次行动中自己的表现应该已经足以在人们心中留下深刻的印象，但与预期的结果还是相差太远。

毕竟，这两次行动如果单从结果来说都是死伤惨重的严重失败，他唯一做到的只是补救，没有能够翻盘或者是带来决定性的改变。这样的结果，除了新洲的人之外，很难让人们把他看作是一个英雄。

从这两次行动中获得的声望也仅限于新洲团队内部，也许还包括联盟的领导层。但他们人太少了，仅仅是依靠他们，根本就什么都做不到。

需要更大的成功，需要让更多人知道自己的名字，知道自己为联盟做了什么，付出了什么。

必须抓住一切机会！

"怎么回事？"张晓舟等人匆匆赶来，看到的却是昏迷不醒的武文达和大腿骨折的李根，他们的脸色都变得很难看。

"他们那个组，除了武哥和关朋之外，全都死了。"严烨答道。

张晓舟愣了一下，这还是严烨从审判之后第一次直接和他对话。

"关朋呢？"他马上问道。

"他在那边，但是状态很不好。"严烨答道。

闻讯赶来的并不只是张晓舟等人，还有那几个死者的家人。他们中的一些人甚至在收工之后就一直等在升降机这里，希望能够在第一时间看到亲人回来。

看到重伤昏迷的武文达和李根，却没有看到其他人，他们全都慌了，所有人的疑问一下子全都投在了关朋身上。

面对于绍辉等人的家属，面对自己的妻子和襁褓中的儿子，关朋的神经突然崩溃了，完全失控，只是不停地道歉，不停地请求他们原谅自己，什么有意义的话都说不出来。

如果不是严烨帮他说清楚了情况，被他的表现误解的家属们或许会把他直接撕碎。

"关朋被武哥安排作为接应人员，"严烨简短地说道，"我们一起在他们的出发地点等到约定的时间，没有看到他们出来，于是进入沼泽寻找他们的下落。从现场留下的痕迹看，他们遭到了巨蟒的袭击，武哥被打昏，罗广死了，其他人都被吞了下去。"

张晓舟深深地吸了一口气，双手握成拳头放在头上，什么话都说不出来。

“你怎么知道?”邱岳问道。

“我们追着那条蟒留下的痕迹,追上了它,”严烨环视着周围的人们,平静地说道,“李根在战斗的过程里受了伤,但我们还是杀了它,然后剖开了它的肚子,找到了所有人的遗体。”

这样的回答让所有人都吃了一惊,有人本能地怀疑起来,但严烨骄傲的表情打消了他们的念头。

人们想起了他曾经做过的事情,他的狠辣,也许他真的可以?

那些投向他的目光变得复杂了起来,其中甚至包含了些许敬畏。那个东西让武文达带领的探险队全军覆没,但他却杀了那个东西?

如果这是真的,那这个年轻人,前途简直不可限量。

“武文达中间有醒来过吗?”邱岳继续问道,“他们有没有走到水边?”

“有,”严烨点了点头,“他曾经短暂地醒过来,告诉我们,那是湖,不是海。”

“还有别的什么吗?”邱岳不死心地问道。

“没有了。”严烨答道。

梁宇和老常不约而同地深深吸了一口气,这简直是他们最怕听到的结果。而他们原本指望着武文达这个组能够带来一些好消息,让联盟能够走出之前那次失败的阴影。

这对于联盟来说简直是雪上加霜,也意味着,他们之前投入的那么多人力物力都完全白费了,一切又要重新开始。

而这一次,他们失去了最好的人手,失去了最好的装备,甚至完全不知道从什么地方开始。

花费了那么多的时间,失去了那么多,最后只证明那个地方对他们来说毫无用处。

彻彻底底的失败!

“送他们到医院去,严烨,你和关朋也去做一个检查,”张晓舟勉强把自己的情绪平复下来,低声地说道,“钱伟,你去把收尾的事情做好。老常,梁宇,邱岳,我们一起去安抚家属。他们已经失去了最重要的,不能再让他们的心也冷了。”

上一次失败时起码还带回了骨灰，让张开印的家属有个念想。

但这一次，什么都没有带回来，这让死者的家属无法接受。但他们也清楚这是一个什么样的世界，清楚新洲的性质，清楚自己的亲人执行的是什么样的任务，所以他们没有闹事，只是一个劲地哭着。

这让张晓舟心里越发难受。

死去的这些人里，只有于绍辉是当初新洲建立时的老人，他也只认识于绍辉，但面对每一个人的家属，他的心情都一样悲痛。

他知道那些话此刻对于他们来说没有任何意义，他们想要的只是那个活生生的人，但此时此刻，他也不知道自己可以说别的什么了。

“他们都是好样的……你们放心，联盟一定会给你们最好的……我们将把他们作为英雄永远铭记下来……”

即便是有老常等人的协助，大家也花费了大量的精力才把那些哭累了的人劝了回去。张晓舟专门找到王哲，让他这段时间注意这些人的言行举止，如果有什么不对要马上报告，他们这边好有针对性地帮他们解决困难，排解痛苦。

“就怕他们相互影响，好好的又哭起来。”王哲说道。

新洲团队的家属现在都还住在新洲酒店里，虽然上下楼比起其他地方来说相当不方便，但他们中有很多人都兼了哨兵的工作，在这个地方住也算是就近。另一方面，作为联盟当中经常要面对危险的一群人，所有人的家属都住在一起也能让在外面的人放心。

但在这种时候，就成了一个大问题。

如果是民兵或者是难民的队伍出事，死者的家属往往会分散在几个不同的团队，相互之间不容易影响，有更多的人可以开解他们，分散他们的注意力，团队负责人也更有精力来关心他们的情况。

但放在新洲这里，短短不到半个月的时间，就已经有五个人死去、三个人重伤，这样的伤亡率集中在一幢楼里，对于活着的人的打击和影响可想而知。如果不是这个世界早已经让人们经历过许许多多的死亡事件，这个地方也许已经崩溃了。

“我会请杨老先生和他夫人帮你，”张晓舟叹了一口气，拍了拍他的肩膀，“这段时间只能辛苦你了。”

“我倒没什么，”王哲说道，“就怕他们撑不住。”

和张晓舟不同，作为新洲团队事实上的行政主管，王哲和每个死者、每个家庭都很熟悉，不久前还一起有说有笑的人，突然就这么去了，他的心里空落落的。

“这段时间我会尽量不让他们再出危险的任务。”张晓舟说道。

这是新洲成立以来最大的一次失败，虽然对于新洲某些不好的倾向不满，但在面对这种情况的时候，任何人也无法再继续拿这个说事了。

他们的确享受了远超别人的待遇，也的确是有飞扬跋扈的倾向，但他们也承担了联盟最危险的任务，并且付出了沉重的代价。

“宣教部会好好地考虑怎么宣传这次的事迹，我争取明天早上把主要内容拿出来，”邱岳说道，“我已经和李根他们三个打好了招呼，说清楚了情况，这次他们应该不会乱说话。”

没人想讨论这个话题。

“要是他们能把尸体带回来就好了，”梁宇低声地说道，“哪怕像上次一样是骨灰都好。”

国人的传统是入土为安，这次家属会这么痛苦，和几位牺牲者曝尸荒野很有关系。但考虑到严烨他们当时的情况，非要让他们带回什么东西也的确是强人所难。以他们当时的人手，能够把两个伤者带回来就是很大的功绩了，他们不可能有时间和精力在那种地方挖坑把尸体埋了，或者是找足够多的干柴来把尸体烧掉。

“要是救援队多进去几个人就好了。”老常低声地说道。

派给严烨的是六人小组，但他最终只用了三个人，其中一个还是之前那个组的接应人员。某种意义上来说，可以认为他是刚愎自用，无视上级的命令。

但已经发生的事情无法假设，也许他们能够避免李根受伤的事情，更轻松地杀死那条巨蟒，把死者的尸体全部运出来，但也许，太多的人进去反而会面临更大的危险。

单纯从结果来看，也不能说严烨当时的决定有错。

“下一步我们怎么办？”梁宇问道。

这才是最现实的问题。

盐就要没有了。

“也许何家营那边……”钱伟说道，但马上就摇了摇头。

如果他们主动开口，何春华一定会狮子大开口。另一方面，以何家营的人口，他们也未必会有更多的存货。

地质学院那边有多余资源的可能性也不大，从上次之后双方就一直没有接触，他们完全无法理解学校这个本来应该从各方面引领远山前进的地方到底在闹什么，这时候突然重新开始沟通的可能性也不大。

“还有一个地方……”张晓舟突然说道。

“哪儿?”

“城南，东南地区……”张晓舟说道。

但那个地方是暴龙和中型恐龙的活跃区，除了新洲团队，当前联盟没有任何一支力量有能力去搜寻那个地方。

刚刚说过的话，马上就要食言了吗?

“副食品批发市场被何家营的人翻过一次，但其他地方……”梁宇马上点了点头。

人们开始回忆那个地方有什么，张晓舟摇了摇头道：“最东面是我以前住的怡康苑，然后是瀛城小区，中间是一个物流城。瀛城小区北面有一个建材城，旁边是远安酒店。再往南，应该有几家小食品厂。我记得两个小区都有小型超市，一般幸存者去找东西的话，应该不会把盐带走。食品厂里的粮食应该早就变质了，但也应该有盐，这是绝大多数食品都要用的添加剂。问题是……那个地方应该就是恐龙进入城市的通道。”

那个区域现在应该比丛林更加危险。

对于新洲的人来说，中型恐龙当然不会构成问题，但暴龙……不管在什么情况下它都是这个世界最恐怖最凶残的生物。

“所以，要杀掉城南的那两只暴龙?”邱岳问道。

很久以前联盟的人就讨论过这件事情。

在这座城市中找到合适的地方设伏杀死暴龙已经是被证实行之有效的事情，无非就是如何做出更加完美的准备，不要再出现之前那次的状况。

但很多时候，考虑一件事要不要去做，出发点往往不是能不能，而是有没有必要。

何家营对于他们一直都是一个大问题，至少在他们有足够多的粮食以前，因为恐惧而聚集在那里的人们都会是一个大问题。如果暴龙被他们杀死，失去了这个最大的威胁之后，何家营会不会突然开始向外扩张？并且凭借他们充足的人力获得更快的发展？

那些中型恐龙当然还会对他们造成威胁，但联盟的人们相信，这样的恐惧迟早会在饥饿的逼迫下消失，就像他们曾经在新洲酒店所做的那样，他们总会被迫站出来与那些东西战斗。

一旦他们获得一次或是几次成功，那些恐龙将不会继续成为他们的威胁，至少不会再让他们龟缩在村子里，什么都不敢做。

更加严重的后果是，在这个过程中，以他们的人口，也许他们将迅速组建大量合格的武装人员，并且把矛头直接指向即将开始收获第一批玉米的城北联盟。

“暴龙不能杀，”邱岳说道，“至少在我们做好应对何家营的准备之前，它们是我们之间最好的缓冲和屏障。只要它们存在，何家营就不可能轻松地把大量人员投入到我们这边。”

“盐并不是体积很大的东西，”梁宇也说道，“我们可以在新洲酒店观察那两只暴龙的行踪，及时通知我们的队员，让他们能够及时避开它们。等它们走开之后，再继续找盐。”

这样的说法获得了大多数人的赞同，而更充分的理由则是，他们要在城南设置陷阱杀死暴龙并不像在城北这样相对安全。大量的人员带工具前往城南时，沿途的安全很难得到保障。某种程度上来说，甚至比派遣新洲的小分队潜入城南把盐运回来的风险更大。

如果他们能够派那么多人过去设置陷阱把两只暴龙杀死，那派一个精英小队去把盐找回来也不是问题了。

人们最终达成了共识，由新洲团队抽调一个组，潜入城东南区域找盐，并且把它们尽可能地带回来。

“民兵的事情要抓紧了。”邱岳在会后低声地对张晓舟说道。

一方面，新洲的存在让联盟的后勤感到吃力，他们的痞化和寻求特权的倾向也让张晓舟感到头疼。但另一方面，联盟又处处都需要他们，以他们现有的人力，既要保护两个丛林开发点，监视从城南跨越高速公路而来的中型恐龙，又要对抗学校和何家营的威胁,还要保护联盟总部,参与各种各样的冒险行动,人力已经严重不足。

精英化的弊端在这个时候变得严重起来,尤其是在新洲刚刚失去了将近八分之一的战斗力时,恶果马上显现了出来。

因为成本太高,所以没有办法继续扩大这支队伍;因为已经在新洲身上投入了这么多物资,所以没有办法大规模对民兵进行脱产训练,必须想办法扩大生产;因为民兵缺乏训练,没有合格的人手可以补充进来。

恶性循环。

新洲模式不能再继续下去,他们可以是一支精英小队,但不应该再承担这么多的任务,他们也没有能力去继续承担这么多的任务。

必须让民兵强大起来,这是削减相关开支的唯一办法。

"等到第一批玉米收获。"张晓舟说道。

联盟的收入和产出已经严重倒挂,好在信誉还在,没有哪个团队在形势还算一片大好的时候出来索要之前借给联盟的物资。

下一步,必须把丛林里已经开辟出来的那些土地利用起来,让难民或者是罪犯这些不需要支付工分的劳动力进行耕作,借助规模化来获取足够的收获。否则的话,除非他们准备拉破脸赖账,联盟的摊子铺得越大,破产的那一天就来得越早。

监视地质学院和何家营的那个组被撤了下来,这个工作将交给新洲酒店顶楼的哨兵和当天轮训的民兵,保护联盟总部的工作也交给了民兵中经审查合格的人。新洲只需要负责针对城南过来的中型恐龙以及两个开发点的安全,这样调整之后,终于可以凑出一支十人的小分队到东南区去。

唯一的好处是,这个区域的交通情况比较好,只要不被暴龙堵在什么地方,他们在半个小时内就能赶回来,这让后勤补给几乎不存在压力。所需要携带的装备比起到丛林探险,简直可以说是轻松到了极点。

"注意安全!"张晓舟已经不知道自己是第几次这样对人们说。每一次出发时都是同样熟悉而又生气勃勃、充满自信的脸庞,但他们能不能平安回来?

他已经开始有些担心了。

"放心吧,"高辉说道,"这点事情难不倒我们!"

"如果你还是这个态度,那我宁愿换人也不会让你们去!"张晓舟严厉地说道。

“对不起!”高辉在他的这种态度下终于把嬉皮笑脸的态度收了起来,“我一定会注意的!”

“已经有那么多人牺牲,那么多人受伤!”张晓舟说道,“你也跟着我去看过那些家属,看过他们的样子,别不把这当回事！城南不是城北,没有预警体系,没有那么多躲藏和休息的地方,和城北是两回事！不要掉以轻心！不要麻痹大意！我把这些人交给你,是要让你把他们一个不落地带回来！你明白吗?”

“我明白,”高辉彻底严肃了下来,“你放心,我一定会把他们完完整整一个不落地带回来。”

“保全人员是首要任务!”张晓舟再一次说道,“东西没有了,可以想别的办法,可以下次再去取,但人没了就真的没有了,你清楚吗?”

“我知道。”高辉再一次点了点头。

这样的对话在之前那两支探险队出发的时候也有过,但结果并不如人意。

张晓舟深深地叹了一口气。这种时候,他真希望自己不是什么联盟主席,那样的话,他就可以不用操这样的心,而是亲自带着队员们去执行任务,百分之百地保证命令不会打折扣,不会变形走样。

但现在,他只能希望人们把自己的话听进去。

“千万小心,”他只能这样说道,“去吧。”

第9章

震　撼

又下雨了。

龙云鸿从堵住厂房窗户的那些东西的缝隙望出去,微微地叹了一口气。

“看来今天又不能晒粮食了。”冯有成在他背后也同样地叹了一口气。

被困在这个地方已经有两个月了,虽然吃的暂时不愁,但因为没有更好的保存条件,在这个小小的厂房里,那些用来加工膨化食品的粮食已经在长期潮湿的环境下开始发霉变质。而他们所能做的,只是尽可能地在出太阳的时候把它们搬到厂房的顶上去晒一下。

但这同样是一项危险性很高的工作,一个月前,除他俩外唯一幸存下来的同伴就是在晒这些东西的时候,不小心踩到了一块松动的彩钢瓦,摔断了腿,然后因为糟糕的生活环境而引发感染,挣扎了两个礼拜后死了。

如何处理尸体成了他俩最大的难题,尸体在这样的气候下腐烂得很快,没多长时间就开始发出可怕的气味。以他们手边的工具根本没有办法凿开厂房的混凝土表面把他埋下去。最终,两人只能含泪把他拉上屋顶,扔到了最坚固的那道墙背后。

那些终日游弋在附近的恐龙很快就赶来,抢食。

让龙云鸿感到痛苦的是,他们那时候所想的竟然不是同伴被这些鬼东西吃掉的屈辱,而是期望它们能够尽快在那只霸王龙到来之前把尸体吃完,免得把它引过来,撞塌厂房让他们暴露在这些可怕的生物面前。

恐惧和生存的本能在那个时候战胜了一切,但直到现在,龙云鸿还在为这个事情难受。

理智告诉他,这么做是对的,也是唯一正确的选择,但退伍军人的荣誉感却让他感觉自己这样活着就像是一具行尸走肉。

“木头就快要没有了。”当他们收集雨水的时候,冯有成突然说道。

“没有就没有了,还能怎么办?”龙云鸿烦躁地说道。

包装箱、棉纱、衣服、橡胶皮之类可以烧的东西之前就已经烧掉了,冯有成所说的木头,其实是他们坐的凳子、睡觉的床,还有放东西的桌子。他们每天都在小心翼翼地控制着燃料的用量,但这里面本身就没有多少可以烧的东西,能够坚持到今天,本身就已经是一个奇迹了。

没有木头就不能烧火,也意味着他们从今往后只能直接喝雨水,吃已经开始发霉的生米。本来他们就因为长时间没有蔬菜可吃而变得很虚弱,常流鼻血,再这样下去,生病也许在所难免,那样的话,离死亡也就不远了。

如果他比冯有成先死,冯有成会怎么做?同样把自己的尸体从屋顶上推下去?

但与被野兽分食的结果相比,他却更加无法设想另外一个可能性:如果冯有成先死了呢?

他是继续这样苟延残喘下去,还是直接拉开那被他们三个人用厂房里原有的机器设备堵起来的大门,走出去和那些东西拼了?

他下意识地看着这不到一百平方米,空荡荡的厂房。他们已经在这个地方苟延残喘了两个月,这样的活着,真的有意义吗?

这念头从他的脑海里一闪而过,但很快就被驱赶了出去。

不抛弃,不放弃!

这并非军队的教条,却越来越成为军人默认的信念之一。

在这样的生存环境中,选择死亡从来都不是一件难事,在他把人们集合起来到这边寻找粮食之前,他所住的那幢房子里就有人选择了自杀。非但如此,他们还把自己的孩子也带走了。

懦夫。

龙云鸿那时候愤怒地指责道。

因为知道活下来太过痛苦和艰难，所以选择不再承担任何责任，也不做出任何努力，选择一种不太痛苦的方式放弃自己的生命。

他无法理解他们的思维。

只要活着就有希望，就有可能。

那时候他指着远处新洲酒店楼顶的旗帜告诉他们，希望就在那个地方。

没有人会在缺衣少食，安全没有保障的情况下去竖起不同的旗帜。那一定是在向周围的人传达信息，也许他们已经重新建立起了队伍，正在想办法对付那些盘踞在这片区域的恐龙。

坚持，坚持到他们到来的那一天就好了。

那时候他大声地对人们这样说道，并且把其中一些勇敢的人组织了起来，带着大家到这里来寻找食物。

但他们却遭到了那些恐龙的偷袭，队列只一瞬间就崩溃了，他们三个人幸运地逃进了这个小食品厂，从此与这个世界隔绝了起来。

“他们真的会来吗？”刘松死的时候紧紧地抓着他的手，一次次地这样问，“他们真的会来救我们吗？”

龙云鸿知道他惦念的其实是还被困在之前那幢楼里的妻子和女儿，虽然心里的答案已经变得不确定，但他还是点了点头：“他们会来的！”

他们真的会来吗？

龙云鸿抬起头，看着那幢其实并不真正属于自己，只是租住的房子，突然对那个地方无比怀念了起来。

那地方原本对于他来说只是一个漂泊在外临时歇脚的地方，一个休息天无处可去时能够躺着看看电影、玩玩游戏的地方，但现在，却成了一个可望而不可即的回忆。

我一定要活下去！他对自己说道。

那些人因为相信我才跟着我出来，他们死了，但他们的家人也许还活着。

哪怕只是为了这些人，为了这份照顾他们的责任，他也不能就这样死去！

“找到一箱盐！”一名队员兴奋地说道，“还有些零散的！”

“装起来吧，”高辉摇摇头说道，“我们继续往前走！”

面对整个联盟的人口，面对这么大的缺盐压力，这么点盐根本是杯水车薪。

但有总比没有好。

“等一下！”一名队员突然停下了脚步，“你们听到了什么吗？”

那是一阵歇斯底里的狂吼，但却不在他们附近，更像是在他们的头顶。

一个东西从高处掉了下来，队员们抬起头，看到几个人有气无力地趴在窗口，对他们叫喊着。

“救命！求你们了，救救我们！”

“要我们救，那你们倒是让我们进去啊！”高辉等一行人被堵在单元门口，无奈地说道。

不是门的问题，而是门背后堆满了各式各样的东西，把一楼到二楼的整个楼道都堵得严严实实，根本就没有办法上去。而楼上，三楼以下所有的窗户都有防盗栏或者是防盗笼。

别说他们身上没有带破拆的工具，即使带了，要进入这幢房子也不是什么容易的事情。

这样的事情高辉也曾做过，但那已经是很久以前，甚至是加入安澜大厦之前的事情了。会采用这样的做法，房子里面的人应该已经是对外界恐惧到了极点，根本就不考虑自己出来寻找物资的可能了。

“别走！别走！”那几个人惊慌地说道，试图把那些堵住门的东西搬开。但他们在长期营养不良的情况下，身体已经非常虚弱，根本就没有办法在短时间内把那些东西搬空。

“算了，”高辉摇了摇头，拿出一包树皮粉，用力地从那堆东西上面的空当把它扔了进去，“你们先把这些东西煮了吃掉，恢复点体力，其他的事情稍后再说。”

那群人里马上有人欣喜若狂地捡起那包树皮粉向楼上跑去，好几个人连滚带爬地跟在后面，但终究还是有人留了下来。

“你们……你们是……？”他充满期望地问道。

“我们是城北联盟的。”高辉在心里暗暗地叹息着。

他们来的时候曾经想过会遇到这样的情况，已经过去了四个月，这个如同孤岛一样的地区还会有人存活下来吗?

有些人表示怀疑,但大多数人还是抱着乐观的态度。

也许会有很多人因为饥饿,因为疾病,或者是因为外出冒险而死去,但这个区域两个成规模的小区,十几幢零散的居民楼,有写字楼,有那么多厂,那么多仓库和店铺,总不可能所有人都死了。

“我们该怎么对待他们?”高辉问道。

张晓舟当然想救他们,这一点高辉丝毫也不意外,令他感到惊讶的是,邱岳竟然也抱着相同的态度。

“他们的情况应该比瓦庄村还差,”邱岳这样说道,“经过那么长的时间,身体弱和意志薄弱的人应该早就被淘汰了,剩下来的,应该都是身体基础好,意志顽强的人。这些人也许比瓦庄村的那些难民更渴望获得正常的生活,有这样强烈的对比,只要他们能够养好身体,对于联盟的认同应该比什么人都高!为了获得这样的生活,他们应该会比瓦庄村的那些人更愿意付出努力。关键是,他们的数量应该不会很多,不会超出我们现在的容纳能力。”

赤裸裸的功利主义,听起来怪不舒服的,却比张晓舟的情怀更能说服大家。

“但我们很难把他们弄回来,”梁宇说道,“瓦庄村的那些人刚刚到联盟的时候,跑不出二十米就不行了,脚软得像面条一样。带着这样的累赘根本不可能穿越危险的街道跑到城北来,只会让我们的队员面临更大的危险!”

“你说得没错,”邱岳说道,“但他们过来之后也是和那些难民一样短时间内干不了什么实际的活,我们大可以运一些吃的过去,让他们就地休养。那个区域不是还有些小食品厂吗?如果能找到一些食物,反正也不可能带回来,完全可以用来赈济他们这些人。”

“这样一来,探索小队的任务就太重了!”

“但我们能在那个区域获得一些前进基地,对于探索小队的工作来说也是有利的,”邱岳答道,“我们大可以通过这些人,在那个区域建立起简单的预警体系,这样一来,探索小队的安全性实际上更有保证。”

这个理由更加有说服力,在手头没有完好的对讲机的情况下,通过新洲大厦向远在几公里外的探索小队发出预警信号本来就是一件很不靠谱的事情。层层建筑物隔绝之下，他们能不能一直看到新洲大厦楼顶的旗色都是问题。

“这样做会不会让何家营觉得我们侵入了他们的地盘?”老常问道。

“也许会，但他们也从来没说过那个地方是他们的地盘吧?”

邱岳在各级会议上的表现越来越抢眼，这显然让梁宇很不高兴，但高辉个人倒是没有什么更多的想法。反正以高辉的年龄和性格，成为联盟核心人物的可能性很小，至少在近几年都没有这样的可能，那只要张晓舟的地位不动摇，只要他们的竞争是各显其能而不是想办法拆墙脚拖后腿，那狗咬狗对于他来说也是一场好戏。

“就这样定了，”张晓舟说道，“首要任务是找盐，确保探索小队的安全；次要任务是和这些人建立联系，给予他们一定的帮助，在那个区域建立起预警体系。至于他们能不能到城北来，愿不愿意来，那是之后再考虑的事情。”

会有人不愿意吗?

至少在看到了这些人的样子之后，高辉觉得不可能。如果不拦着他们，也许这些明显已经饿得快死的人会不顾一切地往城北逃去，丝毫不考虑自己是不是有能力活着越过高速公路。

“城北联盟?”这个听起来陌生的名称显然让对方有些惊讶。

这种时候，何家营的那个什么“远山自救委员会”这样的名字显然更容易获得人们的信任。

“这是城北现在的救助机构，你明白吗?”高辉尽量简略地向这个人解释了一下，但那人显然因为长时间的饥饿，脑子已经有些迷糊了。

“算了，你先去吃东西吧，本来也没多少，晚了你估计就吃不上了，”高辉无奈地说道，这种情况下，和他说预警体系的事情估计也是白费力气，“我们这几天都会在周围活动，你们不要着急，我们还会回来的。”

他们严格按照张晓舟的预案，慢慢向东南方向走，主要目标是两个小区和那些零散的居民楼，但只有大约十幢房子里有人看到他们并做出了应对，而他们也先把身上带的树皮粉给了那些人，让他们把当前的困境先解决了再说。

剩下的房子死气沉沉，里面的人应该是都已经死了。

高辉等人当然没有忘记自己的首要职责是什么，他们一边小心地向前行进，一边寻找着可能有盐的地方。

最普通的来源当然是那些小超市、小副食品商店。通常来说,盐这种东西,每家店都会有库存,但也不会有多少,凭借这个来满足城北那么多人的需求,无疑是痴人说梦。

同理,虽然每个家庭多多少少都会有盐、酱油之类的调料品存在,但总量都不会太多,不值得他们花费太多的时间去一家一家地搜寻。

他们真正的目标是非常靠近城市边缘的那几家小食品加工厂,按照张晓舟等人的推测,大多数小食品为了提味都会加入大量的调味品,尤其是盐和辣椒,在那里找到大量库存的可能性非常大。而且盐不像其他东西,它不会发霉,不会变质,大多数人寻找食物的时候也应该不会想要把它们带走。

他们很快就遇上了第一群不速之客。

那是一群远山驰龙。

它们用很快的速度从一条小巷中窜出来,向着高辉等人直扑过来。

“稳住!”高辉大声地叫道。

说起来,从他去做张晓舟的助理开始,这样的情景就已经从他的生活里消失了,突然撞上,他心里还真有点微微的恐慌。但使命感和荣誉感让他很快就把那点微不足道的恐惧从身体里驱逐了出去,握紧长矛,身体微微下沉,与其他人一起排列成一个小小的矛阵。

驰龙的速度非常快,只是十几秒,它们就已经到了很近的地方。

爪子在地上快速摩擦的嗒嗒声伴随着它们的咆哮迅速逼近,尖锐的爪子和巨大的镰爪带来强烈的压迫感,让没有经历过这种事情的人们往往在它们即将到达面前的那一刻心理崩溃,转身逃离,而那之后,他们所面临的就是一边倒的屠杀。

即便是王永军没事的时候也不可能单身应对两只以上的中型恐龙,把他放在这种地方,他唯一的选择也只是转身逃走,努力逃得比身边的同伴更快。

但新洲团队早已经经历过十几次这样的冲击,如果在他们前面的是一群三角龙或者是鸭嘴龙,那他们的唯一选择大概也只有逃走,可这些中型恐龙相对纤细的身体所能带来的冲击力远远小于那些植食的恐龙,而且它们本身就是很聪明的动物,不会盲目地扑向矛阵。

这是一场以生命为赌注的博弈，谁能坚持到最后，谁就能成为赢家。

它们张牙舞爪地向人们扑来，但就在即将扑进矛阵的时刻，它们却灵巧地向两侧分开，准备到猎物的侧后方去寻找更好的攻击机会。

速度一旦降下来，它们的威胁也就不存在了。

“突！”高辉这时候大声地叫道。

矛阵中间的三个人突然一起发力，将手中的长矛向最后一条驰龙刺去。它的速度已经降了下来，但同伴挡住了它往边上去的路，让它停在了矛阵的正面。

距离不到三米，不过是一瞬间的事情。

三根长矛从不同的方位狠狠地刺入了它的身体，随即迅速地拔出来，退回原位。

它悲鸣一声，身体马上踉跄了起来，鲜血也涌了出来。

九名队员在这时候已经背靠背转换成一个圆阵。以前他们必须要有很多人才有勇气面对这些东西，但现在，唯一需要他们排成密集阵形的只有面对恐龙远距离冲刺的时候，当这些中型恐龙的速度降下来，只要身边有同伴在，他们就敢面对任何中型恐龙。

唯一一名没有持矛的队员已经拉开了手中的长弓，向着那只因为受伤而行动不便的恐龙射去。不到四米的距离下，它根本无法反抗，利箭射穿了它的一条腿，让它痛苦地哀鸣起来，下一刻，另外一箭射穿了它的脖颈，直接让它倒了下去。

剩下的驰龙不安地鸣叫起来，它们快速地在队伍周围移动着，寻找着复仇的机会。队列中的长弓手引而不发，几秒钟后，利箭突然离弦而出，将一条正在来回奔走的驰龙狠狠地击倒。

这个从来没有去过城北的驰龙群终于意识到自己已经不再是猎手而是猎物，领头的那一只高声地嘶吼起来，所有的驰龙瞬间逃得无影无踪。两名队员分别上前，他们熟稔地避开了那些有可能对自己造成威胁的爪子，从背后绕过去，干净利落地结果了那两只受伤的驰龙。

“午饭和晚饭有着落了。”一名队员高兴地说道。敢于突破高速公路跑到城北的中型恐龙已经越来越少，这样吃新鲜肉的机会也已经很久都没有过了。

高辉看了看周围那些居民楼，微微地摇了摇头。

对于他们来说，杀死这些东西已经变得如此简单，但对于那些用无数杂物把自己堵在楼房里的人们来说，这些东西无疑是生命中最可怕的梦魇。

“挑好的切几块下来我们自己吃，其他的，胡乱砍开分给那些人吧。”他对身边的队员们说道，“这些血别把暴龙引来了，我们还是快点找个地方落脚。”

龙云鸿几乎不敢相信自己的眼睛，当那些人刺伤第一只恐龙的时候，他骇得差一点从厂房顶上摔下去。

而当他们重创另外一只恐龙，将这群恐龙吓走后，他直接跌坐在彩钢瓦上，完全不知道应该说什么了。

整个过程不超过一分钟，快得几乎让他有些搞不清楚发生了什么。

毫无疑问的是，就是这么几个人，在这样短的时间里，轻松地杀掉了两只曾经把他们所有人追得近乎绝望的恐龙。

“他们是什么人?”冯有成同样骇然地问道。

他没有看到整个过程，但却看到他们在远处分割那两只恐龙，用斧头把这些该死的野兽砍成碎块。

“他们来救我们了?!”冯有成再一次问道。

龙云鸿摇了摇头。

他的脑海里依然反复回忆着那些人向前突刺的动作，那干净利落的刺杀让他的整个身体都战栗了起来。

就像是饕客看到了满汉全席，酒鬼走进了酒窖，在那一刻，他的脑海里只有一个想法：我要加入他们！我一定要加入他们！

高辉等人根本就没有看到几百米外他们要去的那几个小食品厂当中，其中一个的厂房顶上有两个人。

高辉的警告让人们意识到，这里并不是暴龙没法过去的城北。

他们抓紧时间用随身携带的砍刀和斧头把那两只恐龙砍成比较容易携带的小块，就近找了一幢没人的房子，把门撬开后走了进去。

大部分队员开始搜索房间，高辉带着一名队员直接上到楼顶，把一面信号旗立了起来。

新洲那边很快就做出了回应，一面蓝色的旗帜摇动了几下，表示已经看到他们了。

几名队员猛烈地咳嗽着跑了上来，与此同时，强烈的恶臭也飘了上来。

“死人？”高辉问道。

那几个队员点点头，一脸的郁闷。

“都是苍蝇和蛆……”其中一个说道，然后突然再也无法忍受，扑到旁边吐了起来。

高辉上楼的时候就隐隐约约地闻到了一些，但此刻这种臭味已经强烈到了令人感到痛苦的地步了。

“怎么会这么臭？”他皱着眉头问道。

“大概四五个人，全死在一个房间里了。”

“那我们还是换个房子吧。”高辉于是说道。

隔壁的房子里有人大声地叫他们，于是他们把旗子收了起来，匆匆下楼，然后去了隔壁。

一楼同样满满地被东西堵住，但里面那些人显然是在获得了他们的救济之后就一直在搬东西，高辉等人从外面帮忙，很快就清理出了一条勉强能够走人的通道。

房子里的人显然已经非常虚弱，但面对他们的时候，却有一种发自肺腑的兴奋和激动。

除了高辉他们所带来的那些吃的，更多的，是因为他们带来的活下去的希望。

这幢房子里还有五名幸存者，两男三女，看上去年龄都不大。二楼的一间房子紧紧地闭着，隐隐约约有臭味从那里面传出来，高辉他们没有问那里面是什么，这些人也没有说。

就在他们上楼的时候，另一群恐龙从西面跑到了他们之前杀死那两只恐龙的地方，发出了响亮的叫声，似乎是在发出疑问。

新洲的人们并不怕这样的东西，但不久之后，那只在附近活动的暴龙终于缓慢地从楼宇之间探出头来，用力地嗅着，在周围寻找起来。

人们的行动都变得小心翼翼起来。

那些幸存者把他们带到六楼，那里应该是他们的厨房，许多砍碎的家具堆放在周围，中间的地面上放着一个火盆。

“一半烤一半煮。”高辉对一名队员说道。时间差不多也到了中午，可以考虑吃午饭的事情了。

幸存者们马上咽起了唾沫，但他们好歹才刚刚吃了一些高辉等人给他们的树皮粉，不至于完全失态。

“我们是城北联盟的先遣队。”高辉向他们简单地介绍起自己一行人的身份，并且简要地描述了一下城北现在的情况。这几个人听得很专注，脸上自然而然地出现了极度羡慕的神色。

“我们……我们可以跟你们回去吗？”他们几乎是在高辉刚刚停顿的时候就迫不及待地问道。

“当然！”高辉答道。

那三个女人马上激动得抱在了一起，兴奋得哭了。

“但你们的身体状况……”

“我们没事！”他们马上焦急地说道，“别看我们虚一点，但身体很好，干什么活都没问题的！”

“我不是这个意思，”高辉说道，“以你们现在的身体状况，这段路你们很难安全地迈过去。联盟派我们来的时候就考虑过这个问题，我们会给你们一些食物，等你们的情况好一点，再护送你们到城北去。”

几个幸存者终于松了一口气，嘴里不停地说起感谢的话来。

“我想知道这附近的情况。”高辉说道。

“什么情况？”那几个人相互看了一眼之后问道。

“随便什么，大概还有多少人活着，分布在什么地方，周围的那些写字楼、物流城、工厂和商铺有没有被人洗劫过，你们知道什么都可以说说。你们在这个地方已经待了四个月，别告诉我你们什么都不清楚。”

“那当然不会！”幸存者中看上去身体最好的那个男子说道，“师傅你怎么称呼？”

“你们叫我高队长就行了。”高辉答道。

这些幸存者还真清楚周围的情况，这是因为他们被困在这里，也没有别的事情可干，每天唯一的希望就是有人来救自己，于是每时每刻都有人在察看外面的情况。

这里本来有很多人，两个中等规模的小区，加上那些零零散散的写字楼、居民楼、物流城和各家厂子晚上守夜的保安，住在自己店铺中的店主和店员，虽然事发的时候是晚上，但整个东南区域应该有两万人左右。

但经过四个月后，这里还活着的人也许还不到两百人。

“不到两百?!”高辉倒吸了一口凉气，虽然想过结果会很惨烈，绝想象不到会有这么惨。

“一开始的时候有很多人往西面和北面逃了，”那个男子说道，“到后面，又有很多从别的地方跑到这里想找粮食的人，他们当中大多数人都被吃掉了，但也有不少人逃到了附近的楼里。”

这个区域是所有恐龙进入远山城的通道，又因为有副食品批发市场这个诱饵存在，从一开始就成了恐龙的猎场。

在灾难刚刚发生的那段时间里，很多人本能地想到了这个地方肯定有足够多的粮食，但他们却没有想到，这里其实是一个杀戮场。三三两两到这个地方来的人几乎都在毫无准备的情况下成了猎物，其中有一些被恐龙追着逃到了附近的房子里，也有人逃到了何家营。

在这个区域滞留的肉食恐龙的数量远远超过了其他地方，因为种种原因而滞留在这个区域的人们几乎每天都要目睹残酷的屠杀。

这让他们深知外面那个世界的危险，但在坚持了两个月之后，为了活下去，他们不得不冒险离开自己的房子，到外面去碰运气。

这种行为无异于自杀，绝大多数人就这样死了。他们当中好不容易有三四十人在一名退伍军人的鼓励下拿起用各种各样的东西制成的长矛，准备到南边的那几个食品厂碰碰运气。但队伍却在遇到一群恐龙之后瞬间崩溃，大多数人都在逃散的过程中被杀死，只有很少的人幸运地逃了回来。

第10章

幸存者

“百不存一……”高辉和身边的队员们都感到很唏嘘。

只有在这种时候，他们才会真切地感觉到城北联盟的不同。也许就像邱岳曾经说过的那样，人们总是会下意识地淡忘自己的不幸，下意识地把自己现在的生活当作理所当然，认为这是自己本该得到的。

但如果张晓舟没有站出来，城北现在会是什么样子？

即使是粮食相对充沛的安澜大厦，如果没有来自丛林的那些补充和替代品，粮食也早就应该消耗殆尽了。而那些存粮本来就不多的小团队，结果不会比这里好很多。

这里当然有它靠近丛林的不利之处，但对那些中型恐龙来说，城北城南或许并没有太大的区别。如果没有人敢站出来试着去战胜它们，杀死它们，唯一的区别也许只是存活率的高低，不会有根本性的差别。

也许邱岳说的是对的。

高辉这样想着。

必须让人们知道，联盟和其他地方有什么样的差别，如果没有联盟，没有张晓舟的挺身而出，一切又将会是什么样子。如果他们忘了，那就必须时不时地提醒他们，让他们回忆起来。

在他们压低了声音说话的时候，那只暴龙四处搜索了一下之后，什么都没有发现，摇摇摆摆地走了。

这个区域已经无法寻找到足够它吃的食物，它也只是习惯性地把这个地方看作是自己的地盘，但并非觅食的场所。

作为恒温动物的暴龙每天都有巨大的消耗，但在丛林中，它们却不能保证每天都可以找到吃的。这让它们可以一次性吃下大量的食物，然后饿上很多天。事实上，这几乎是大多数猎食者的本能。

但这个突然从平地上冒出来的古怪区域却没有这样的问题，它们经常可以找到容易捕捉的食物，美餐一顿。虽然最近食物的数量开始急剧减少，但对于它们来说，却依然比回到丛林捕食更加容易。

“带上肉，我们到周围去转转。”高辉站在屋顶，确认它已经走远之后对同伴说道。

他们留下一名队员看守物资，同时把预警体系的相关规定告诉这幢房子的人。高辉告诉他们，只要他们履行好这样的职责就能获得足以维生的食物，这让五名幸存者都听得很认真。

高辉他们很快就把之前走过的路线又走了一遍，同时把从那两只恐龙身上分下来的肉分给了其他人。所有人都对他们这样的举动感激到了极点，高辉把之前准备好的关于预警体系的说明书也一起交给他们，所有人都保证一定会按照说明书上的说法，好好地做好预警的工作。

当他们回到之前那幢房子的时候，好几幢楼房的顶上都已经竖起了绿色或者是红色的旗帜，大多数旗帜都是用床单或者是衣服胡乱打起来的，看上去不伦不类，但对高辉来说，这多多少少让他有了回到城北的感觉。

“不能完全依赖他们，”他低声地对队员们说道，“只能做一个参考。”

城北最初建立预警体系的过程里也出过很多这样的事情，一些房子里的人打起旗帜只是为了获取一份粮食，他们往往把最虚弱，没有能力出来找食物的人放在那里应付了事，这些人当中，有好多已经老眼昏花，或者是年龄太小，还没有足够的判断力和责任感，于是他们打出来的旗帜往往很有问题。

这样的事情甚至造成过一些惨剧，旗帜上明明显示没有危险，但到那里去寻找食物的人们却意外地遭遇了猎食者。

那时候联盟还没有成立，张晓舟也没有能力去处置他们，只能扣除他们的补助。

但真正让他们改观的还是血淋淋的代价,他们中的一些人在外出寻找食物的时候遭到了受害者家属残酷的报复,直接丢了性命。

这样的事情发生过几次之后,人们便再也不会把这当作是一件可以敷衍的事情,认认真真地履行起了自己的职责。

预警体系在城南建立也必然会有这样一个过程,因为这里的猎食者太多,甚至有可能比在城北时需要的时间更多。但对于他们来说,有总比没有强,至少,竖起了旗帜的这些地方都认同了城北联盟的指挥,当他们需要地方休息或者是躲避暴龙的时候,这些地方将会成为可以信任的营地。

肉汤很快就煮熟了,人们聚在一起喝着汤,吃着肉,看着周围那些房子上空的旗帜,因为之前听到那些事情而抑郁的心情也稍稍好了一些。

“下午我们怎么办?”一名队员问道。

“直接往南走。”高辉说道。

附近的商铺他们上午的时候已经大略地搜索了一遍,但收获并不是很大。他们在分肉的时候也让这些人把各自房子里的盐集中起来,但估计也不会太多。仓储物流城里找到盐的可能性有,但也很小,因为一般人应该很少会通过物流配送来运送食盐,都是各地的盐业公司直接配送。

这样一来,唯一的希望就只有那几个小食品厂了。

“这些零零散散的地方太浪费时间了,可以以后慢慢来搜索,或者是交给他们这些人来负责,”高辉说道,“联盟没有多少时间可以等,是死是活,先搞清楚了再说。”

所有人都点了点头。

于是吃过午饭之后,他们便从那个地方走了出来,直接向南前进。

一个东西吸引了高辉的注意力,但它只是飞快地从他的视野当中一晃而过,让他有些不确定自己是不是看错了。

“怎么了?”有人问道。

“没什么。”高辉摇了摇头。除了安澜大厦的那条金毛猎犬,他还没有见过任何宠物,它们要么被自己的主人吃掉,要么被外面的恐龙吃掉,无一幸免。

更何况,那个从墙上跑过去的身影也太大了一些。

是错觉吧?

“救命！救命！”

前面突然有人大叫起来。

“是食品厂那边……”一名队员说道。

几只恐龙被这个声音吸引，从旁边的巷道里冲了出来，但这样的地形让它们缺乏加速的空间，对于他们来说并不是很严重的威胁。

双方对峙了一下，这些恐龙也许曾经在城北吃过亏，短暂的几秒钟后，它们便又四散逃开了。

“继续前进，注意两侧。”高辉说道。

一路上吓退了三波中型恐龙，高辉他们才最终到达了目的地，那两个人确认他们注意到自己之后就安静了下来，只是一直兴奋地在厂房顶上向他们挥着手。其中一个不时地用红旗为他们指出附近那些中型恐龙的活动方向，这让高辉对他有了不错的观感。

当他们走到那里时，这两个人早已经从屋顶上下来，他们听到门里一阵慌乱的搬东西的声音，随后铁制厂房向外推开，那两个人焦急地挤了出来。

“先进去！”高辉说道。

这些中型恐龙的行动不知道有没有惊动到那只暴龙，不管他们接下来要做什么，进去肯定比在外面要好。

其中一个人有些不解，但挥旗的那个人却马上点点头，把他们引了进去。

厂房里空空荡荡，所有东西都已经被堆到了四周用来堵住窗户和大门，靠东侧的那堵墙明显是在漏雨，屋顶上也有一个大洞，地上湿漉漉的，所有东西都搬离了那个区域。

几个袋子放在厂房中间，地面上铺着一大块塑料布，一些大米被摊开铺在上面，应该是在晾干。

“这里太潮湿，所有的米都受潮了。”那个挥旗的男子解释道。

“你叫什么？”高辉问道。

“龙云鸿。”

高辉微微地点了点头。

“你们……你们是来救我们的吗?”另外一个男子急切地问道。

“对,”高辉说道,“我们是城北联盟的人。”

他一边简单地做着自我介绍,一边悄悄地观察着这两个人,他们的身体状况比起城北的人要差很多,但却比他之前看到的那些人都要好。显然是因为他们有足够的米可以吃,但却长期缺乏其他食物摄入而造成的。

“你们是这个厂的人?”

“不,”龙云鸿的神色微微有些痛苦,“我们住在那边那幢房子里,两个月前我们联合了周边几幢房子的男丁,想到这边来搜寻食物,但走到半路遇上了一群恐龙……”

“然后你俩逃到了这里?”

“还有另外一个人,但他到厂房顶上晒米的时候不小心摔伤,伤口感染死了。”

高辉下意识地看了看周围,并没有发现埋尸体的地方。

“我们……我们没有办法处理尸体,只能把它扔了出去。”龙云鸿说出这些话的时候身体都在颤抖,这对于他来说是巨大的耻辱,但他却不愿意用谎言来隐瞒真相。

高辉愣了一下,这比他预想的好多了,一开始看到龙云鸿的表情,他还以为他们把尸体吃掉了。抛弃尸体在他看来并不是很严重的事情,在这个世界,也许有少数人能够坚守以前那个世界的信念,但更多人却被迫在现实面前改变了自己。

如果是在饿死和吃尸体间选择吃尸体活了下来,在高辉看来也无可厚非,虽然他肯定不会喜欢这样的人,但他也不会因此而觉得他们有罪。

但毫无疑问,如果是主动杀死别人然后把他们吃掉,那样的人绝对不能容忍。

“我们是来找盐的,”他对这个名叫龙云鸿的人感觉还不错,于是直接告诉他们,“这里的居民我们也会负责,但大部分人身体太过于虚弱,必须休养一段时间后才有足够的体能跟我们到城北去。”

“盐这里有,”龙云鸿马上说道,“只是有点问题。”

“问题?”

龙云鸿把他们带到一个地方,六七袋五十公斤装的盐被他们用来堵门,就放在大门后面。但高辉看到包装袋印的字时,忍不住骂了出来:“我靠他妈的奸商!”

包装袋上赫然印着“工业用盐,严禁食用”的字样。

“怎么办?”队员们问道。

“看看其他厂。”高辉说道。

“那我们……？”龙云鸿问道。

“你们先留在这里，我们办完事再来带你们走。”

他们迅速把周围的三四个小食品厂搜了一下，结果有多半用的都是工业盐，或者是既有工业盐，也有普通的食盐。

“把食盐都带上，”高辉说道，他犹豫了一下又说道，“工业盐也找出来，集中起来运到之前的那个厂去，那里离城北最近。”

一名队员找来了一辆小车，把他们找到的盐堆在上面，分几次推到了龙云鸿他们所在的那个厂里堆放起来。

所有的包装都是五十公斤一袋，这样算下来，食盐四百五十公斤，工业盐则有将近三吨。

正常情况每个人每天必须摄入的盐量是三克到五克，但在炎热的气候下，因为出汗多，联盟现在给每个人的量应该远远超过这个数。四百五十公斤食盐看着不少，但真正分摊下去，也不过就是半个多月的量。加上他们之前在那些商店里找到的存货，最多坚持一个月。

要是这些都是食盐，那最起码也能撑几个月，让他们有足够的时间找到盐矿！

这些该死的奸商！

高辉忍不住在心里一次又一次地骂着。

“我们回去？”一名队员问道。

忙到现在，已经是下午四点多，已经到了张晓舟要求他们回去的时间。

高辉点点头，叫上龙云鸿和另外那个人，把食盐分装了一下，每个人大概背了二十公斤，然后把剩下的用之前找到的那辆小车拖着，一起向城北方向走去。

好几幢房子都亮着红旗，这让高辉迟疑了一下。

之前给那些人的关于预警体系的说明书上写明了对于不同体型的恐龙用不同的旗帜，用挥舞的方式说明数量。但让高辉头疼的是，他们的那些旗子没有统一过，完全没有办法辨认他们到底指的是什么体型的恐龙。

是一般的中型恐龙，还是暴龙？

“先找个地方避一下。”他最终说道。

“可以到那幢房子吗？”龙云鸿指着距离他们不远，顶上飘着绿色旗帜的房子问道。

“你以前的家？”高辉问道。

龙云鸿的表情有些复杂，默默地点了点头。

这让高辉感到有些奇怪，但他没有多问。

这些人已经认识他们，没费几句话就把他们迎了进去。高辉所做的第一件事依然是直接跑到楼顶把旗子立起来，表明自己所在的位置，然后开始观察周围的情况。

结果让他马上后怕了起来，那只暴龙正慢慢地从北面那几幢房子之间走过去，如果他们不躲进来，也许会直接撞上去。

好在听张晓舟的话慎重行事，不然的话，也许要出现减员了。

他这样想着，却听到下面一阵混乱，似乎有女人在哭喊。

“怎么了？”他匆匆地跑下楼去，却看到两个女人正揪着那个名为龙云鸿的男子厮打，而他只是护着脑袋，木然地承受着这一切。

“把他们分开！”高辉说道。

这里到底发生过什么事情？他们之间难道有仇？

那两个女人还在哭闹，高辉叫道：“把暴龙引过来我就把你们扔出去！”

她们愣了一下，哭声终于止住了。

高辉看了看满脸爪痕的龙云鸿，摇了摇头，返身向楼顶走去。

太阳渐渐落了下去，气温开始降低，那只暴龙显然这时候才真正开始活动起来，而那些中型恐龙也变得更加活跃起来。

高辉评估了一下风险，觉得今天不太可能回去了，于是和队员们商量了一下，把他们带来的那面旗帜举了起来，向左右两侧八字形挥舞了一会儿。片刻之后，新洲酒店那边做出了回应，表示知道他们将留在那个地方了。

一行人开始准备晚上睡觉的地方。

床几乎都被住在这里的人用来当燃料了，好在床垫还在，天气这么热，也不需要被子什么的，凑合一下应该没有问题。

几名队员开始准备晚饭，高辉看到之前和龙云鸿撕打的女子这时候又和他说起了话，她们的神情依然非常激动，眼泪不断地往下流，但已经平静多了。

“高辉，你说他们到底是什么关系啊？”一名队员贼兮兮地说道。

“我怎么知道！”高辉说道。

末日中的男女关系变得简单而又复杂。

所谓的简单，是说男女之间很容易建立起以肉体交换食物和安全的关系。那些失去了丈夫的女人往往本能地依附在周围强大的男人身边，凭借他们的保护过活。而那些带着年幼孩子的女人越发如此。

据高辉所知，城北的那些小团队当中，这已经是一种普遍现象。

所谓的复杂，则是在联盟成立之后，女人和小孩的生存问题渐渐得到了改善，这样的依附关系就变得淡化了。联盟提供了安全保护，而联盟给出的那些不需要多少体能和技巧就能完成的手工活则为这些妇女和小孩带来了凭自己能力求生的机会。

一些依附关系自然解除，但也有男人死死地拉着曾经依附自己，现在却另投他人怀抱的女人不放，甚至闹到要由执委来协调处理的情况。

越年轻漂亮的女人身上这样的事情越多，而且其中往往牵涉到联盟当中地位比较高的人。王牧林就曾经牵涉到一桩这样的纠纷当中，搞得相当狼狈，如果不是老常帮忙协调摆平，事情大概会闹到张晓舟那里去。

其实王蓁蓁和李彦成的事情也可以归到这一类问题当中，只是闹得有些夸张了。

据高辉所知，新洲团队这样有着充足物资给养的队伍里的成员更受欢迎，至少有三分之一的人背着老婆在外面养了女人。

朝三暮四当然还是会被大多数人看不起，但一男多女生活在一起已经是人们普遍认同的事情。联盟总体来说在青壮这一层面上女多男少，很多女人本身也希望能够通过这样的方式获得更好的生活，总体来说，这已经成为大家默认的一种现实。

所谓的贞洁在这样的世界里，几乎已经没有人会当回事了。

这让他不太想去关注这些陌生人的家长里短，但过了一会儿，那个名叫龙云鸿的男人自己走了过来。

“让你们见笑了。”他低声地说道，似乎有些羞愤，这反倒让高辉有些感兴趣了。

“你的女人？”他问道，同时心里有些不齿，因为这两个女人的样子真的不好看。这位的胃口也真是不挑。

“不是！不是！”龙云鸿急忙摆手，“之前我组织了一次冒险，她们两家的男人都死在那次的行动里了。”

高辉想起了之前曾经听另外一幢房子的人说过的事情：“他们说有个退伍军人组织了一次冒险，就是你？”

龙云鸿羞愧地点了点头。

“你以前是什么军种？”高辉兴奋地问道，“看你的年纪也不大，退伍多久了？”

这个人绝对是联盟急需的人才！就凭他有胆量和能力把一群没有受过训练的陌生人组织在一起去冒险，能力方面应该也没有太大的问题。张晓舟一开始干的也不过是这样的事情，只是运气比较好，城北那边不像这里恐龙这么多。

联盟当中一直都非常缺乏专业的军事人员，这当然不是因为这块区域连一个军人都没有，而是因为当初地质学院招人的时候，军人和警察都是名列前茅的职业，都被弄到他们那里去了。

占着茅坑不拉屎，这是联盟高层对于地质学院的普遍看法。

但他们现在暂时也没有办法把人才从学校那边挖出来，出来找盐还遇到一个退伍军人，真是意外之喜！

龙云鸿说了一个番号，但高辉这样的门外汉完全不懂。

“算是二线部队，”龙云鸿解释道，“我们是师属侦察营下面的技术侦察连。”

“那很牛啊！”高辉说道。在他的概念里，侦察兵都是能力值突破天际的那种强人。

龙云鸿摇摇头，向他解释了一下，自己并不是一般人概念里的武装侦察兵，而是炮兵侦察兵，专业更多的是倾向于技术层面而不是战斗技能层面。

这样的回答让高辉稍稍有点失望，不过就算是技术兵，那也比他们这些啥都不懂全靠网络谣言和电影电视剧来搞军事训练的人强吧？

“明天你跟我回去，我把你推荐给张主席他们！”他兴奋地对龙云鸿说道，“你放心，只要你肯干，联盟有的是机会！”

龙云鸿过来找他其实也是想打听一下加入这支队伍的事情，两个月前的那次失败对于他来说是人生当中无法容忍的污点，那两个女人的痛苦让他越发感到煎熬。被困在那个厂里的时候，他脑子里唯一的想法就是要把这些该死的东西全都杀死，而现在,他已经看到了实现这个想法的希望。

“谢谢!”他由衷地说道。但他不善交际,说完之后,就不知道应该做什么了。

就在这时,一名队员突然惊叫道:“你们快来看,那是什么东西?”

夕阳的照耀下,一只浑身反射着金色光芒的猫科动物正小心翼翼地从一面围墙上跑过去。它身上的毛色非常漂亮,四肢细长而有力,长长的尾巴笔直地向后伸出去,就像是一只缩小版的豹子。

“不算尾巴的话,身长大概六十厘米,肩高大概四十厘米,”龙云鸿在旁边说道,“应该是家养的动物。”

他已经不是第一次看到这只动物,附近还有另外一只,比他们看到的这一只要小一些,应该是一对。

“它咬着什么东西?”之前那名队员说道。

“秀颌龙,”高辉拿出望远镜,对着它看了半天之后说道,“它抓住了一只秀颌龙。”

这样的动物让队员们既惊奇又有些兴奋。

一方面是因为它的体型远远超过了一般的宠物猫,几乎可以和一条中型犬相提并论,很令人惊诧。而另外一方面,它的出现也让人们刷新了对于这个世界的认识。

他们原本都以为,宠物应该在这个世界消失了。

跟着城市来到白垩纪的当然并不仅仅是人类,不用说各种各样的植物和昆虫,比如说入侵火蚁就一点儿也不少,老鼠当然也是穿越大军中的一员。但几个月下来,它们的数量已经变得越来越少了。

最重要的原因当然是人们的捕杀。

即便是在联盟已经建立将近两个月的今天,能够用简易的机关抓住一只老鼠也可以算得上是一顿美食。经历过饥饿考验的人们不会再矫情地把这看作是一种可怕的传染疾病的生物,只会把它看作是难得的美餐。

老鼠在原本那个世界的泛滥其实更多的是因为缺乏天敌,当它们来到这个世界之后,很快就成了那些跑来跑去的秀颌龙和似鸟龙的美食,而人类的加入则彻底让它们销声匿迹。

至少在联盟的范围内,要抓到一只老鼠已经是很困难的事情了。

麻雀同样如此。一开始的时候还能够看到它们成群结队地到处觅食,可以用简单的陷阱抓住它们。一些人甚至把它们当作是被困在房子里时最重要的食物来源。但不知道是什么原因,现在远山城里同样很少能够见到它们的踪迹。

而那些曾经令人色变的入侵火蚁,在人们发现可以把它们烘干磨成虫粉之后,它们的数量也在急剧减少,一些人自制了防虫服,把它们一窝一窝地挖出来,很快就让它们绝迹了。

在这一点上,人类的确无愧于生物灭绝者这个称号。

张晓舟曾经和高辉聊过这方面的问题,高辉曾经很兴奋地问过,哺乳动物的来源会不会就是跟随他们而来的老鼠,而鸟类的来源则是这些麻雀?

但张晓舟却无情地打破了他的遐想,原始的哺乳动物应该早就已经出现,而且的确和鼠类很类似,而原始的鸟类也早就存在。生物入侵的可能性当然存在,但以远山城所带来的这个基数,其实很难在这个世界造成不可逆转的影响。

他们带来的这些植物造成生物入侵的可能性反而更大,虽然很多草本植物都已经被他们吃得彻底绝迹,但远山还有很多地方应该有它们的存在,恐龙时代的生物也许不会喜欢它们的味道,当丛林被逐步破坏,在那些新出现的开阔地上,低等的蕨类和苔藓不可能竞争得过草本植物。

但动物造成生物入侵的可能性在张晓舟看来却不大。野兔在澳大利亚的泛滥和鲤鱼之类的生物在美洲的泛滥,最主要的原因是当地没有能够捕食它们的动物,而在这个世界,大大小小的猎食恐龙绝对不会介意在自己的菜单上加入新的品类。那些巨大的肉食昆虫也绝对欢迎这样大小刚刚适合捕杀的猎物送上门来。

它们中也许有少数能够幸运地在这样的天罗地网中生存下来,但应该很难延续下去。因为种群太少,一次区域性的灾害或者是气候的急剧变化都有可能让它们彻底消失。

他们所在的时代距离来的那个时代实在是太过于遥远,在这样漫长的过程中,必将有数不尽的生物进化然后灭亡。

这个世界到目前为止还是恐龙的天下,它们全方位地统治了从海底到天空的整个世界,把一切生物都践踏在脚下。

联盟现在唯一拥有的宠物是那条金毛猎犬,它早已经被从薛奶奶身边带走,成了联盟重要的一员。之前它所承担的是为安澜大厦预警的工作,而现在,它每天都被带到丛林开发区，作为新洲派驻到那里的分队的成员，为在丛林边缘工作的人们提供预警。

新洲的人都很宠它，一刻不停地看着它，生怕有人把它偷走杀了吃掉。

让人们叹息的是，虽然它是一条母狗，但他们暂时还没有听说什么地方有公狗，种群也许不可能延续下去。

但眼前的这只猫？

“要去找找吗，看它的窝在什么地方？”一名队员兴致勃勃地问道。来到这个世界前他也是一名猫奴，但他养的那只猫在他吃光了猫粮饿得受不了准备下手之前就逃之夭夭，从此再也没有出现过。

“疯了吗？”高辉说道，“要有这闲工夫，带着这些盐回城北不好？去找猫？好好休息！明天一早我们就回去。”

但人们的话题却难免依然聚集在它身上，那宛如豹纹一样华丽的皮毛真的是华丽到令人一眼难忘。

“这种东西没狗有用吧？”高辉说道，“也就是外表好看，又不听话，没什么用啊！”

人们想想也是，狗至少还能看家护院，像他们的那条金毛，虽然没什么攻击性，但有什么风吹草动就会汪汪地叫，某些情况下比人还管用。

人们的注意力终于从它身上转了回来，只有那个曾是猫奴的队员把望远镜要了过去，一直观察，直到它彻底消失在远处的建筑物背后。

高辉拉着龙云鸿一直在聊关于军队的事情。作为张晓舟的助手，他很清楚联盟在不久之后就会开始着手组建民兵，搭武装部的架子。

对他来说，老是跟在张晓舟身后也没什么意思，还是得有自己的班底，有点权力更有意思。他更喜欢的是新洲团队，但他也清楚，那些人不会服他，这样一来，走武装部的路子看上去成了不错的选择。即使不能马上成为首要人物，成为武装部的主要管理者，几年之后慢慢累积资历成为民兵的负责人也不错。

这样的想法让他想方设法地从龙云鸿这里掏和军队有关的东西，但让他失望的是，龙云鸿接受的也只是一般的军事训练，并没有接受过特种作战的训练。他更擅长的是测距，估算目标的方位、高程，绘制地形图。对于军队的建制他很熟悉，但对地方武装部和民兵的情况并不太清楚，而武装侦察兵的那些内容，他也只是一知半解，并不了解具体的细节。

如果换一个人，也许会根据高辉的问题判断出联盟的需要，并且开始凭借自己的一点道听途说忽悠，借此跻身高层，但龙云鸿并不愿意做这样的事情。

对于他来说，懂就是懂，不懂就是不懂，不能滥竽充数。

这样的态度让高辉感到失望，于是他很快找了个借口从他身边离开，然后就再也没有回来。

第11章 意外收获

一夜无话，人们只是在入夜的时候听到了女人微弱的哭泣声和那些恐龙在外面跑来跑去的叫声。但从这一天开始它们注定要失望了，这里人本身已经很少，而且再也不需要冒险外出寻找食物了。

天刚刚亮高辉等人就起来做准备，等到太阳完全升上天空，热度把那些恐龙逼到各自藏身的地方，他们便带着龙云鸿和冯有成一起向城北方向走去。他俩的身体同样存在不少问题，但因为好歹还有粮食可吃，情况要比那些在一幢房子里待了四个月的人强得多。

“欢迎欢迎！”人们听说龙云鸿的身份之后，无一例外都表现出了极度的热情。这让他感到有些受宠若惊，他不得不婉转地把之前对高辉说过的那些话又找机会说了一下，有些人愣了一下，有些收不了场，但张晓舟依然感到很高兴。

即使不能在军事训练上对联盟有什么跨越式的提高，但龙云鸿本身擅长的测绘等技术对于联盟来说也是急需的。之前武文达等人曾经绘制过一张周围地区的草图，但因为他们不是专业人员，也没有专业的测距工具，路程、高程和准确度上都存在不小的问题。某种意义上，那更像是示意图而不具有真正地图的作用。

“这没问题，”张晓舟的态度让龙云鸿感到舒服了很多，于是他的话也稍稍多了一些，“没有测量工具也可以凭借一些技术和经验测距测高程，这在我们的训练科目里都有，我可以带一批徒弟出来。但张主席，我是一名退伍军人，我还是希望能够到最苦最累最危险的岗位上去！”

这样的话让张晓舟忍不住多看了他一眼。“好，”他郑重地说道，“你放心，好钢要用在刀刃上，你这句话我一定不会忘记的。”

另一方面，高辉的报告让人们摇头笑了起来。

工业盐和食用盐在他们看来并没有太大的区别，但有了这三吨半可用的盐，联盟的日子将会好过得多，最起码，坚持三到四个月没有太大的问题了。

“在以前，工业用盐肯定不能吃，因为对健康肯定会有很大的影响，”张晓舟向高辉解释道，“里面可能含有很多对人体有害的杂质，尤其是重金属和亚硝酸盐都有毒性，一次吃多了说不定会有生命危险，亚硝酸盐还是强烈的致癌物质！但我们现在首先要解决的是有没有的问题，好不好，至少在很长一段时间里都不是我们该考虑的问题。”

他摇了摇头：“说实话，即使能找到盐矿，我们现在也没有能力去加工，去提纯，质量也许还没有这些工业用的氯化钠好，杂质说不定更多。”

他之前专门找夏末禅聊过这方面的问题，地质学院里曾经有过与勘探测量、选矿采矿和冶炼、化工相关的一系列院系，但远山这个地方本身就没有什么重工业和矿业的基础，反倒是烟草、旅游、制药、农产品加工之类的行业比较发达。这些很久以前设置的院系近十年来陆续被裁并，招生数量已经很少。

相关的教科书和资料在学校的图书馆肯定还有，也已经被学校管委会保护了起来，但事发时少数几个在学校值班的老师是不是懂这些东西，身为地质学院一员的夏末禅也说不清楚。

这样的情况让张晓舟只能苦笑，想要让远山的这些幸存者重新回到现代看起来是一件可望而不可即的事情，能够回到近代水平看样子都需要运气，同时也必须付出大量努力。

“张主席，我有个问题，为什么你们不用无线电通信？”龙云鸿在离开的时候问道。在已经没有电的情况下，大范围地使用无线电通信显然是一件极不靠谱的事情，使用旗语就已经足够。但像高辉他们这样派到危险区域执行任务的精锐小队也不用对讲机，那就有点奇怪了。

“对讲机我们找到不少，但不知道是什么原因，全都不能用了。”钱伟说道。他们在派出所里就找到不少对讲机，有些单位的保安部也有不少对讲机，他们甚至还在派出所里那两台报废的警车上拆了两台警用车载电台下来，但不知道是什么原因，全都没法用。他们也尝试着修理，但没有干过这个事情，不得其法。

“这样啊？能不能让我看看？”龙云鸿说道。

“你懂这些？”钱伟喜出望外。

“电台我们经常要用，一些小的故障也能排除，但如果是很严重的问题……”

“那太好了！”钱伟马上就站了起来，拉着他就往外走，“要什么工具你说，只要能修好两三台对讲机，就给我们解决大问题了！”

这算得上是真正的意外之喜，但对于联盟来说却有些尴尬。

之前精心策划和准备的两次行动先后失败，甚至付出了惨重的代价。而作为补救措施而匆匆上马的行动却取得了意想不到的收获，颇有一点被打脸的感觉。

“要怎么宣传？”邱岳苦苦思索着。

“别总是想着往联盟脸上贴金了，”张晓舟说道，“成功就是成功，失败就是失败，我们又不是圣人，怎么可能不犯错误？”

“话不能这样说，”邱岳马上反驳道，“联盟当前的良好状态都是建立在一系列的成功上，一个处于上升期的团队，最重要的就是在所有成员的心里建立起足够的信心，让他们相信自己在团队里可以获得外界给予不了的利益，哪怕这些利益需要等待很长时间之后才能……”

张晓舟不知道应该怎么反驳他，讲这些大道理，没有人是他的对手。

“你拿出方案来之后我们大家一起看看吧。”张晓舟只能落荒而逃。

而高辉等人则在短暂的休息之后，带着更多的树皮粉前往城南，准备把这些东西交给那些幸存者，然后把剩下的盐运回来。

三吨多工业盐有六十几袋，他们必须走好几趟才能全都运回来，好在那样的环境下，也不怕有人抢在他们之前把盐运走。

“对了，我们在城南还看到一只很漂亮的猫，个头很大。”高辉离开的时候把这当作一个趣闻说给张晓舟等人听。

“是吗？行动的时候注意安全！”

显然，没有人关注这样的事情。

“看，那只猫又在那边了！”一名队员说道。

这已经是他们第三次看到这只猫，它的嘴里拖着一只还在不断抽搐着的秀颌龙，慢慢地向后走去。

高辉曾经领教过秀颌龙的厉害，那一次他为了抓住那条中了他们埋伏的秀颌龙，差一点就被它咬住喉咙，手臂上到现在还有一个浅浅的疤痕。当然有他那时候还没有接受过什么训练，完全靠一腔血气跟着张晓舟就出来冒险的原因，但也证明了秀颌龙绝对不是什么随随便便就能杀掉的动物。

它无非就是缩小了很多的迅猛龙，曾经有人看过它们抓捕老鼠，敏捷程度绝对令人叹为观止。

但它们却沦为这只猫的口粮？

高辉的好奇心终于被彻底激发了，它几乎每天都要抓一只秀颌龙，难道是带回去给母猫和小猫吃？

“看看去？”他对其他人说道。

经过两天的搬运，那些盐差不多都已经被送回城北，他们现在承担的其实是搜索的任务，稍稍绕一点路过去看看也没什么吧？

一行人小心翼翼地向那只猫走去。今天它抓到的应该是一只成年的秀颌龙，两者身形的差距其实已经不是非常大，这越发让高辉等人对这只猫感到好奇。

它很快就发现了他们，松开嘴，耳朵向后竖起，对着他们低声地咆哮了起来。

“哟，还挺厉害的。”一名队员笑着说道。

如果把它放大个三五倍，他们或许会考虑一下安全问题，但杀过那么多中型恐龙，怎么也不可能被一只大猫吓住吧？

“小心一点，看能不能抓住它，”高辉说道，“别把它弄死了。”

距离不过二十多米，从这个距离上看，它金色的皮毛上那些如同玫瑰一样的斑块越发漂亮，修长而又充满野性的身形有着某种独特的魅力，令人恨不得把它抓在手边，抱在怀里。

“带个网子就好了，”那个以猫奴自居的队员低声地说道，“你们别过来，我看能不能抓住它!”

他把长矛放开,小心地“咪咪”地叫着,和颜悦色地向那只猫靠近。

“小喵,我们对你没有恶意的,”他尽量温和地对它说道,“你看你都瘦成什么样了? 跟我们走吧,保证把你养得胖胖的。”

那只猫显然是舍不得丢下好不容易抓到的猎物,扬起了一只爪子,越发对着他咆哮了起来。那意思很明显:“你小子要是敢过来我就灭了你!”

这个队员小心翼翼地继续向它靠近,缓缓地把手伸了出去,准备伺机把它抓住。他们都戴着防割手套,倒是不担心会被它抓伤。

“住手!”突然有人大声地叫道,“大黄!”

人们愣了一下,那只猫便“喵”地叫了一声,抛下自己的猎物飞快地窜了出去。一个身材壮硕的光头男子举着一把弩站在距离他们不远的地方,弩箭已经上弦,对准了这个队员,吓得他的身体都僵住了。

那绝对不是地质学院自己搞出来的便宜货,而是来自他们原来那个世界货真价实的工业品!

“别乱来!”高辉急忙叫道,“我们没有恶意!”

陌生男子的弩突然转过来对准了他,让他一下子觉得很尴尬。

“你们是什么人?”那个男子问道,“放下弓箭!”他大声地叫道。

高辉连忙摇了摇头,让队伍中的弓箭手放下弓。

“这是误会! 我们是城北联盟的!”高辉举起双手,表明自己并没有敌意,“我们是来帮忙的! 你难道没看见? 这几天我们正在给那些被困在房子里的人送吃的! 等大家身体好一点,能走能跑了,我们就会把他们护送到城北去!”

这样的话显然让这个男子迟疑了。

“城北联盟?”

“对! 城北幸存者联盟!”高辉点点头,努力挤出一个笑容。那个结构看上去很复杂的弓弩给他带来了极大的压迫感,他们之间的距离只有不到三十米,他不太相信自己身上的简易盔甲能够挡住这一击,也不愿意把希望寄托在对方准头不好上。

开什么玩笑,就算是之前准头不好,在这个世界待上四个月,傻瓜肯定也练出来了。再说了,那上面偌大一个瞄准镜总不是拿来玩的吧?

男子迟疑了一下，终于把手中的弩放下，但显然仍对他们保持着戒备。

“我叫高辉，是这支队伍的负责人。你怎么称呼？”高辉觉得这个人看上去比那个退伍军人龙云鸿还要凶悍得多，最起码，他手里的弩就给人一种专业的感觉。

“张四海。”光头答道。

他的态度稍稍好了一些，但依然有种拒人于千里之外的感觉。

之前的那只猫轻轻地在他脚边蹭来蹭去，轻声地喵喵叫着，显然是他的宠物。

“这猫很不错，”高辉说道，“不好意思，我们还以为是跑丢了的宠物，所以想抓住它。我们真没恶意的。”

张四海默默地点了点头。

他住的房子差不多是整个区域最靠东的地方了，站在这里已经可以看到森林的入口，但却被一些房子挡着看不到城里的方向，也让他没有看到高辉所说的帮助幸存者的举动，因而不敢轻易相信高辉的话。

所谓的城北联盟真的存在？是个什么样的地方？

这些人真的是来自那个地方的人，还是只是冒险到这个地方来找东西的混混？

后者的可能性当然不大，这些人身上没有之前想从他这里抢走这把弩和其他武器的混混的痞气，看上去像是经过一些训练的普通人，从这些人身上统一制式的简易盔甲也能看出他们应该有一定的组织和后勤保障能力。

但那粗劣的做工……张四海忍不住鄙夷了一下，简直没法看！这样看起来，所谓的城北联盟究竟有多大的力量还是个问题。

他并不是那些已经被饥饿折磨得走投无路的幸存者，不会不问青红皂白就急不可耐地想要加入对方，寻求活下来的希望。

他自己就能活得很好，能加入一个健康的团队当然也不错，但他绝对不会盲目行事。

被骗一次已经足够了。

“城北现在是什么情况？”他小心地看着对面那些人的举动问。

这个光头的态度让高辉隐隐有些不满，在其他地方，人们都是怀着迎接救世主的态度来欢迎他们，而在这个人面前，他们却好像是要恳求他加入一样。

爱来不来！

不就是有一把弩吗?

就算你能射死我们当中的一个,但在你上弦的时候,其他人也肯定能把你给杀了,有什么了不起的?

这样的想法让他对于张四海没有什么好态度,只是随意地把城北的情况说了说,然后便说道:“你要是想加入,那就跟我们走,如果不想,那就算了,随便你自己。”

这样的话对张四海来说却没有什么作用,他一边听高辉的话一边观察着周边那些人的表情,以此来判断他说的是不是真话。听到高辉毫无诚意的招揽,他的眉毛微微地扬了一下。

“你们不准备占领这块地方?”

“这里有什么好的?”高辉反问道,“恐龙那么多,根本就没有生存的空间!刚刚不是告诉你了吗?几条下穿通过高速公路的隧道都被水淹没了,暴龙没法穿过去,只有那边才是安全的。”

“地质学院和康华医院也加入城北联盟了吗?”张四海继续问道。

“你问那么多干什么?”高辉终于彻底失去了耐心,如果不是看这个人还有点用,他根本就不想把时间浪费在他身上,“我们的总部就建在康华医院!你说它加入了没有?”

“那地质学院呢?”张四海却识破了他的小伎俩,继续问道。

高辉脸上有点挂不住,这就像去招聘,你说了一番自己公司的好处,但拿着简历过来的那个人却对你说:“我觉得隔壁的这家单位真不错!你认为呢?”

想死那就去死吧!

“列阵!”一名队员这时却高声叫道。

四五只羽龙突然从前面不远处的一幢房子背后钻了出来,它们看到这边有人,马上就冲了过来。

“跟我来!”张四海焦急地叫道。

他举起手中的弓弩向冲得最快的那只羽龙射去,希望能够减缓它的速度。但他对于静止的目标准头不错,对于这样高速运动的目标却没有什么办法。那只羽龙灵巧地闪开了他的弩箭,于是他毫不犹豫地丢下手中的弩,拼命地向着自己的房子逃去。

这样的悲剧已经在他面前上演过许多次，运气好的话，他也许能在这几只羽龙杀死所有人之前逃进房子。

但其他人……也只能看运气了。

他突然有些后悔，不应该和他们在距离安全区域这么远的地方说话。如果先把他们引进厂里，不管怎么说，至少能保证大家的安全。

"突！"他这时却听到身后有人大声地叫道。但他依然没有任何停顿，反而以更快的速度向前冲去。

也许他看错了，这些人也许真的不是偷鸡摸狗的骗子，而是勇敢的战士，但……

怪异的惨叫声从身后传来，他愣了一下，终于一边逃一边回头望去，随后惊了一下，差一点就直接绊在自己的脚上摔了出去。

一只羽龙已经被长矛刺倒在地，而其他的则仓皇地向远处逃去。

短短十几秒，究竟发生了什么事?!

那几个人看着他，低声地说了些什么，随后笑了起来。一名队员从地上把他的弩捡了起来，拿在手上比画了一下，试着上了上弦，随后向他走来。

"你的弩。"

张四海下意识地把弩接了过来，他的脑子里有点混乱，一时反应不过来。

"这些肉你要吗？可以分一点给你。"这名队员问道。

张四海摇了摇头，大黄和小黄每隔一两天总能抓到一两只那种像鸡一样大的恐龙，带回来给他打打牙祭，他也曾经幸运地射死过一只在房子附近活动的中型恐龙，做成肉干吃了很长时间。

饥饿对于他来说并不是什么很大的问题，他现在脑袋里想的都是别的东西。

这名队员准备离开，张四海急忙叫住了他："请问一下，城北的人都能像你们一样杀恐龙?"

"那怎么可能！"这名队员有些自豪地笑了起来，"我们是联盟的新洲团队！像我们这样的一共有五十人！"

新洲团队？

张四海对于他们已经没有什么疑问了，能够以这么少的人数轻松面对那样一群恐龙，还在这么短的时间里杀死其中一只，那自己引以为傲的这些武器未必会被他们看在眼里。他们愿意把弩还过来就已经充分说明了这一点。

那还有什么可犹豫的?

他一个人也能活下去,但不可能一直一个人活下去。人始终是一种群居动物,在漫长的四个月的时间里,一个人两只猫面对这个世界,早就受够了。

“能等我一下吗?”他马上说道,“我拿点东西!”

这名队员愣了一下,回头看了看高辉。

“快点!”

张四海飞快地跑了回去。大黄有点搞不清楚发生了什么事情,喵喵地跟在他身后撒欢。等他们跑进厂里,小黄也喵呜一声迎了上来。

“乖!坐!坐!”他对两只猫下令道。

长期的训练让它们明白主人应该是有事要忙,于是它们忍住了游戏的渴望,各自找了一个软凳,跳上去趴了下来。

要带什么?

张四海以为自己早就已经做好了准备,但真的等到这一天,他才发现自己有些茫然。

数控机床肯定带不走,虽然已经是最小号的一种,但重量在这儿摆着,再多一倍的人也不可能搬得动。车床也是同理。而且现在没电,这些东西暂时也没有作用。

好在之前没事的时候已经上了油,用防尘罩先罩起来就行。

一大堆电动工具同样也派不上用场,只能放弃,全都装在一个大木箱里,用油布裹起来放好。常见的工具不用带,城北应该会有,那么,要带的就是那些不常见,甚至是他自己加工出来的工具,还有就是那些平日里很少能够找到的材料。

他开始快速地把那些东西挑出来扔进一个大旅行包里。这时候,之前那名队员走到了门外:“好了没有,怎么那么……我靠!你这是……”

他被挂在墙上的各种各样的那些军刀惊住了,虽然他不是军迷,但身为男人,本能地就喜欢这些东西。

“喜欢的话随便挑,”张四海一边收东西一边说道,“不过东面那道墙上挂着的那些别拿,那些是卖给伪军迷的东西,就只有个样子,钢不好。”

这个队员彻底被惊住了:“随便挑?”

张四海点了点头，把所有的弓弦线都收了起来：“反正也带不走，你们随便挑好了。”

“那……高辉！高辉！你们快点过来！”

从那几个包里随手拿出一把都是世界级的名刀，这让在场的人都有些兴奋。除了邱岳，其他人身体里多多少少都有些暴力因子，看到这样的东西，身体里的一些东西马上就开始活跃了。

“只是些样子货，”张四海说道，“按照杂志上的照片自己拓图纸加工出来的，国内买不到原版的钢材，只能尽量找替代品。不过我和其他人不一样，就算是山寨货，也都是尽量找好钢。这些虽然都是假货，但用起来和真的应该不会有太大区别。”

“所以你是一个地下武器作坊的老板？”钱伟问道。

这样的刀在他们以前的厂里也能做，但一方面是不敢，另一方面也没有材料。

虽然国内有很多小厂打着“工艺品”的旗号做这些东西，但理论上来说，这些东西全都是管制刀具，要么就是军械，都有特殊要求，必须到相关机构办理特殊刀具生产许可证，并且接受警方的监督才能生产。一般的金属加工厂不能做这些东西，即便是在网上卖这些东西也有很大的风险，被警察抓住，妥妥地全部没收加入狱几年。

像这样的地下作坊，因为工具数量太多，说不定要被判个十几年。

“算是吧，”张四海答道，“不过我的本行是机械制造，后来才转行干这个的。”

他报了一个论坛的名字，但大家都没有听过。

“我是军械版块的版主，”张四海说道，“干这个最开始还是因为喜欢这些东西，但是网上买来的质量太差，然后就自己开始动手做了。”

按照他的说法，他最初的时候也只是用点简单的电动工具，在自己家弄了个小工作室做点自己玩的东西，有时候一个月也做不了一把。但因为本身就是干这个的，又比较热爱，材料也用得比较好，做出来的效果意外的还不错，甚至比绝大多数网上卖的山寨货好得多。

本来是炫耀成果的照片发到论坛之后，很多人都觉得喜欢，缠着他请他帮忙做，并且愿意出一点材料费和劳务费。一来二去之后，这渐渐变成了他的一项副业。两年之后，他发现自己一年靠这个挣得比在原本的厂里还多得多，干脆就自己出来，花了将近二十万元买了一套设备，租了一个小厂房干了起来。

至于违不违法的问题，因为网上卖这个的人很多，他还真没怎么想过，只是知道邮寄的时候如果走空运会被没收，必须走陆路通过汽车物流来寄。

“你还真是运气好，”钱伟摇着头说道，不过好在是这样，不然的话，他们也收获不到这样一个人才，“这么说，你有全套的精加工设备？”

“全套说不上，很多事情我都是交到相熟的厂子里去做，不过用来加工刀具，加工一点小件的金属件或者是木头都没有问题，精度也可以保证。”

钱伟一下子激动了起来。现在他们也没有条件驱动那些工厂里的大型设备，这样家庭作坊里的设备其实是最符合他们现实条件的。

“我们得想办法把那些设备运回来！”他对张晓舟说道，“越快越好！”

张晓舟没法理解他的热忱，因为按照张四海的说法，那些东西的用电量可不算小，用发电机带估计很勉强，而且功率肯定保证不了。更何况，他们手上的汽油已经很少，没有条件用在这种地方。

按照他的理解，就算是现在就把它们搬回来，短时间内也没有条件使用。既然张四海已经把它们妥善地包装起来，做了防潮处理，那就没有必要在现在这个时候让人去冒险。毕竟按照张四海的说法，虽然只是作坊级别的设备，但重量也达到了好几百公斤，在暴龙活动的区域搬运这么重的东西，风险很大。

“那把弩也是你做的？”张晓舟准备下来之后单独找钱伟谈谈这个事情，于是找了另外一个话题。

“那把是我买的，准备拿来仿制，”张四海说道，“但定的钢材和瞄准镜都没到，只有弓弦线到了。”

“那你现在可以仿制吗？”张晓舟问道。

“全手工的话，有点难，不过可以试试，”张四海答道，“我已经拆开来反复研究过构造，也在网上找了不少相关的资料，要是射程和精度要求不太高，简单的木制弩应该能做出来。我想也应该够用了吧？”

“够了够了！”张晓舟兴奋地说道。

对于他来说，高辉从城南找来的这两个人甚至比那几吨盐更让他感到兴奋。

“欢迎你加入！”他由衷地说道，“你有什么要求？只要我们能做到，一定尽量满足你！”

“没什么特别的要求，”一过来就受到联盟主要负责人的专门会见，而且摆明了对他的技能很重视，这让张四海不多的一点儿疑虑和想法都消失了，“只是我这两只猫……”

他用手摸了摸趴在自己腿上睡觉的大黄的脑袋，它很惬意地发出了呼噜呼噜的声音。

“你是担心它们的安全吧？”邱岳说道，“你放心，我们可以专门做一次宣传，让大家知道这对猫的重要意义，让大家知道它们是联盟的重要财产，伤害到它们按照故意伤人罪重处。联盟现在的粮食问题基本上已经解决了，应该不会有人非要铤而走险把它们抓去吃了。不过你自己也要注意，最好别让它们乱跑。很多人在人少的地方设了陷阱抓那些秀颌龙和老鼠，其中有些挺有杀伤力，对它们这种体型的动物来说应该很危险。”

张四海点了点头：“多谢了，我会注意的！”

钱伟带着他去安排住处，领取个人用品，办身份卡和进出联盟总部的出入卡，顺便还准备带他去看看已经搬到康华医院旁边一家工厂里的加工车间。两人的专业很类似，熟悉的东西也差不多，立刻就聊得热火朝天。

“算是有个不错的结果，”邱岳说道，“张主席，接下来是不是应该考虑我之前提过的那个事情了？”

第12章 收获季

城北联盟所种下的玉米已经开始陆陆续续收获了，但仅限最初那些跟随张晓舟去冒险而获得了种子的团队。

他们这项工作开始的时间甚至比安澜大厦还要早，在安澜大厦还在考虑怎么冒着被恐龙袭击的危险到外面去挖土的时候，他们已经按照张晓舟最初的构想，找来各种各样的容器，一点点地填满土，混入草木灰和发酵过的粪便，满怀期盼地把种子埋了下去。

光照始终是个大问题，好在他们因为能力有限，种下的种子也不多，每天所做的事情就是追着阳光把它们搬来搬去，给它们浇水、追肥，然后就是人工授粉。

按照李雨欢的说法，其实这些种在房子里或者是天台上的玉米长势并不算好，或许是因为土层太薄，植株比起正常的来说要矮了将近四分之一，所结的玉米也比一般的要小一些，有些甚至在抽了穗之后根本就没有正常发育起来。

但不管怎么说，在超过正常培育时间十几天之后，第一批玉米还是零零散散地收获了。

因为数量太少，又过于分散，产量没法统计，但显而易见的是，产量绝对远远小于种子包装袋上宣传的数字。

不过即便是这样，依然无法磨灭人们欢乐的心情，即便是收成再差，一颗种子种下去，收获的也是百倍的回报，对于他们来说，这就意味着一个已经可以看见的未来。可以想象，在不久之后，当联盟组织大家开垦的那些田地也进入收获期，粮食问题将不再是困扰他们的难题，而他们也不用再吃那些难以下咽的树叶草根。

一切都将好起来，还有什么比这更重要？

那些团队的负责人专门弄了一些玉米过来给张晓舟等人尝鲜，而邱岳便是在那个时候提出，应该要在不久之后第一批玉米大规模收获的时候搞一个欢庆活动，振奋一下联盟的士气。

“正好马上要到除夕，借这个机会热闹一下，振奋一下士气。”他对张晓舟等人建议道。

虽然现实的天气和他们之前那个世界的日历已经半点也扯不上关系，反而更像是七八月份的盛夏，不过按照他们来到这个世界之前的日期，此时刚好是二月份上旬，按照日历，除夕也就是这几天了。

但对于梁宇来说这却绝对不是什么好建议。

既然是庆祝，那就算是办得再简陋，肯定也少不了要搞一些活动，做一些装饰，给人们改善一下伙食。可收获的玉米并不是联盟的所有物，而是属于每个团队自己的收成，对于联盟的物资状况没有任何改善。这种时候花费大量的人力物力搞什么庆祝活动，在他看来毫无必要。

“要庆祝也不是不行，但最起码，要等到联盟的物资储备情况好一点儿吧？”

“主要是组织一点文体活动，吃的可以让大家自己准备，联盟只负责那些已经断粮的团队和那些难民。联盟这边可以拿点东西出来让他们用工分券换，顺便还可以推动工分券的流通，”邱岳说道，“只是吃一顿好的，应该不至于就让联盟破产吧？”

破产当然不至于，只要没有人逼债，联盟总还能勉强支持，但梁宇还是觉得没什么可庆祝的。

对于城市里的人们来说，春节某种意义上也只是一家人聚在一起吃顿饭，然后找个地方玩一玩，合理合法地休一段时间假。反正他从来都不觉得过年除了放假之外还有什么特别的。

“以前过春节是因为一年到头工作基本上结束了，那个时候也没有什么事可做。但现在这个节骨眼上，什么事情都一大堆，粮食收获也是一批一批的，这批收了，那批还没收，根本就没有条件搞什么活动。”

“不需要停工停产，让大家晚上没事的时候排练点小节目，以社区为单位组织联欢就行了。我们不要求节目有多精致多好看，就是图个乐，最多就是那天下午提前休息半天，不会影响正常的工作，”邱岳还是坚持，“相信我，这绝对是值得的。”

“反正我不同意。刚刚有两次任务失败，死的死伤的伤，盐也没有着落，这种时候搞什么庆祝，我觉得完全是在粉饰太平，毫无意义。你说不会影响工作，那可能吗？以前所有单位在过年前几乎都不敢再搞什么具体的工作，就是因为人人都想着过节的事情，思想上容易开小差，容易出事故。现在我们这个情况，你宣布要过节要庆祝，会不会造成人心的波动？会不会让大家无心工作？甚至是勾起大家压抑在心底的对于以前生活的回忆，造成大范围的情绪问题？你是搞宣传的，后果你应该比我更清楚！我们现在哪有这个条件搞这些？”

邱岳的建议就这样被暂时搁置了下来，而现在，因为一次性找到了三吨多的盐，梁宇当初反对的理由无形中减少了一个，邱岳又把它重新拿了出来。

“已经没几天了，现在安排还来得及，”他对张晓舟说道，“梁宇担忧的那些东西的确有可能存在，但正面意义肯定大于负面的，请你相信我的判断。”

“我再考虑一下吧。”张晓舟说道。

梁宇和邱岳两个人说的都有一定的道理，联盟需要一些东西来振奋士气，但梁宇所说的那些问题也是实际存在的。而结果却无法假设，也没有办法判断。

也许庆祝一番能够让人们放松心情，对于未来更有信心，但谁知道会有多大的效果，值不值得去做？

收获即将到来，同时也带来了另外一个问题，联盟要不要收税？如果收的话，按照什么样的比例合适？

当初联盟成立的时候，这个问题被有意无意地忽略了。

种子是属于安澜大厦的公有财产，当时说的是，种子算安澜大厦拿出来借给大家种，收获之后按照重量的十倍偿还。有些团队当初还和安澜签过协议。

从现在的情况看，虽然产量远比想象中低得多，但十倍偿还绝对不会有人有什么意见，因为种子的重量与收获相比，真的是不值一提。

但问题是，他们交出来的这些玉米理论上还是安澜大厦的财产，而并非交给联盟的。按照联盟成立时的约定，联盟也没有权力把安澜大厦的东西纳为己有。

税必须要收，否则的话，联盟承担了大量的公共服务却没有相应的收入，最终必然破产。

但人们会理解并且支持这一点吗？

辛辛苦苦开垦土地，播种，照料，按照联盟的组织无偿集体劳动，参与民兵训练，收获的时候，其中的一部分还要交给联盟？他们会愿意吗？

张晓舟的眉头再一次皱了起来。

出乎意料的是，其他人都觉得收不收税不是问题，唯一的争议在于，收多少。

"这应该没有什么问题吧？"老常说道，"纳税不是天经地义的事情吗？"

是自己想多了吗？

张晓舟变得有些不确定起来。

"他们已经承担了集体开垦土地的工作，还要定期参加民兵训练，履行民兵的义务……"

"纳税和服役，这本来就是公民的义务，"邱岳说道，"历史上的任何时代，任何国家都不可能避免，无非就是形式不同。联盟负责向所有成员提供公共服务，而成员向联盟纳税以维持联盟的正常开销，双方的付出是对等的。如果联盟不收税，那维持日常运转的开销从什么地方来？新洲团队和以后的民兵队伍靠什么养？装备谁提供？如果不收税，那联盟就连基本的安全都保障不了，其他东西就更不用提了。真变成那种样子，谁也没好日子过。"

道理完全没错。

"梁宇，"张晓舟说道，"联盟的日常收入和支出是在你那里统计，现在能拿出具体的数字吗？我们来看看，究竟要收多少税才够。"

"数字我可以给你，但没什么参考意义，"梁宇说道，"我们的成员里大多数都不是农民，几乎没有什么种植经验，第一季的产量肯定比正常值低得多，如果按照这次的收成来计算收入，那我们的税率肯定要定得很高。可另外一方面，我们现在除了基本的部门之外，几乎没敢抽多少人出来专职承担联盟的任务，收入最大的一块来自对丛林的开发，但所获得的东西大部分也给了难民，少数给了为联盟打工的成员，盈余只是获取的那些木材。支出最大的一块就是新洲和联盟的专职人员，一百多人的补给，现在已经让我焦头烂额了。后面要搞民兵，要建武装部，钱伟那边肯定也需要更多的投入和人手，随便再增加一点部门和人手，两百人都打不住！按照现在的支出来算税收，以后有了缺口怎么办？再加税？”

张晓舟的头一阵阵地疼，对于经济这块的事情他真的是一个头两个大，从来就没搞明白过。“那怎么办？”

“按照我们现在的收入和支出来倒推税率肯定不行。以税收来考虑我们的支出，决定我们能做多少事情，这还差不多，”说到和自己关系最大的税收问题，梁宇整个人都精神了很多，显然，在这以前他就已经考虑过这个问题了，“我专门找人打听过，没有免除以前的农业税是百分之十五点五，但现在是什么世道，这个税率肯定是偏低了！我的想法是，我们抽各个社区最有代表性的田地，看平均产量有多少，然后考虑剩多少给个人。种一季粮食大概是三个月左右？那就按照平均每个人每月二十公斤的量，给他们留三个月的口粮，其他的全部征收上来。联盟整体按照每亩这个标准征收，种植水平高于平均的，那就能多留一点儿，要是收成不行的，留得就少，这也有利于提高人们的劳动生产率。这个税率也许有点儿偏高，但一开始高，后面情况好了可以降低，主动权掌握在我们手里，做事情会顺当得多，总比一开始定低了，后面一次次提税要强。”

张晓舟沉默不语，参会的人里面，大概没有人会比他更清楚收成的情况。

李雨欢伤好以后就一直在忙这个事情，也一直在指导人们种植收获玉米，按照她的说法，有时候早收晚收几天，因为雨水或者是其他因素，亩产都会差十几公斤。对于他们这种亩产在两百公斤左右徘徊的田来说，这已经是非常值得关注的大事了。

照料得最好的地是挂了防晒网，挖了排水沟，做了防雨处理的那一批，而它们多半都是最后一批开垦出来的土地。李雨欢估计这些地亩产能够达到三百到三百五十公斤。

而那些一开始完全没有经验的时候开辟的土地，因为阳光暴晒和雨水频繁交替，土壤里的养分又被冲刷得很厉害，不但死了很多苗，植株长势也不行，亩产或许不会超过两百公斤。

现在收获的这一批，绝大多数都是后一种情况。

越是往后开辟的土地，人们的经验越多，种植的效果也越好，某种意义上来说，先收获的这一批地，其实是替其他人做了开路先锋，死得都很难看。

人均种植面积只有半亩，也就是说，他们每个人本身只有不到一百斤粮食，如果按照梁宇的想法来征收，那一下子就要收走百分之四十，张晓舟觉得这实在是有点夸张了。

“其实不夸张，”梁宇辩解道，“收了百分之四十，感觉好像是有点多，但土地开辟出来之后，每人半亩地，他们真正要花费在地里的时间并不多。多余的时间他们完全可以参与联盟组织的工作，获取一部分工分券。参加民兵训练的时候联盟也可以提供一天的饭，再加上联盟免费提供的燃料和来自丛林的那些植物，算下来联盟反哺他们的东西也不少，真实税率远远达不到百分之四十。”

“但听上去给人的感觉的确太夸张了。”老常说道。

这样高的税率别说是推行，就是他们自己听起来都很有问题。

“为什么不转变一下呢？”邱岳突然说道。

“怎么转变？”

“我刚才已经说了，联盟要承担的社会责任和提供的公共服务应该是和收取的税款对等的，如果觉得税率太高，我们完全可以提供不完全的公共服务，让他们花钱来购买增值服务。”他的思路在叙述的过程中渐渐变得清晰，于是慢慢笑了起来，“之前的燃料是由联盟统一分配？那简单啊，计算一下大概的用量，定一个不会让他们觉得太高，可以承受的价格，让他们来买啊！以前他们是没有购买能力，但现在有了啊。联盟支付了工分券换取人们的劳动而获得的燃料，虽然是副产品，但也没有理由一直让他们免费用下去吧？丛林里获得的那些蕨根粉、棕榈粉、树皮粉和蘑菇、嫩芽花朵、坚果、水果之类的东西也一样，他们自己有口粮了，联盟没有理由还免费给他们提供这些东西，想要改善伙食的话，可以花钱来买。一进一出，联盟不说获利多少，至少能收回成本吧？”

大家都感到脑子有点没转过来。

“我们甚至可以提供更多的服务，比如教育？现在大大小小的孩子都是放羊，一方面不安全，另一方面父母也头疼，我们办一个学校，把不同年龄段的孩子分成几个班，管一顿午饭，教点东西，收他们一点费用不是很正常吗？还有医疗服务呢？这个可以分两种情况，工伤还是得免费，但自己生病，那就得花钱了，而且肯定不便宜。我们大可以在大家的承受范围内隐秘地把一些公共服务的成本转嫁到他们身上，甚至可以在这个过程当中微微地有一些盈余，这样一来，税可以不用很高，大家不会有太大的怨言，联盟也不用一直把目光放在那点税上。”

“你这简直……”梁宇低声地说道，“我去，我之前怎么没有想到！”

联盟可以规定市区内的树木都是从现代社会带来的保护树种，严禁砍伐，违者重处。因为升降机控制在联盟手中，任何人都不可能自己跑到丛林里去砍树，只能从联盟这里买。同理，他们想换点玉米之外的口味，也只有联盟一个卖家。

还有盐、工具、个人的武器等等，只要是联盟成员凭借个人能力无法获取的东西，都可以成为交易的对象。

就像邱岳所说，之前没有条件这么做，因为大多数人都没有购买能力，但现在，他们有了粮食，也就意味着，他们成了潜在的客户。

“我们还可以从他们手里收取他们现有的物资，或者是接受他们把之前借给联盟的物资兑换成工分券，”邱岳的笑容越发让梁宇看不顺眼了，“合理的低买高卖就好，不必赚太多……我们把联盟当成一个公司来经营就好。税收可以低到只需要承担安全开支的成本，其他成本都通过合理的经营来获得。不愿意花钱，同样可以活下去，只是艰难些，我想任何人都可以承受，对吧？”

梁宇不得不把自己手下的那几个会计召集起来进行大量的计算，最终他们计算出来的税率，可以降到百分之十。

“什一税，很合理，不是吗？”邱岳说道。

第13章 收 税

天还没有亮，张元康就已经摸黑爬了起来，小心翼翼地走出房间，用前一天晚上烧的冷开水简单地洗脸刷牙，然后便去工具房拿工具。

这个时候，团队里的其他人才刚刚起来。

“老张，你又那么早啊？”他们纷纷对他说道，他和大家简单地寒暄几句，便往自己家的那一亩半玉米地走去。

如果是他以前的认知，地里的玉米已经可以收了，不过按照那个技术员李雨欢的说法，现在还只是半乳期，青食玉米才会收那么早。他们现在要把玉米当作主粮，那就必须到蜡熟期甚至是到完熟期再收获，这样玉米粒的淀粉含量高，水分少，产量最高。

张元康听不懂那些什么乳熟、蜡熟、完熟的专业名词，但产量对于他来说就是一切，因此他每天几乎都要花费大量的时间待在地里，小心地照顾它们，生怕在最后的关头功亏一篑。

白天要按照联盟的组织集体干活，但早晚这两段时间可以自己安排，他便都待在地里。

早出晚归的另外一个原因是防贼。

这样的事情已经发生过很多，大多数干这个的都是没人管的半大小孩，也有人传说是那些天天吃掺了好多木纤维的树皮粉解不出手来每次上厕所都必须带小棍的难民。

不管是什么人，这都让张元康大为紧张。

白天的时候人们都在干活，老婆和儿子也会到地里来帮忙，被偷的可能性不大，天黑以后有联防队员巡逻，小偷出来作案的风险也很大，不用太担心。但早晚这个时段，路上走来走去的人太多，看到他家的玉米长势比别人好，心理不平衡顺手牵羊的可能性太大，由不得他不防着。

团队里的其他人都嘲笑他太过于神经质，但他们根本就不明白他心里的苦衷。

联盟现在已经被安澜的那群人把持，或者说，几乎就被他之前所住的那幢房子里的那些人把持，这让他心里悲喜交加。

谁能想得到，当初根本就看不出什么兆头的那个小地方，竟然会成为城北这个地区事实上的主人？

每次一想到这个，他的心里就像是有把火在烧着，让他喘不过气来，憋得只想拿把刀把周围的东西全都砍光。

他在家里不容许任何人提这个事情，但从老婆和儿子脸上，他经常能够感受到他们的埋怨。

当初那个成天躲在家里的肥胖宅男高辉现在也成了有头有脸的人物，经常被老婆骂得躲在楼道里抽闷烟的小会计孙然算是混得差的，现在也是联盟总部管后勤和计划统计的要员，每天都有很多人巴结着，更不要说钱伟、老常、张晓舟……

张晓舟！

他的手不由自主地握紧了手里的玉米叶子，似乎是要把它撕成碎片。

如果不是他，一切根本就不会发展到现在这一步！

谁能想得到，那么强大的康华医院，竟然会被他用那种卑劣的手段给瓦解了？

这让张元康痛定思痛之后做出的决定变成了一个彻彻底底的笑话，甚至于，有很长一段时间，樊兵那些人都会来找他，勒索和要挟他。他们总是说，如果不是他的爆料和怂恿，康祖业那时候根本就不会动什么心思来搞安澜大厦，那也许康祖业和赵康的较量早已经分出胜负，而现在，统治城北的就不是安澜，而是康华医院。

“你猜张晓舟他们知道你在里面干的那些事情会怎么想？”樊兵总是一次次地冷

笑道。

活该你被人杀了!

张元康快意地想到。

可惜的是,那群经常来勒索他的人只死了两个,要是全都死掉,那该多好!

好在他们都被判了两三年,至少在几个收获期内,他们应该都不会来勒索他了。

最好是死在丛林里,一了百了。

但这始终是一把悬在脖子上的刀,让张元康坐卧不安。

他不是没有想过逃到其他地方,他曾经远远地观察过地质学院的情况,他们明显是仍然拒绝外人进入。而城南……他不相信联盟的宣传,私下里找过一起干活的难民,他们所说的和联盟的宣传果然是有出入,但不管怎么判断,那里都不是人待的地方。

没有别的选择,张元康只能提心吊胆地待在联盟。因为怕被看到,他不敢去应征联盟的那些临时工,平日里也总是缩在人群当中,一声不吭。

对于他来说,这一亩半土地就是唯一的希望,也是他唯一能够依靠的东西。

这一天的活是帮另外一个团队的田地装防晒网,挖排水沟,这越发让张元康来气,因为他起早贪黑地早就把自己的地这么弄了。这让他的地在周围一枝独秀,非常惹眼。

凭什么要他来替这些懒汉做本该是他们自己做的事情?

于是按照惯例,他在负责指挥工作的执委离开之后,找了个团队负责人看不到的地方,开始养精蓄锐,积攒力量准备放工以后用在自己的地里。

“听说了吗?联盟马上要征税了!”中午团队的几个妇女把饭和水送过来,大家聚在一起吃饭,突然有人小声地说道。

一股热血毫无来由地突然涌入张元康的脑海,让他猛地站了起来。

“凭什么!”他大声地叫道。

周围几个团队的人都被这一声暴喝吓到,纷纷看了过来。

“老张,你这是怎么了?”团队负责人也被吓了一跳,平时老老实实三锤砸不出个屁的人,怎么就像是吃了炸药一样,“坐下,先坐下。”

“这不行!”众人的目光让张元康也心虚了起来,但太阳穴上那根筋一直梗着,让他这口气没办法平下去，让他在从康华医院被迁出来加入这个团队之后，第一次站了出来，“联盟干了什么？什么都没干！地是我们开的，是我们种的，什么都是我们自己干的！他们凭什么来收税！”

“话不能这么说。”团队负责人被执委盯着，专门负责人们的思想动态。之前工业区那几个团队负责人的事情也被拿来反复学习过好几次，大家都清楚，自己下面的人出了事，自己就得兜着，搞不好还会受到更严厉的处理。他急忙说道：“周围的恐龙不是联盟的人赶走的？杀掉的暴龙肉你们没吃到肚子里？农林牧产部的人没来指导你们干活？就是种子，不是联盟发下来的？联盟做了这么多事，收点税也是应该的吧？”

“种子是我们向安澜借的！要十倍偿还的！”张元康的气势弱了一些，但一想到自己辛辛苦苦种出来的玉米要被平白收走，拿去养那些他看不惯，甚至一直愤恨的人，他就没有办法克制自己，“我们参加民兵训练难道不算？被他们抽去干活难道不算？”

“老张，你这是怎么了？火气怎么那么大？”旁边的几个人都劝。

提到收税的事情大家心里都不舒服，任谁被别人从口袋里把钱掏出来都不会高兴，看着周围郁郁葱葱，已经结穗的玉米地，大家的心里突然都有些意兴阑珊起来。

“要收点也不是不行，”有人低声地说道，“可谁知道他们要收多少？”

“拿我们的东西去养那些懒汉！”张元康恶狠狠地说道。

“是啊！我听说新洲的那些人，不用种地，每顿都有肉，要么就是罐头！”另外一个人低声地说道，“连家属都一样！”

“妈的！”“我靠！”“他妈的！”

骂声一片。

“凭什么啊！我们在这里累死累活，他们倒是享受去了！闲着没事还健身，我去他奶奶的！”

“以前是不懂，心里害怕，现在谁还怕那些东西啊！要是我们遇上了，我们也能杀啊！”

“就是！现在根本就用不上他们了啊！凭什么还要我们去养他们？”

周围的团队也低声地讨论起这个事情来。

“你们几个，差不多得了啊！”几个团队负责人都有点慌了，要是闹出点事情来，他们几个可就吃不了兜着走了，“别越说越没有边际了！新洲的人刚刚才死了好几个，换成你们,你们真的敢去? 别他妈站着说话不腰疼! 人家待遇好,那也是拿命拼的! 你要敢,我今天就帮你去申请,要不要?”

议论稍稍平息了一些,但张元康还是说道:“反正收税就是不对! 没道理!”

“要我说,收是该收,可不应该多收!”

“是啊是啊! 就这么屁大点地方,不过是一个村的水平,搞那么多人出来干什么? 一个执委还配两个助手? 这不就是变相地搞腐败吗? 明明就没有多少事情,老子一只手就干完了……”

话题就这样在团队负责人们一次次的呵斥和人们的不断转火中延续着,好不容易吃完饭,继续干活,张元康心里一直像是有把火在烧着。

放了工,他直接向自己家的地走去。儿子不见人影,不知道是在地里抓虫还是在挖野菜,老婆则在旁边编织防晒网。这东西联盟正在大范围地收,给的价很低,但反正闲着也是闲着,多少能挣点汤水钱。

平日里看到这样的景象,他心里总会充满了希望,感觉又有了动力,可今天,他却只感到怒火中烧,恨不得一把火把它们给烧了。

凭什么? 凭什么!

“老张,放工了?”老婆看到了他,放下手中的材料迎了过来。张元康深深地吸了一口气,强行把那股火压了下去,摇摇头,走进了地里。

收就收吧,只要别过分,老子就当是拿去养狗了!

但如果你们敢不仁不义,那我就跟你们拼了!

天色渐渐变黑,张晓舟收拾了东西,准备回自己的房间,出门的时候,却碰上了从楼上下来的几个小护士。

“张主席好!”她们笑眯眯地打着招呼。

张晓舟在里面看到了王蓁蓁,她的神情还是有些萎靡,但明显比之前已经好了很多。

据张晓舟所知,她已经拒绝了之前那个医生,也许,她是在用这种方法彻底和过去告别。

康华医院的护士算是联盟里最年轻漂亮的一批女性了,这里面也许有段宏的私心，但让这些女孩去做那些粗重的工作，去种地，去冒险本身也是一种让众人反对的事情，权衡之下，接受女孩们的报名，培训后来做护士，已经是最符合大众要求的决策。

张晓舟不知道里面有没有联盟某些单身狗的私心，但这种程度的差别待遇还算是在他的接受范围内。

几个人随意地聊了几句，因为张晓舟的办公室和医院在同一幢楼，大家也算是经常见面，她们也很自然。

“张主席，都在传要收税，不会是真的吧？”一个女孩问道。

“你觉得呢？”张晓舟反问道，“如果不收税，你们几个的工资从什么地方来？”

“我不是那个意思啦！”女孩急忙摆了摆手，“我的意思是，税收会不会很重啊？”

她的表情有点担忧，应该是在替家人问这个问题。

她们已经算是吃联盟公家饭的一员，但还是有这样的疑虑，那其他人又会怎么想？

张晓舟摇了摇头，对她说道：“税是肯定要收的，不然联盟只有支出没有收入，很快就要垮了。不过税率还没有决定，我们还在调查。”

女孩有些失望，但这时候一行人已经走出了医技楼的大门，张晓舟对着她们挥了挥手，走向了自己住的房间。

李雨欢已经回来了，而且已经替他打了饭，还热乎着。

“我看你和那些年轻漂亮的小护士聊得很开心嘛！”她没好气地说道。

“年轻漂亮？最年轻漂亮的已经在这里了，哪还有年轻漂亮的？”

“就会耍嘴皮子！”李雨欢臭着脸说道，但心里却乐滋滋的，“快点洗手！吃饭了！”

两人已经在一起住了一段时间。对于身处这个世界的人来说，这或许是很自然的一件事情，但对于李雨欢来说，这依然是很神圣的。

没有更好的条件，两人只能在食堂花光了两人的工分券和名下在安澜的所有存粮，请相熟的人吃了一顿饭，算是办了婚礼。

好在张晓舟因为之前猎杀了不少恐龙，几次杀暴龙的行动也都参与，名下的存粮不少，否则的话，这个婚结完，联盟主席就得举债度日了。

“真的要收税了吗？”李雨欢在洗碗的时候问道。

两人的房间里和其他人一样，靠窗的一面种了一小排蔬菜，主要是辣椒、番茄之类容易留种的植物。张晓舟一边检查它们的生长情况，一边答道：“怎么？也有人向你打听这个事情？”

“多极了！”李雨欢有些气闷地说道，“今天一整天起码有上百人跑来问我，搞得我连正常的工作都没法开展了！你们倒是抓紧一点儿啊！再这样下去，我看根本就没人有心思干活了！”

“至少还要两三天才定得下来。”张晓舟说道。

百分之十的税率在之前的会议上已经明确了，难的是后面的那些细节，玉米和工分券要怎么兑换，燃料和那些丛林里弄来的食物要怎么定价，收取和出售物资又要怎么定价，一切都需要大量具体而又细致的工作来支撑，没有这些，这个工作根本就搞不起来。

这相当于要凭空建立起一套物价和金钱流通体系，虽然有安澜大厦的经验可以参考，但放在整个联盟的层面，问题的复杂性和难度都上升了几十倍。邱岳提个建议很简单，但梁宇和他手下的那些人已经快要疯掉了，张晓舟根本不敢去催他们。

另一方面，按照邱岳的建议，这件事情也需要发酵几天。

先把要收税这件事情传播出去，然后通过不同的途径散布出几种比较高的税率的流言，把人们的心理预期值拔高，然后在人们的怨气爆发前，及时地把百分之十这样一个可以说非常低的税率和准备在第一批粮食全都收获之后举办丰收节的消息一起放出去，应该会带来很不错的效果。

关键在于，真正知道什一税的几个联盟领导人都必须控制好节奏，无论在什么场合下都不能把这个结果提前说出来，这样才会有最好的效果。

“还在讨论，”张晓舟只能这样说道，“说高的也有，说低的也有，还在权衡利弊，没有最终决定下来。”

“怎么这么慢？这事情都传了两三天了！”李雨欢说道，“你可别骗我！”

“怎么会！”张晓舟急忙说道，“我怎么敢？”

“那还差不多！”李雨欢满意地说道。

“大家的意见很多吗？”张晓舟帮她把饭盆收起来，轻轻地抱住她，在她颈后吻了一下，抱着她向沙发走去。

俩人新婚宴尔，正是甜蜜的时候。

“放手！”李雨欢挣扎了一下，却被张晓舟抱住，挣脱不开，只能任他抱着自己，“意见当然多喽！”

她的工作决定了她每天都要和很多底层的联盟成员接触，某种意义上来说，她已经成了张晓舟了解民意最直接的窗口。因为她人年轻，没有架子，做事也认真，再加上很多人根本不知道这个成天戴着顶草帽在田间跑来跑去的女孩是联盟主席的老婆，她倒是经常都能听到人们最真实的想法。

“上税的事情，除了很少一些人之外，大多数人倒是没什么意见，”李雨欢答道，“可大家都担心税率会不会太高。我不是和你说过吗？大多数人根本没有侍弄庄稼的经验，加上天气，亩产大概连两百公斤都不到。你算算，要是再收走一部分，那他们还能剩多少？这几个月白干了不说，后面吃什么？”

“这种情况不会出现的。”张晓舟忍不住说道。

“反正大家都苦得很！又累！你这个主席得考虑好了，不能牺牲他们来讨好新洲的那些人！”李雨欢经常接触的都是种地的联盟成员，她自然会偏向他们，但张晓舟作为联盟的一把手，包括那些难民在内，所有人他都必须考虑到。

“我什么时候讨好过新洲的人？”张晓舟只能苦笑。

新洲的队员们私底下都觉得他不够意思，拼命地压他们的头，可其他人却还一直认为新洲是他的心腹，飞扬跋扈都是他默许的，这里面的冤屈，他真的是不知道该找谁说。

光线渐渐昏暗下来，只能朦朦胧胧地看到妻子身体和发丝的轮廓，但那温润的触感在这样的环境下却给人更大的诱惑，张晓舟不由得心猿意马起来。

“讨厌鬼！”李雨欢很快就感受到了什么，黑暗中，她的脸一下子红透了，“门还没反锁呢！一身的汗味！快点洗脸去！”

“遵命！”张晓舟屁颠屁颠地跑了起来，让李雨欢笑出了声。

“讨厌……”她低声地说道。

第14章 狩 猎

“如果要办丰收节，那最好是能够有点真正能振奋人心的东西。”

会议室里，每天早上八点例行的工作会又在进行着，而这一次，刚刚从邱岳的提案中在垄断经营方面看到了曙光的梁宇，难得地没有再强烈反对进行庆祝。

毕竟，曾经作为公司中层管理者的他不可能不知道振奋士气的作用，只是在已经快破产的时候，拿自己管理的微薄物资去给别人添政绩，办好了没自己多少功劳，推进时还要自己来想办法擦屁股，这种事情任何人都不会做。

但他毕竟是要脸的人，即便是同意，也必须找到合适的台阶和理由。

“这没问题。”邱岳对他的让步非常满意，对于邱岳来说，这也意味着自己向核心阶层迈进了很有意义的一步。

梁宇虽然并不是张晓舟身边真正的核心人物，但因为他默默地承担了联盟里最烦琐最令人头疼的工作，并且因为他为了维护联盟的规章不惜得罪天下人的铁面形象，他从来都没有远离过核心层。他也是对邱岳戒心最大的人之一，对于邱岳来说，他的让步无疑是一个非常好的现象。

不过联盟真正的核心其实一直都只有张晓舟、钱伟和老常三人，高辉在张晓舟心里的地位也许都要超过梁宇，毕竟他们都是真正在一起经历过生死的同伴，而那种在生死当中形成的信任很难通过日常的工作来超越。

如果不是他们的行政能力都不算强,也许根本就不会有其他人什么事。

要想超越这几个人,邱岳知道自己还有很长的路要走。

"我想丰收节的事情可以先放出风去,广泛征集大家的想法和建议,看能怎么惠而不费地把这个庆祝活动给搞好了。反正我们现在也不赶春节的那个日期了,第三批玉米收获大概还有十天,时间上很充分。"

大家都同意这样的安排,让张晓舟没有想到的是,在这个官方默认的小道消息流传出去之后不久,严烨通过管理劳改队的邱岳向联盟提出了一个他们几乎无法拒绝的建议。

"已经过去了两个礼拜,"老常问道,"你怎么能确保它还在这片区域?"

"它一边吃一边走,行动很慢,"严烨答道,"我们发现它的时候,曾经沿着它吃出来的那条通道走了很长一段路,有些地方已经长出了新的植物,这绝不会是短时间里就能出现的情况。而且这也不需要花费太多的人力和资源。找不到它,就当是对周边进行了一次新的勘察,工作不会白费。但如果找到它,它身上的肉足够整个联盟高高兴兴地过个节了。"

"安全性呢?"张晓舟问道,"镰刀龙应该是连暴龙也不一定敢正面对抗的生物,它的利爪足以把任何人直接砍成两段。"

"这一点不是什么问题,"严烨的情绪很平静,就像是在应对一个完全陌生的上级,"我们观察过它的体型和行动模式,以它那样的身体结构,在暴龙面前自保的确不会有太大的问题,但却缺乏快速行走的能力。腿短,肚子大而且臃肿,即便是在丛林里,我们的人也绝对可以轻松地跑赢它!我们可以在远处用弩箭和投矛不断攻击它,让它失血,最终死亡。危险反而不在它身上,人员有可能在慌乱中跑丢,或者是不小心被惊扰起来的虫子和蛇类咬伤,因为对它的攻击要持续很长时间,有可能引来其他猎食者。但我认为,这些风险存在的可能性并不大,以新洲团队的经验和训练,完全可以克服这一点。最关键的是,我们离开远山不会太远,那一带的地形条件也比沼泽地带要好得多,如果真的有无法克服的危险,我们也能直接逃回远山。"

"这对联盟来说也是一次有价值的尝试,"他看着联盟的主要负责人说道,"新洲在城北能够捕杀的恐龙已经越来越少了,就我看到的情况,现在大多数人想吃肉的话,只能去找虫子,或者是把希望寄托在那些用来抓老鼠和秀颌龙的陷阱上。但秀颌龙本身没法越过高速公路，它们在城北的数量也在不断减少，不久后很有可能就会绝迹。难道我们就一直通过吃虫子来养活自己？”

张晓舟恰恰正在做这样的事情，他在康华医院五楼有一间简陋的实验室，正在做饲养那些从腐木当中取得的幼虫的尝试。据他所知，很多金龟科、犀金龟科、天牛科和锹甲科的昆虫都是以腐木、朽叶或者是发酵过的木屑为食，而且幼虫的体型非常大，如果能够培育成功，完全可以作为肉食的来源和补充。最大的制约是这些虫子的繁殖周期比较长，而且数千万年前的昆虫的习性未必会和后来的一样，必须进行长时间的培育之后才有大规模饲养的可能。

但如果成功的话，对于人们来说却是有着重要意义的事情。

这些昆虫不管是幼虫还是成虫都是很好的食物，蛋白质含量非常高，对于这个世界的人们来说，食用它们不会存在任何心理上的问题。最关键的是，它们没有什么毒性，攻击性也不是很强，吃的又是随处可见的木头，也不耗费多大的力气，完全可以推广到每家每户，用业余的时间去饲养。

与狩猎相比，几乎没有什么风险，老人小孩都可以做。

即便是在原来的那个世界，同样从甲虫中发掘出来的黄粉虫也是一种重要的蛋白质来源，既可以做饲料，也能作为食物，甚至在很多高档的食品当中都是重要的添加剂，比蚯蚓适用范围更广，口味和营养价值完全不同。

按照他们现在的状况，没有理由不这样做。

可这个寻找和培育的过程却需要漫长的时间，如果运气好，也许在一两年之后能够找到合适的昆虫并且培育出足够的种虫，但大规模养殖必定是更远之后的事情。如果运气不好，那就不知道什么时候才有结果了。

条件有限，没有合适的人手来做这个事情，张晓舟只能把那些虫子每种都弄了一些，放到实验室里进行培育，希望能够找到合适的品种。

他也希望能够找到一些恐龙蛋，看看能不能从中找出可以饲养的品种。但这同样是一个漫长的过程，没有几年甚至是十几年的时间，不可能有实质性的进展。

在这之前，狩猎和采集必然是远山的幸存者们获取肉食最重要的途径，也是仅有的选择。

严烨的说辞最终说动了所有人，但张晓舟依然去找正在休养的王永军和李根再一次核实这个事情，最后才拍板确定了这个行动。

“应该不远了。”严烨低声地对身边的人说道。

建议获得批准后，联盟再一次以新洲团队为核心，组织了一支九人的小分队，由严烨带队寻找镰刀龙的下落。

最困难的阶段其实是一开始。

雨林中的植物生长得很快。距离他们的第一次任务已经过去了两个多礼拜，当时他们砍出来的那条路已经完全辨认不出来了，加上这段时间里，附近的一些树木又被砍伐过，环境发生了改变，他们足足花费了两个小时才找到了那条小路。

可一旦确定了这一点之后，事情就变得简单了。

严烨拿着指南针带路，这段路因为没有明显的路标，他们当初几乎是按照指南针的方向笔直向东前进。很快，他们就找到了那条镰刀龙开辟出来的通道。

它已经向西北方向延伸出去，依然是像被压路机碾过一样，路上不时能够看到镰刀龙留下的粪便。一些顽强的植物已经悄悄地长了出来，但这条通道就像是丛林中的高速公路，完全没有走丢的可能。

“杀掉它有点可惜。”作为唯一非新洲队员的龙云鸿一边用指南针和手指、手臂加上一些简单的工具计算着方位和路程，一边在自己的本子上画着，同时摇着头说道，“它简直就是生物开路机。”

这样的丛林中，很难选择参照物，尤其是在地势平坦没有明显的溪流和山丘的地带，迷路的可能性真的非常大。他们这次出来的时候专门带了红色的油漆，一路上把一些特征比较明显的树木刷上了标志，并且由龙云鸿记录了下来。

未来人们如果一路开发到这个地方，这些树木也将留下，并且在长时间里作为人们在这片区域活动时的路标使用。

但这样的记号也不算醒目，除非他们能够把这块区域的大多数树木砍倒，否则的话，人们想要找到这些路标依旧是一件很困难的事情。

“别管那些了，现在它就是一团会走路的肉，”严烨说道，“我们的任务就是找到它，杀掉它，然后把它带回去!”

龙云鸿没有说话，只是微微地点了点头。

他对严烨的第一印象还不错，但在知道严烨服刑的原因之后，印象很快就逆转到了完全不同的方面。

在龙云鸿看来，新洲团队虽然的确是联盟最精锐的队伍，但其中的人有这样的自我认识，思想却落后得太多。

政治合格、军事过硬、作风优良、纪律严明、保障有力，这是龙云鸿当兵时每天都能看到的标语，也是他心目中对军人最起码的要求。

但放在新洲团队，保障有力勉强是做到了，依照联盟此刻的物资状况，可以说是已经尽了全力，军事过硬也可以说是达到了要求，在面对中型恐龙时已经完全实现了秒杀，可其他三点却差得太远。

他加入联盟的时间还太短，对于联盟的认识还停留在表面，但他觉得，至少在他所看到的地方，联盟做得不错，完全符合他的所有心理预期，也让他愿意站出来保卫它。

在他的认识里，你可以选择不承担这份职责，但既然选择了这条路，也就意味着你认同了这个团队的政策和方针，那就应该尽自己最大的努力去履行自己的职责，而不是散布不满情绪，要求特权，制造对立。

新洲的人们早就忘了自己和联盟中的其他人其实并没有本质上的不同，加入新洲接受相关的训练之前，他们也不过是那些在恐龙面前哭喊着四散奔逃的普通人。但现在，他们却把自己看得高人一等，认为自己应该享有特权。

如果宣教部的宣传是真的，那对于远山的幸存者们来说，唯一能够带领他们走向幸福未来的只有联盟，而联盟的精英不管怎么想绝对不应该是新洲团队这种样子。

这让他彻底淡了第一次看到高辉他们杀死恐龙时那强烈的加入新洲团队的心思。一支队伍是有传统有灵魂的，他不相信自己有能力凭借一个人的力量去改变新洲团队现在的状况，也不愿意被他们改变成这种样子。

钱伟隐约地向他透露，联盟正在考虑成立另外一个类似的团队，并且希望他能够在里面发挥作用。现在龙云鸿的想法就是，帮助联盟把这个团队建立起来，把它带上正轨，并且逐渐把新洲团队淘汰和边缘化。

正是这个原因，他对严烨的看法好不起来。这样的人他以前见过很多，个人能力突出，技能过硬，但政治不合格，不服从纪律，反而不如那些严守纪律但个人素质一般的人。

一个团队的战斗力很大程度上正是源于严明的纪律，个体再强，没有纪律，自行其是，那反而是害群之马。这样的人必须接受团队的改造，如果改造不过来，那宁愿把他们驱逐出去也绝对不能容许他们留下来。

不过在这一天的接触下来，他对严烨的印象又稍稍有了些改观，他还年轻，应该还能改造得过来。至少他刚刚所说的那番话就很正确，很对龙云鸿的胃口。

前面突然传来了树枝断裂的声音，人们的脚步缓了下来，龙云鸿和严烨缓缓地向前走去。一个庞大的身影出现在他们右前方大概五十米外的地方，正伸出爪子，拉扯着地上的一蓬植物。

“是它吗？”龙云鸿低声地问道。

严烨点点头，于是两人又退了回来，带着队员们退到了足够安全的距离外。

“距离开发营地的直线距离大约是三公里，”龙云鸿看着自己绘制的简易地形图说道，“但如果完全沿我们走的这条路，那就有五公里多，将近六公里。”

“那你怎么想？重新开一条路出来？”严烨问道。

“这是肯定的，”龙云鸿答道，“不过在这之前，我们应该先把周围的环境搞清楚。”

按照镰刀龙的行进速度，整整两个礼拜只走了不到三公里，那他们猎杀它的地方应该就在这附近，为了保证安全，必须对周围进行勘查，把可能的危险源找出来，要么排除，要么做出明显的标示。

他们有足够的时间，可以慢慢地跟踪它，然后在最有把握和最适当的时候再对它动手。

“它的行进速度的确不快，但没有证据显示它不能跑。”龙云鸿在对张晓舟等人单独进行汇报的时候说道。

巨大的几乎拖到地上的肚子和短粗的下肢很容易让人认为它是一种行动迟缓的动物，但鸭子和鹅在陆地上照样能小跑起来。镰刀龙的身高在那里摆着，踏出一步就相当于人们走七八步，如果真的激怒它，很难说它不会小跑起来，把这些敢于攻击它的渺小生物全都杀死。它长达四米的前肢挥动起来，那接近两米长的巨大镰爪将足以杀死任何挡在它面前的东西。

“我们可以设置陷阱，想办法弄伤它的腿，”钱伟说道，“那么巨大的体重压在脚上，一定很容易受伤。”

张四海的加入让联盟的机械加工能力有了一个跨越式的提升。之前的钱伟等人多半来自机械加工有关的企业，他们更多的时候都是在按照图纸批量制造已经成型的产品，这让他们缺乏创新的意识。而张四海却一直都在干山寨的事情，他最擅长的就是按照杂志和网络上的宣传图拓图，并且想方设法地利用手边的条件把它们尽可能完美地复制出来，这让他的思维总是跳跃而又充满了在这个世界的实用性。

他之前甚至用钢丝环复制过一件锁子甲，但按照他的说法，那件锁子甲相当沉重而且很难打理，很快就被他以成本价卖给了论坛里的一名军迷。

“最简单的办法是做弹木陷阱或者是弓弩陷阱，”张四海被找来之后说道，“以前我和论坛的军友去野营的时候跟他们学过做抓兔子的陷阱，我看联盟已经积攒了很多木料，其中有些的弹性其实非常不错，硬度也高。以你们所说的镰刀龙的体型，只要它追过来，想不打中它都很难。”

“我也知道一些简单的落木陷阱，只是不知道放大之后好不好用。”龙云鸿也说道。

新来的两个人对于联盟来说简直就是金手指，这让大家对于成功有了更大的信心。

人们很快就行动了起来，按照之前建造吼龙岭中继站的经验，人们很快就在丛林中开辟出了一条足够独轮车通行的小路，并且在上面铺上了草木灰和小石子。

那条镰刀龙肯定早就发现了他们，但它的头相对于身体来说很小，智商应该不算很高，另一方面，它或许也根本看不上这些比它小得多的生物。于是它只是继续慢条斯理地一路吃着植物，慢慢地向前走着。

张四海和龙云鸿开始分别带人在附近设置陷阱。为了避免过分刺激这条镰刀龙，他们所用的木料都是从开发营地那边用独轮车运过来的。张四海结合现场的实际，布置了两组弓弩陷阱、两组弹木陷阱，还在路上按照镰刀龙的脚印大小挖了不少比它的脚稍大一些的半米深的陷坑。而龙云鸿则做了三组落木陷阱，六根前端削尖的木头绑在一起形成一个巨大的攻城椎一样的东西，高高地吊到了树冠上，被这样的东西打中，那滋味肯定爽翻了。

不过人们还是更希望那些陷坑能够发挥作用，毕竟相对而言，它几乎是最简单也最不费力的陷阱，如果镰刀龙会踩在里面扭断脚踝，那同样主要是以两条后肢行动的鸭嘴龙会不会在这样的陷坑当中扭断脚踝？暴龙又会不会在这样的陷坑中扭断脚踝？

如果能奏效，那对于人们来说，以后捕猎大型动物就简单得多了。

张四海最后还弄来了几张巨大的钢绳织成的网，把它们铺在地上。人在跨越这种网眼巨大的网时几乎不会受到任何干扰，但对于镰刀龙这样巨大的动物来说，这东西肯定会让它们很不好受。

“都准备好了！”

在忙碌了整整四天之后，人们终于向张晓舟这样汇报。

“干吧！”他点点头对人们说道。

第一波进攻由张四海发起。

随着长弓的制成，易学难精的投矛已经被人们普遍放弃。大部分人都转而练习更加容易上手的长弓，但因为做工的问题，这样简单用长木条做成的长弓射程有限，面对镰刀龙这样的庞然大物，总让人感觉有些不靠谱。

于是张四海的那把用现代工艺制成的军用弩便成了唯一的选择。据张四海说，它的理论射程超过了三百米。但在这样的密林中，显然用不到那么远的射程。他一个人住在远山东南区域的时候已经练习了好几个月，就目前而言，没有人比他更有把握。

“所有人员就位！”作为行动总指挥的齐峰低声地说道。

人们要么上了大树，要么就提前退到了陷阱后面，只留下了张四海一个人。

红旗挥动，他点点头，举起右手表示自己已经接到命令，随即放下手，用脚上弦，把一支弩箭放入箭槽，同时把另外几支箭插在身前的地上。

瞄准镜内，镰刀龙巨大的身躯占据了整个镜头。

真的需要瞄准吗？

他微微地摇了摇头，随后屏住呼吸，轻轻扣下了扳机。

弩弦发出“嗡”的一声响，划破了密林的寂静。但他没有去关注自己是不是命中了目标，而是再一次用脚上弦，把另外一支箭放入箭槽。

痛苦而又愤怒的叫声从前方传来，镰刀龙猛地立了起来，张开双臂，寻找着痛苦的来源。就在这时，第二支箭从它身体的侧面深深地刺入了它的大腿，让它再一次咆哮了起来。

但它依然没有找到伤害自己的东西，直到第六支弩箭刺入它的身体，它才终于看到了百米之外，半跪在一蓬蕨类植物后面的张四海。

它完全无法理解发生了什么。

在白垩纪的丛林中，这是一种前所未见的攻击方式，也许那些敏锐的猎食龙能够迅速理解这代表着危险，但镰刀龙却只是对着张四海所在的方位咆哮了一声。直到又一支弩箭伴随着弩弦猛烈弹射发出的响声刺入它的身体，它才愤怒地连续咆哮了起来。

也许我站得太远了？

张四海一开始的紧张和恐惧已经随着九支弩箭的发射变得极其微弱，在这么远的距离上九发七中，他对自己还算满意。

如果他要射杀的是一只驰龙或者是羽龙，命中率也许只会有这个成绩的三分之一，但他的目标是白垩纪末期位于丛林生态圈顶端的巨大怪物，其用于震慑天敌，战胜同类获取交配权的巨大身躯此刻却让它成了再好不过的靶子。

如果有足够的箭，小心隐藏自己，也许根本就不需要什么陷阱，直接就能把它杀死？

就在张四海这样想的同时，那条镰刀龙终于向着他冲了过来。

镰刀龙的动作也许很笨拙，但却一点儿也不慢。

重达数吨的庞大身躯携带着巨大的动能，挡住它前进道路的任何藤蔓或者是植物都是当之即碎，即使是在七八十米外，张四海依然能够感觉到大地的震颤，这让他毫不犹豫地射出了最后一支箭，随后便抓着弩转身向后逃去。

陷坑阵对于他来说没有太大的问题，但越过那些套索、绊马索时，他不得不小心翼翼，这些东西都是用来对付镰刀龙的，如果他不小心触动了陷阱，那乐子可就大了。

要么变成肉饼，要么变成串烧，反正肯定没命活下来。

“快！”齐峰在前面大声地叫道。

他可以明显地感觉到地面的震颤感在不断加强，这说明镰刀龙与他的距离正在迅速拉近。

张四海吓得心脏都要蹦出来了。

“他妈的！是哪个白痴说它跑不快的！”

但几秒钟之后，一声暴怒而又痛苦的嚎叫突然从身后爆发出来。

张四海不敢降低速度，反而越发加速向前冲去。直到他看到齐峰拿着长矛小跑着过来，他的脚步才停了下来，同时把头转了过去。

“靠！”这大概是所有人心里的共同呼声。

那条镰刀龙痛苦地倒在地上，正在不断地哀鸣，它的一条腿扭成了一个极其怪异的角度，骨头都露了出来。

身中七箭的痛苦和愤怒让它失去了本就不多的理智，根本就没有发现那些巧妙地用落叶掩盖起来的陷坑。它巨大的脚爪本来完全能够避开丛林中的绝大多数自然形成的水坑，但偏偏这一天它所遇到的是完全违反自然规律、刚好能把它的脚陷进去的深坑。

它幸运地避开了头三个坑，然后一脚踏进了第四个，数吨重的躯体向前狂奔的动量在那一瞬间完全转移到了它被卡住的脚上，干净利落地直接扭断了它的右脚。

剧烈的痛苦让它完全丧失了抵抗的意志，当人们小心翼翼地聚拢在它周围二十多米的距离外，它甚至连挥动爪子的意识都没有了，只是不断地哀嚎着，一动也不动。

齐峰小心地指挥着人们把那些没有用上的陷阱一一解除，花费了四天时间精心设计和制作的陷阱没有发挥任何作用，这让所有劳苦工作的人多多少少有些郁闷。

早知道这么简单，费那么大工夫干吗？

“放箭！”齐峰冷静地说道。

四五个长弓手站在不同的方位向它倾泻着弓箭，但除了在它的身躯上制造出更多的创口，让更多的血流出来之外，他们却几乎什么都做不到。庞大的身躯带来的是顽强的生命力，与它的体型相比，这些弓箭就像是刺穿了皮肤的牙签，很疼，但却无法致命。

人们随后开始试着用投矛的方式把长矛投向它，这样做的效果好一些，但却依然没有办法给予它致命一击，反而让它挣扎着挥舞起了一只爪子。

齐峰不得不让人们退后，以免被它的垂死挣扎伤害。

更多的弓箭继续向它射去，而其他人则小心地戒备着，生怕这样浓重的血腥味引来强大的猎食者。

好在这片丛林中的猎食动物已经极其稀少，而且多半已经在远山城南活动。在五个小时之后，这只镰刀龙终于因为大量失血而死去，而被血腥味引来的，不过是些如同秀颌龙一样大小的恐龙。

人们开始小心地拔去那些原始的羽毛，一块块地把皮剥下来，然后分割它身上的肉。这样的事情他们在杀死那两只暴龙时已经积累了足够的经验，熟门熟路，效率也极高。

消息很快就传到了联盟，让那些在开发营地苦苦等待的人们欢呼了起来。但更让他们兴奋的，却是联盟主席张晓舟借此机会做出的宣告："联盟已经决定，对联盟正式居民的自留地收取的税率为十分之一。"

这样的税率让任何人都想象不到，要知道，之前最夸张的猜测甚至已经是百分之六十，这让很多人都不满起来。但随着这个税率颁布出来，人们这些天来郁积的不满和怨气顷刻间就消失得无影无踪，甚至有人胡乱地大叫了起来："联盟万岁！张主席万岁！"

人们很快就跟着乱吼乱叫了起来，面对这样的乱象，张晓舟等人也只能无奈地摇摇头。

希望你们接下来不要恨我们。张晓舟默默地这样想着。但邱岳的建议已经是影响最小的做法，他实在是想不出比那更好的办法了。

整个联盟终于在这一刻陷入了狂欢，抛开对于税赋的担忧之后，丰收节也终于第一次让人们感受到了欢乐和喜庆的氛围。

"让我们把那些肉拉回来吧！"张晓舟大声地对人们说道，随即迎来了更多的欢呼声。

十几辆独轮车在民兵的保卫下沿着那条赶工出来的小路向猎场赶去，然后把分割下来的肉一车车地又沿着那条小路运回远山。

每一车都装得满满的，很快就在那条小路当中压出一条深深的车辙。汗水一路挥洒，但每个人都喜笑颜开。

很多人主动站出来帮忙去转动升降机的转盘，而其他人则帮忙把那些肉从悬崖下面搬上来，大块大块地堆放在旁边的棚子里，撒上盐巴，一层层地叠放起来。

他们都知道这些肉将在丰收节那天作为礼物分配给每一个联盟的成员，这让他们心甘情愿地站出来贡献自己的力量。

即使是没有轮到事情做的人们也都聚集在这个地方，分享着丰收的喜悦，小孩子们乘机在人群里嬉闹起来。有个孩子撞在别人身上，疼得哇哇大哭起来，但却很快就淹没在了人们发自内心的欢笑中。片刻之后，他便也忘记了疼痛，再一次乱跑了起来。

张晓舟心里满满的都是使命感和满足感，他回身慢慢向联盟各个部门的领导者走去，却看到策划了这个逆转时刻的邱岳站在人群当中，以一种众人皆醉我独醒的态度看着人们，微微地笑着。

他很快就注意到了张晓舟的目光，于是对着他点了点头，随后从人群里退了出去。

丰收节，联盟成立后的第一个节日，马上就要到来了。

第15章 传染病

“应该是某种传染病，传播途径应该是蚊虫，不过日常接触会不会传染还不好说，最好还是把他们隔离起来。”

“他们还有救吗？”何春华问道。

“这我就没办法说了，只能靠他们自己的生命力扛。村里本来就缺药，就算是能治也不可能全拿来投进这个无底洞里啊！”

“我知道了，那李医生，您休息去吧，明天我安排人把您送回去。”

这位老者是何家营硕果仅存的四名医生当中医术最高的一个，以前在村里开小诊所的几个人里，也只有他的那家诊所没有出过人命，没被人围攻过。不过他不是本村人，只能算是外来户当中比较重要的人物，享有和本村人几乎相同的待遇。

“春华哥，这可怎么办啊？”等他离开之后，何春潮发愁地问道。他用两块毛巾蒙着口鼻，说话的声音嗡嗡的。

“怎么办怎么办？”何春华有些气不打一处来，“成天就知道问怎么办！你们就不会帮忙想点办法！”

几个人都不敢说话了，他们本身就没有读过多少书，要说砍人打架，那他们是行家里手，可解决这样大规模病倒的问题，那他们就真的是睁眼瞎了。

病症是从一个礼拜之前开始的，最初只是发生在那些下到沼泽地里去采集蕨根和野菜的人身上。病症来得十分猛烈，好几个人突然就发起高烧，身体也浮肿起来，看上去十分吓人。

何春华安排心腹悄悄地把这几个发病的人丢了出去，让恐龙吃掉。

让他没有想到的是，两三天之后，有三四十人出现了相同的症状，再也瞒不住，而到了今天，已经有将近一百人发烧、浮肿，有些人甚至出现了抽筋和呕吐的症状。

人们惊慌起来，拒绝再到丛林和沼泽里去工作，何春华只能把这些人全都赶到一幢房子里关起来，让几个症状轻一点的人照顾他们，让护村队盯住他们不让事态扩大，然后匆匆回村去找大哥想办法。

“传染病?!”何春成听到这个消息之后马上跳了起来。

做了几年的村干部，这点常识他还是有的。以当前何家营的人口密度和卫生状况，只要出现传染病，那全村死光都不是不可能的事情。

“你们怎么搞的!”他愤怒起来，“之前不是早就说过吗？凡是这种情况，全都直接丢出去喂恐龙!”

“人太多了，”何春华压低了声音说道，“一开始的那些我们都是这么干的，可后面一下子暴发，上百人都出了问题。我那里现在也只有不到两千人，把这么多人扔出去喂恐龙，我怕到时候闹起来压不住!”

“你手下的护村队是干什么的？怎么会压不住？杀掉几个挑头的，谁还敢闹事?”

何春华苦笑了起来。

随着对丛林的开发越来越深入，他终于明白了城北联盟暗藏的祸心。

人们在何家营的时候是一盘散沙，他们虽然住在一起，但每天的工作都不同，每天都食不果腹，如同行尸走肉，又没有多少获得武器的机会，串联暴动的可能性非常小。

但进入丛林之后，何春华要他们干活，就不可能不给他们斧头、锯子和刀子，更不可能不让他们吃饱。

工作面就那么大，人们每天都聚在一起，相互之间渐渐熟悉起来。虽然有他手下护村队的人盯着，但他们是什么德行，他清楚得很，他们根本就做不到每天都紧紧地盯着这些人不让他们说话。

何春华自己也不可能经常冒险下到丛林里去，据他所知，那几个负责监工的护村队成员甚至主动让这些劳工选出了几个小头头，带着大家干活，自己则躲起来休息。

那些劳工的气色明显比刚刚过来的时候好得多，何春华可以肯定他们在下面偷偷地吃掉了不少找到的东西，但那几个小弟却赌咒发誓说没这回事。

何春华很快就在他们的房间里找到了不少虫子干和加工得很好的蕨根粉。面对这些东西，他们哑口无言，被何春华当众鞭打了十下，放到新组建的队伍里去从小兵做起。但让他感到头疼的是，新派下去的小弟要么迅速被收买腐化，要么就被人套麻袋猛打，差一点就没能活着回来。

那些人肯定在这段短短的时间里已经串联到了一起，但领头的那几个却隐藏得很好，一点儿也查不出来。如果不是何春华手上已经有了整整六百人的护村队，补给、武器和训练都优于他们太多，每天放工之后都是一批人从升降机上来就收掉工具带走放到宿舍里去，下面又都是原始森林逃不出去，说不定早就已经发生暴动了。

在这种情况下，之前悄悄丢出去的那几个人都已经引发了他们强烈的不满，把这将近一百人全都杀掉？

何春华有些担心，拿不准剩下的那一千多人会不会马上就暴动起来。

凭借自己手下的护村队不是没有能力干掉他们，但结果必定是两败俱伤。到头来，他还得想办法从村子这边捞人过去干同样的活计，一切又要从头开始，还未必能够避免同样的事情发生。

那些从丛林里弄来食物的工作一天都不能停，一方面，他们把那些在原来世界也说得上是山珍美味的蘑菇、虫子作为礼物收买分化那些有发言权的村老；另一方面，掺杂了更多木屑的树皮粉也成了他们收买底层民心的重要工具。他们以个人名义不时地在村中施舍那些糊糊，让那些挣扎在饥饿线上的平民对他们感恩戴德。

好几个村老都提出应该以村子的名义而不是他们个人的名义来进行施舍，甚至有人提出，何春华这么做是包藏祸心，要求把他撤换回来，重新换人去管瓦庄和板桥。这时候之前散出去的那些东西终于发挥了作用，那几个被他们收买的村老出来把水搅浑，让村老会的提案最终不了了之。

何春华照样时不时地以自己兄弟俩的名义施舍，并从难民当中挑选身强力壮头脑简单之辈，悄悄充实到自己的护村队当中。

在这种时候，即便知道开发丛林是一剂毒药，他也只能硬着头皮先吞下去再说。

“真是废物！”何春成暴怒起来，“这些事情早就已经提点过你，怎么还会搞成这个样子？”

“大哥……你以为我没反复交代过这些事情？可我就一个脑袋两只手，总不能每件事情都自己去办吧？咱们手下那些人是什么德行，大哥你应该比我清楚，我能怎么办？”

何春成瞪着他，但最终还是摇了摇头。

“硬的不行，就来软的，”他对何春华说道，“他们吃饱了，难道不会想娘们儿？找几个骨头软的，把他们挑头的那几个找出来。一会儿你带老李医生过去看看，如果是传染病，那该下手就要下手！这种事情，处理不好我们都要完蛋！这事一定要尽快解决，工不能停！停工了，这边这么多人吃什么？”

“秘书长。”

听到这样的称呼何春华就知道是杨勇来了，在他手下混的人当中，只有他会用这样的称呼，其他人要么叫华哥，要么叫春华哥，搞得就像是一群混黑社会的混混一样。

“怎么样？”

“都招了，挑头的主要有三个，怎么办？要抓起来吗？”杨勇答道。

何春华摇了摇头。

大哥让他用女色来收买那些劳工当中意志薄弱的人，但在何春华看来，那些人根本就没有资格染指自己控制在手里的女人。年轻漂亮的女人现在已经是一种稀缺资源，早已经被瓜分殆尽，如果不是很有价值的人，根本就不值得动用这样的手段。

他决定采用的办法是上刑，如果会被美色引诱，那威逼也肯定同样能起作用，而且成本低，见效快，还能起到震慑其他人的作用。

他示意杨勇坐下，然后问道：“都招了些什么？先说说。”

杨勇的表情稍稍有些迟疑。

何春华马上意识到里面有猫腻，他顺手给杨勇倒了一杯酒，道：“没事，就我们两个知道，出了这道门，我就当没听过。”

杨勇拿起酒杯喝了一口，随即习惯性地看了看门外，低声地说道：“最先出来挑头的叫刘顺，据说以前是一家公司的副经理……”

会被何春华从何家营挑出来的人，最基本的条件就是身体强壮，但这些人到了瓦庄村之后，又要重新进行一次筛选。

何春华曾经看过一本小说，上面列出的选兵之道他现在都还记得：眼神飘忽心机多的不要，油嘴滑舌擅长交际的不要，细皮嫩肉手上没有老茧一看就没干过活的不要，只要看上去忠厚老实，不善言辞，出身劳苦的人。

那些来到这个世界之前生活优渥的人不可能成为好兵，以何家营现在的物资状况，哪怕是何春华自己的生活也只能说是勉强，又怎么可能让这样的人满意？

这个叫刘顺的以前既然是副经理这样的人，那估计就是在那时候被选了下来，然后放到悬崖下面的丛林里去干活。

这些人一开始的时候个个都老实巴交地干活，对于刚刚从何家营那个火坑里脱身的人们来说，能够有现在这样的工作，能够一天两顿管饱已经是天堂一样的生活。进入丛林当然有危险，但留在何家营，同样是死路一条。更何况，他们在高处砍了好多天的木头，只是偶尔听到远处有怪异的鸣叫声，根本连一只活着的恐龙都没见到。

他们一开始对把自己从何家营那个鬼地方带出来的何春华充满了感激之情，干活也很卖力，很有自觉性。

但这些人毕竟都是生活在都市的现代人，经历了几天的辛苦劳作之后，他们的心思就慢慢发生了变化。

看看这些监工吊儿郎当的样子！凭什么呢？不过是些村子里的二流子，有什么资格压在我们头上？

想把我们变成奴隶？没那么容易！

总有一天！他们欠下的债都要一点点讨回来！

这样的言论渐渐地在劳工当中蔓延开来，并且很快就让他们本能地抱起团来。

这是再正常不过的事情，身为现代人，在形式所逼的时候也许会被迫放弃所有的自尊在强者面前卑躬屈膝，但有谁在骨子里愿意成为毫无尊严的奴隶？当生存不再是逼到眼前的问题，这些早已经浸透在每一个人灵魂深处的东西就自然而然地冒了出来，并且像是春笋一样，每一天都在茁壮成长。

他们只是没有办法找到合适的机会，也没有孤注一掷的勇气。

什么东西能吃，什么东西不能吃，这是下来工作前培训过的，每个人都清楚。这都是城北联盟那边已经取得的经验，属于之前那笔交易的一部分。

看着这些东西却不能吃，只能吃那些掺杂了大量木纤维的树皮粉，这让他们的心里越发不平衡。但何春华派去的小弟在附近监工，每天回去的升降机也被牢牢控制，他们不敢造次，只能慢慢试探。

让他们没有想到的是，这些小弟本身也不是什么好人，当他们用那些从植物和腐木当中捕捉到并且小心地烤好的虫子贿赂他们时，双方一拍即合。

他们很快就达成了协议：工人们每天保证最起码交公的收获之后，只要给他们这些监工留下最好的食物，他们就不管工人们自己偷吃的事情。只要没有人告密，那就随便他们怎么弄。

交公的粮食于是固定了下来，在一个低值波动，并被解释为：现有的人手、工具和工作面只能弄这么多出来。

工人们坐升降机上去时是要搜身的，但这些监工却不存在这样的问题，到后来，甚至有人贿赂了他们，请他们把私藏的食物带上来，双方三七分账，监工七，劳工们三。

被他们私藏的往往是价值最高的食物：用凉开水花费不少工夫精制出来的蕨根粉或者是树皮粉，烤熟的虫子，高热量的坚果，难得一见的水果和蘑菇，甚至还有他们在营地附近设下圈套抓住的秀颌龙和鸟。

这些东西大多数都被用在购买性服务和贿赂上，在何春华不知道的时候，整个板桥的开发营地事实上已经很快形成了一个贪污体系，这就是为什么那几个人被打了十鞭之后，很快就能下地走路的原因。

何春华气得竟然笑了出来，他不断地摇着头，大笑到眼泪都流了出来。

“秘书长……”杨勇一下子坐不住了，慌张地站了起来。

“春潮应该知道这个事情吧？”何春华的大笑终于渐渐停了下来，只是随便守在厕所外面抓到的劳工都知道这么多事情，那足以说明，这在板桥已经是一个尽人皆知的秘密了。

可笑的是，他还一直认为何春潮是自己所有堂弟里最能任事的一个，在杨勇按照城北联盟给出的方案完成开发区域的建设后，马上就把杨勇调开，让何春潮来接手了这个最有油水，也最重要的位置。

“秘书长，这我可不敢乱说！”杨勇一脸无辜而又惶恐地说道。

何春华突然明白了过来，这些话真的是从随便抓到的一个劳工口中轻轻松松就问出来的？也许杨勇在被调离之后一直都盯着这边所发生的事情，然后终于找到了告密的机会？

“看来看去，在我身边，还是只有杨勇你靠得住！”他拉着杨勇重新坐下，亲手倒了一杯酒给他，“枉我那么信任他！杨勇，这个地方交给你，你能保证管好吗？”

“秘书长，只要你相信我，那我就一定能干好！”杨勇的脸上终于露出了一丝马脚。他不惜得罪板桥的所有人，为的不就是这个结果？

现在这个世界，有粮食就有人，有人就有实力。

只要让他在这个位置上，他就能想办法悄悄积攒起一批粮食。你何春华懂这些，难道我杨勇不懂？只要能拉起一两百人的队伍，再想办法靠上某个有话语权的村老，我杨勇又何须每天看你的脸色，被你当狗一样唤来唤去？

“喝酒！”何春华说道，“等天黑了，我俩一起去会会这个刘顺。他妈的，敢在我眼皮子底下搞事，胆子还真不小！”

杨勇胡思乱想地陪着何春华喝酒。他完全搞不清楚何春华在想什么，但何春华却兴致很高，后来甚至让一个小弟弄来几个下酒菜，把何春潮等人全都叫来，一起大吃大喝了起来。

这让杨勇越发不安起来，无论怎么看，这都不像是要处罚何春潮的样子。

“差不多了。”堪堪喝到八点多，何春华突然放下酒杯站了起来。

“春华哥，什么差不多了？”几个心腹的小弟不明就里，醉眼蒙眬地说道。

“小事情，你们等着看好戏就行了，”何春华说道，“杨勇，霍斯！你们去把人都集合起来，带上武器，五人一组进入所有劳工的宿舍！无关的人只要躺在床上不动就没事，谁敢乱走乱动，格杀勿论！”

这样杀气腾腾的话让所有人的酒一下子就醒了一大半，尤其是何春潮等板桥这边的负责人更是如此，明明是来处理传染病的事情，怎么突然就喊打喊杀了？

几个人都拿眼睛看何春潮，但他也是一肚子的困惑，却不敢追问。

杨勇等应了一声出去传达命令，何春华冷笑着站在楼上看他们的行动，护村队的营房很快就乱了起来。但他们毕竟是在瓦庄村接受了将近一个月训练的人，大概半小时之后，所有人都点燃火把按照编制走了出来。

“行动吧!”何春华大声地说道。

杨勇和霍斯分别带队,把人散到劳工的营地里,那边马上就一片混乱。

虽然护村队集合的声音已经把大多数劳工都惊醒,但他们并不明白发生了什么事。他们被分割在一个个房间里,在黑夜中也没有什么组织能力。

大多数人都惊恐地在房间里等待着,祈祷着护村队要做的事情和自己无关,少数人试图搞清楚发生了什么事情,但刚刚从房间里出来就被同样不明就里的哨兵赶了回去。

杨勇这个人还是很有能力的,他把人带过去的时候就已经在路上说清楚了任务,哨兵们虽然不太明白要干什么,但很快就清楚自己的职责是什么,开始按照他的指挥分散到一个个的房间里。

“老实待着”“好好躺着就没事”的叫声此起彼伏,也有惨叫声传来,大概是心虚以为要进行大屠杀而试图逃跑的人被哨兵们用长矛戳倒。

在目睹了城北联盟的装备之后,何春华马上就更换了自己手下护村队的武器。现在的护村队手里使用的也全都是长矛,看着没什么气势,但真厮杀起来,比砍刀之类的东西凶狠多了。

“春华哥,这是……”何春潮有种不妙的感觉,但他没有丝毫的勇气反抗,脑子里乱哄哄的,不知道在想些什么。

“跟我来。”何春华终于说道。经过四五十分钟的混乱之后,整个劳工营的区域终于又重新安静了下来。

杨勇和霍斯匆匆赶了回来。

“那几个人在什么地方?”何春华问道。

“都在他们各自的宿舍里。”杨勇答道。

“把他们带下来。”何春华说道。

刘顺等三个人马上就从床上被拖了出来,一路惨叫着从楼上扯到院子里,何春华让人在周围点起火把,把院子里照得透亮。

何春潮等人已经完全明白他要干什么,吓得站都站不住了。

“谁是刘顺?”何春华笑眯眯地问道。但在抖动的火光下,他的脸看上去却狰狞可怕。

其中一个人颤抖起来，另外两人则恐惧地看着他。

“过来。”何春华对着他招了招手。

刘顺在自己的人生当中还从来没有遇到过这种情况，尿都已经被吓出来了。他的眼睛瞪得就像是要掉出来，浑身僵硬，发冷，不停地颤抖着，拼命地摇着头。

“就你这样的货色，还有胆子策划暴动？”何春华摇着头说道。

“我没有！我没有！”刘顺急忙叫道，“我什么都没干过！冤枉！冤枉啊！”

他并不是无能的人，但却被何春华当作是没有价值的劳工丢到丛林里去干最苦最累最危险的活，这让他极度不满。于是他很快就开始暗中串联其他劳工，煽动不满，准备以此来作为筹码，与监工们谈条件，改善劳工们的待遇。

暴力反抗？

他从来都没有那样的念头。

这个世界已经和之前的那个世界完全不同了，他所想要做的，不过是成为劳工中的代言人，并以此获利，甚至是以此为晋升之阶，成为统治阶级的一员。

“春潮？”何春华问道，“你认识这个人吧？”

“哥……”何春潮不敢抵赖，低着头。

何春华突然一拳重重地砸在他脸上，让他闷哼一声摔在地上。其他人都惊呼了起来，但却什么都不敢做。

“拿棍子来。”何春华说道。

没有人敢动，何春潮一直都是何春华最信任的人，也是除了大哥何春成之外血缘最亲的人，即便是他犯了再大的错，难道何春华还会真的杀了他？

谁敢在这时候落井下石？

“杨勇，拿根棍子过来！”何春华说道。

杨勇心里暗暗叫苦，他希望看到何春潮吃瘪，但绝对不是这种情况。

“快点！”

“是，秘书长。”杨勇只能小跑着过去把平时何春潮等人鞭笞劳工的木棍拿了过来。

“哥……”何春潮的脸都白了。他没少用那根棍子打过人，真要是狠命打，三五下就能把一条汉子打成死狗。

“把上衣脱了，”何春华大声喝道，“跪下！”

“哥……我知道错了！你饶了我吧！我真的知道错了，再也不敢了！”何春潮再也顾不得面子了，一下子跪了下去，连滚带爬地抱住何春华的脚，“看在我爸的分上，你饶了我吧！我再也不敢了，再也不敢了啊！”

“给我有点出息！”何春华一脚把他踢倒，大声骂道，“跪好！”

“哥……哥……我爸从小就最疼你，对你比对我都好！求求你，看在他老人家的分上，饶我这一次吧！”

其他小弟也一起跪下，哭着喊着求饶说起情来。

“是啊华哥，都是自家兄弟，没必要搞成这样啊！潮哥也是一时糊涂，被那些小人给害了！你大人有大量，让他戴罪立功吧！”

“春华哥，这打不得啊，会出人命的！”

“自己人，没必要这么干啊春华哥！”

这事情他们也有份，要是何春潮没事，那他们说不定也能逃过一劫。

“都他妈给老子滚一边去！你们的事情一会儿再说！”何春华突然舞起手中的棍子劈头盖脸地向他们抽去，几个人鬼哭狼嚎地四散逃开，把何春潮又露了出来，“你他妈是不是老何家的男人?！给我跪好！”

何春潮终于咬着牙脱掉了身上的衣服，跪在了他面前，但恐惧却让他不由自主地颤抖了起来。

何春华咬紧牙关，狠狠地一棍下去，何春潮疼得惨叫一声，摔在地上不断地扭着。

“春华哥，不能再打了！”几个小弟心里抽了一下，这一棍可是真狠。他们似乎已经看到了棍子砸在自己身上的那一幕。

这可不是之前那几个被查出来的小弟被他们打的时候那种演出来的痛苦，而是实实在在的疼痛。

“给我闭嘴！”何春华像是一头发狂的野兽，向他们狂吼了起来。

所有人都吓得不敢动了。

“跪好！”何春华再一次叫道。

何春潮知道他是铁了心要拿自己立威，咬着牙从地上爬了起来，看了他一眼，又跪在了他面前。

“啪!”

棍子再一次狠狠地抽在他背上,让他闷哼了一声,但这一次,他没有再像之前那样夸张,只是把身体弓了下去,然后挣扎着又慢慢地立了起来。

可恰恰是这样,更让周围的那些哨兵们知道这不是假打。

“啪!”

“啪!”

棍子一次次地抽在他背上,五下之后,他终于再也爬不起来,趴在地上不断地喘着粗气,后背上已经全是乌黑的伤痕,甚至已经出血了。

“看到了吗?”何春华大声地对着周围叫道,那些哨兵们站在不同的房子、不同的楼层上,心情复杂地看着院子里的这一幕。

“都看到了吗?”何春华再一次暴喝道。

“看到了。”杨勇急忙答道。

“都看到了吗?!”

“看到了!”更多的人答道。

“这就是徇私舞弊的下场! 任何人都不例外!”何春华大声地叫道,“谁不怕死,那就来试试!”

他扔下棍子,大步向刘顺走去。

刘顺拼命地摇着头,想逃走,却被杨勇用长矛从背后抽了一下,一跤摔在地上。

何春华走了过来,一把抓住他的头发,把他拖到了何春潮身边。

“饶命啊! 饶命啊!”

恶臭从他的裆下传出来,何春华皱了皱眉头,从身后拔出军刀,干净利落地割断了他的喉咙。

鲜血一下子喷了出来,溅得站在他对面的那个小弟满头满脸,他惊叫了一声,随后用手捂住自己的嘴,连滚带爬地从那个地方逃开了。

何春华提着刘顺几乎被切断的脑袋,任那些血流了一地。

“记住今天!”他大声地说道,“永远也不要忘记! 是我把你们从何家营那个地方带出来! 是我给了你们活下去的机会! 是我让你们吃饱,让你们有机会搞女人! 我也会让你们拥有更多的东西! 但背叛我,违逆我,背着我搞小动作? 那就是这个下场!”

整个劳工营鸦雀无声,只有远处的悬崖下面,不知道是什么恐龙发出了一声悠长的哀鸣。

何春华重重地把手中的尸体扔在地上。

“杨勇!”

“是,秘书长。”

“把剩下那两个也杀掉,吊起来!”何春华说道,“这几个家伙,你亲自动手,每人五棍!明天我亲自检查,伤要是比春潮轻,那他们该多少棍,你就挨多少棍,清楚了吗?”

“是。”杨勇的心一下子沉了下去,这是要让他彻底得罪劳工,也彻底得罪何春华身边的人,但看着正在死人衣服上擦去刀上血迹的何春华,他不敢有任何异议。

何春华点点头,伸手把何春潮扶起来,背着他向自己的住处走去。

“疼吧?”背着何春潮走到黑暗中,何春华突然轻声地问道。

没有回应。

“你说你这是图个什么?”何春华却继续说道,“从小到大,有什么时候你小子想要的你哥我没给你想办法?那些都是外人,他们想方设法地挖我们何家的墙脚,捞好处,我可以理解,但你要什么我会不给你?你跟那些外人一起来糊弄我?”

何春潮的后背一阵阵地疼,但他心里的那股火却渐渐地消失了。

“你觉得我是真想打你?”何春华说道,“你是我弟弟!别人敢对你动手,老子亲手灭了他!可你知不知道,你这是在挖我们何家自己的墙脚?别人看了会怎么想?他们何家人自己都这么干,那我为什么不能!这要是以前,你干了也就干了,大不了就是损失点东西,我肯定护着你。可现在的情况和以前一样吗?我们何家在这个位置上,已经没有退路了,只能上!不能下!要是上不去,那就是死路一条!不是我们一两个人死,是我们老何家全家都得死!你说,我能当没看见吗?”

“哥……”何春潮终于满是羞愧地叫了一声。

“你别怪哥心狠,要是不真打你,那你这顿打就白挨了。不过你也真是该打!”何春华说道,“要不是杨勇告诉我,我还真不知道你小子把这摊子事情搞成这样。你想想,那些工人真的就只是想弄点吃的?要是让这事情发展下去,难道他们不敢动其他心思？真要是让他们串联起来，趁你没防备的时候来这么一下子，那你小子的命还在吗？你也别恨杨勇，要不是他，我还被你们蒙在鼓里，等出了事就晚了！”

原来是他！

何春潮的恨意马上就转移到了杨勇身上，之前对何春华的那点恨早就无影无踪了。

看我怎么收拾你！

“这摊子事情现在只能先交给杨勇。”

“哥！”何春潮急了，扯到了后背，疼得深深地吸了一口气。

“你别急，现在是下重手干脏活的时候，让他来干比你干好。等他收拾清楚了，你的伤也差不多好了，再让你来接手。外人都不可信，最重要的事情肯定要你来做！但你小子可给我长点心，别他妈又被人忽悠了！这种事情就像是传染病，一开始不控制，后面就泛滥成灾了！”

“哥，你放心！”何春潮背上火辣辣地疼，但心里却舒服了，“要是我再犯浑，你直接打死我！”

“哥房间里有上好的伤药，一会儿让小蕊给你好好地弄一下伤口。你不是一直都想要她吗？从今天起就让她照顾你，以后她就是你的人了。”

“哥，这可不行！”何春潮急忙说道。小蕊一直都是何春华的禁脔，他们平时都是喊嫂子的。

“什么不行？就这么定了！”何春华说道，“你是我弟弟，咱们是一家人，我的就是你的，有什么好说的？一个女人算什么？兄弟同心，其利断金，这话听过没有？别再被那些狗东西忽悠了，只要咱们兄弟齐心协力，何家营算什么？整个远山都是我们的天下！”

“哥，你放心，我一定……”何春潮激动起来，结果再一次触动了伤口，疼得哎哟叫了起来。

“别他妈逞能！好好休息，等你好了，我还得靠你给我好好盯着那些家伙。”

……

安置好了何春潮，杨勇那边也完事了，刘顺等三个挑头的劳工都被割断了喉咙之后，吊在了院子里的那道墙边，那几个之前和何春潮一起管板桥村的小弟也都被打得血肉模糊，一个个背到医务室上药去了。

杨勇满嘴的苦涩，到何春华这里来报告。

“你干得很好！”何春华站起来迎他，让他急忙表现出受宠若惊的态度来，“我这几个叔伯兄弟都是烂泥！根本就糊不上墙！要办大事，还是得要靠你这样有本事的人！”

“秘书长你过奖了！”杨勇急忙说道。

“你放心，你的功劳都在我心里记着呢！”何春华拍了拍他的肩膀让他坐下，又亲手倒茶给他，“等大事成功，你绝对是除了我们何家之外，远山第二的人物！”

杨勇急忙表忠心，何春华让他说完，才开始问正事。

“那些劳工现在是什么情况？”

“都老实着呢。”

“老实？”何春华轻轻地冷笑了一下，“明天早上领工具的时候最危险。要是他们有什么动静，肯定是那个时候！你辛苦一点，今天晚上做个计划，明天以宿舍为单位发放工具交代任务，一领了工具就把人赶到悬崖下面去！晚上回来的时候也是这样，人一上来就先收工具，搜身，然后一群群地领回宿舍。绝不能让他们有聚集和发作的机会！”

“这没问题。”杨勇说道。这个安排和他的想法差不多，只要控制好两个节点不让工人有动手的机会，他们赤手空拳人员分散就翻不了天。他们在悬崖下面当然有暴动的机会，但那下面一没有庇护所，二没有防护措施，外面都是蛮荒之地，死亡率最高的热带雨林环境，要是他们敢动手，只要把升降机一停，他们这些人就只能死在下面。

“只是……传染病的问题？”他小心地问道，“秘书长，这个问题不解决，工人始终不会安心啊！”

“老李医生之前就已经看过了，说是蚊虫叮咬引起的热带病，只有少数身体弱的人才会有危险，大多数人都没事，休息一段时间就好了，”何春华面不改色地随口说道，“早叫他们干活的时候要按照城北那边的说法穿好衣服，他们不听！现在变成这个样子又自己吓自己！你说到底怪谁吧？你明天一早告诉他们，不是什么大事！只要多在旁边拿烟熏，把那些虫子赶走，再把周围的那些水坑都用草木灰填了，就行了。那些病了的人我会送到瓦庄那边去治疗，实在不行，我就请城北的人过来看。让他们放心干活！谁都不会有事的，说不定过几天他们就都好了。”

杨勇对他的说法非常怀疑，基本上一点儿也不信，但何春华的狠辣让他不敢多说什么。

“就这样吧，安排大家回去休息，明天又是硬仗，没精神不行，”何春华说道，“今天晚上加设一倍的哨兵，要是有人敢乱走动，杀无赦！”

整个板桥村如临大敌。

昨晚所发生的事情让很多人都睡不着，第二天天刚亮，哨兵们便又被叫起来，拿起武器，守住了劳工营的每幢房子、每个楼层。

从一楼开始，劳工们被以房间为单位，一群群地驱赶出来带到悬崖边的升降机那里，在那里下发了工具，然后马上放到丛林里去。

而在这个过程中，一直有人不断地把昨晚何春华对杨勇说的那些谎言向他们宣讲，更加上了不少杨勇自己想出来的内容。

被杀的是居心叵测想要拉大家下水，拖着大家一起死的人，杀了他们之后，这个事情就算解决了，再不追究任何人的责任。但如果有人再想搞这些，那发现一个就杀一个。

下面都是丛林，逃也逃不掉，要是消极怠工或者是乱来，只要上面把升降机一停，那所有人都只能困在下面，都是死。

交不够每天要的东西，就不能回来，想活命，就得拼命干活。不然的话，何春华那些人会让他们全部死在下面，然后从何家营那边重新弄人过来干活。

“想干这个的人多的是！”杨勇一次次地大声叫着，“你们要是活腻了，那就试试看！何家营那边有的是愿意干活的人！别忘了当初你们是怎么被挑出来的！别忘了你们在何家营那边过的是什么日子！好死不如赖活着！只要老老实实干活，就能保住性命，没有必要送死！”

人们在城里的时候被强行分隔开，完全是一盘散沙，下去之后虽然有了能够用来反抗的工具，又可以聚集在一起，但那些哨兵反复说的那些东西却像是紧箍咒一样牢牢地箍住他们的脑袋，让他们不敢造次。

每天在丛林里工作的人大概就是五百多，这样的力量甚至比哨兵的总数还少。

而其他留在上面处理他们送上去的东西的人却又被分隔开，根本就没有机会串联。

杨勇派下来的监工甚至比之前何春潮安排的还要少。他们也不干别的，就是一次次地告诉劳工们，他们的反抗不可能成功，任何挑头闹事的人都会被像刘顺他们那样杀掉，吊起来示众。

“除非你们不想回去，情愿死在这片丛林里，”他们对劳工们说道，“不然的话，升降机就这么几台，一次最多上去十个人，你们总归会被分开，怎么可能成功？大家都是讨生活，我们不为难你们，你们也别为难我们。你们在下面要怎么干，要吃什么我们都不管，可该交的东西一点儿也不能少，不然的话，你们回不去，我们也回不去，大家一起死在这里。”

“把他们抓起来和上面那些人谈判！”人群中有人小声地说道。

“你们觉得上面那些人会顾忌我们的死活？”监工中的领头人无奈地说道，“哥们儿，别以为我们几个是什么大人物，我们和你们一样，都是刚刚从何家营被招过来的无名小卒。下来的时候杨勇就说了，如果我们死了或者是被抓了，那他就关闭升降机，让你们全部死掉，重新从何家营招人过来干活。他们这些人心狠手辣，说得出就做得到。大家都是可怜人，只是讨口饭吃，别相互为难好吗？”

还有人心里愤愤不平，但这几个监工甚至连武器都没带，一副逆来顺受的样子，让他们没法拿他们泄气。而他们所说的那些也让劳工们顾虑重重，只能妥协。

“想清楚了吗？”监工头领看了看人们的表情，小心翼翼地说道，“要是大家都想清楚了，那就干活吧。他们要的东西很多，不拼命干根本就交不出来。”

杨勇的策略和何春潮完全不同，在发生了这些事情之后，他也没有办法再继续采取之前的策略。

下面有五六百劳工，你能派多少监工下去？又怎么能保证他们不监守自盗和那些劳工串通起来？

何春华用自己最信任的人都做不到这一点，杨勇自问更做不到。

于是他仔细地研究了之前何春潮管理这摊子事情时的记录，直接给他们在日平均收获量上增加了百分之六十作为每天的标准。不管你们在下面怎么搞，反正我就要这么多，你有本事多弄，那就算你们自己的，只要别被我看到，我就当不知道这事。

反正之前他们有空搞那些东西来收买监工，甚至收买到了何春潮这个级别，说明他们的劳动强度远远没有达到极限，有足够的时间来搞这些小动作。

这个标准应该能够让何春华满意了，至于后面要怎么想办法给自己弄好处，杨勇暂时还没有想好，但他相信总能想到办法。

不过这件事情急不得，现在何春华肯定会盯着这一块，现在就搞小动作，那真的是不长眼自己找死了。

就在他盘算着这件事情的时候，何春华却叫了七八个病症轻微的劳工，让他们把那些病人一个个从病房里扶出来，弄到有篷布遮盖的卡车上去挨个坐在一起。

“我带你们去城北看病，”他对这些人说道，“他们那边有康华医院的医生，肯定能把你们都治好。放心，你们会没事的。”

很多人已经烧得迷迷糊糊的，根本就没有任何意识，只是机械地被别人摆弄。有些人还有意识，但他们没有力量反抗，也没有余力去怀疑。

上百人密密麻麻地塞了两辆卡车，两个士兵过来在车厢后面拉起帘子，嘱咐他们不要乱动，车子便发动了起来。

人们看不到车子外面的情况，只感觉车子驶出了板桥，右拐上了公路，随后便一直摇摇晃晃地往前走。

大概过了十分钟，车子突然停下，他们听到其他车子的发动机轰鸣声渐渐远去，自己乘的车子却熄了火，停在原地。

恐惧让还清醒的那些人屏住了呼吸。

“不会的，不会的，”有人不停地摇着头，低声地说着，“这么多人，他们不可能这么狠心……”

就在这时，他们听到了沉重的鼻息声，它踏着沉重的脚步慢慢地绕着车子走着，最后来到了车子后方。

所有还清醒着的人的血液都凝固了。

一个硕大无朋的脑袋撞破帘子，从车厢后面探了进来。

“春华哥，他们几个回来了。”

“我知道了。”何春华点点头。

他站在窗户旁边，看着那只暴龙把车子后面的帘子掀开，一口咬进去，随后高高扬起，把那个还在挣扎的人体一口吞下去。

而更远的地方，几只中型恐龙正在攻击另外一辆车子。

只怪你们自己运气不好。

他低声地说道。

杀人对他来说已经不是什么大事，从来到这个世界以后，直接或者是间接死在他手上的人命也已经有几十条，如果算上那些见死不救或者故意让他们去死的，那就更多了。

但一次把上百人送到暴龙活动的区域，让他们成为恐龙的食物，依然让他的心情微微有些起伏。

下辈子投个好胎。

他对那些人说道，随即离开了窗口。

杨勇来找他汇报了劳工的事情，他对于杨勇所采取的策略没有什么意见。对于他来说，只要能够保证有足够的粮食供应，同时不动摇他在瓦庄和板桥的统治，那这些人是死是活都没有什么太大的意义。

“找机会收买几个人，”他对杨勇说道，“让他们自己管自己可以，但底线是什么你应该清楚。如果他们跨过底线，那该杀就杀。”

杨勇点点头，他也是刚刚知道何春华把那上百人送去喂了恐龙，这让他对何春华更加防备了。但现在，他还没有能力从何春华的控制下自立：“不过秘书长，少了上百人，这产量……”

“这你不用操心，我会尽快到村里去招人。”何春华说道。

“那我就没什么事了，”杨勇说道，“秘书长，那你忙，我先走了。”

何春华在办公室里坐了一下，又到楼上去看了一下几个被打的小弟，隐晦地告诉他们这件事情是杨勇告的密，然后才到地下通道的施工现场去视察。

何家营到瓦庄村的地下通道几乎已经连通，只剩下最后一段不到二十米的地段必须人工挖，而瓦庄到板桥则还有很多工作要做。十几名劳工正在地下摸索那些下水道、煤气管和电缆沟的位置，希望能够从中找到一条距离最近、开挖量最小的线路。

地下通道最大的问题是积水，排水系统已经完全失去作用，大量的雨水无处可去，就这样灌在这些地下通道里。何家营到瓦庄村的那一段下水道里的积水有将近三十厘米，而瓦庄到板桥这边则更深，完全没有办法按照他的构想那样成为顺畅的通道。

每次都动用车队驱赶暴龙对他来说也是一个不小的负担，这让他只能尽量待在位于中间位置的瓦庄村训练新入伍的哨兵，同时关注何家营和板桥的事情。

何家营的事情有大哥把握，问题不大，而板桥这边则只能交给何春潮，累积到一定量的物资之后，用车队运到瓦庄，然后再分一部分运到何家营去。

但他手上控制的汽油却在这个过程中飞快地消耗，已经快要没有了，如果不能尽快打通板桥到瓦庄的通道，那车队将没有办法再使用。这也意味着，何家营、瓦庄村和板桥村这三个地方将失去联系的手段，他将失去对后两个区域的控制，只能选择其中一个地方作为自己的基地。

这是他不能容忍的结果。

“老段，现在是什么情况？你说的那个人工提水装置设计出来了吗？”

“何秘书长。”被他称为老段的男子正在苦苦地思索着什么，被他吓了一跳，随后急忙恭恭敬敬地对他点了点头。这人是他从难民里发掘出来的人才，最大的好处就是唯唯诺诺，没什么胆量，更没什么野心。

“模型我已经做出来了，在盆里试了一下，应该能用。”老段急忙把一个用金属制成的小东西拿给他看。这东西有点像套了一个自行车的老式水车，人在高处蹬脚踏板，由链条带动下面的转轮，就可以把水从低处带到高处。效率大概不会太高，但好处是只要有人，就能一直源源不断地抽水。

何春华在旁边那个水盆里试了一下。“有点意思，”他说道，“那怎么还不做实物？”

“秘书长，我主要是在想，即便是能把水打出来，可没地方排，就这么排到地上或者是其他管道里，它们最终还是会流到我们的地下通道里，这不就成做无用功了吗？”

“你有什么想法了吗？”

“我刚刚看了一下附近的草图，秘书长，你看，其实我们这里距离悬崖边已经不是很远了，而且这一段都在我们的控制下。我们是不是可以挖一条沟，把这些积水排到悬崖下面去？”

何春华对这些东西一窍不通，于是他随意地看了看，道：“我觉得可以，那要怎么干？你要多少人？多长时间？”

“直线距离有将近五百米，不过我们这一段可以做成明渠，把村里以前的落水管拆下来，从中间剖成两半，然后搭接到一起。不过前面这段要建一个位置高一点的水池，形成落差……”老段小心翼翼地看着何春华的表情，“要是有个一百人左右，也许十来天就能弄出来。”

“十来天？”何春华摇了摇头，“我哪有那么多时间？给你两百人，五天之内给我弄出来！通道这块你也不能放，两边都要管起来。我让霍斯来给你打下手，五天之内一定要弄通！”

“霍斯？”老段的脸一下子苦了起来，“秘书长，你……你还是让我自己来吧。”

两人正说话，一名小弟突然慌慌张张地跑了过来。“春华哥！春华哥！”他上气不接下气地说道，“李埔，李埔他突然发起烧来了！”

何春华的脸色一下子变得很难看。

李埔是他姑姑的儿子，也是他们李家这一辈最小的一个儿子。因为不同姓，他和何春华的关系不像何春潮那么好，但怎么说也是他的表弟，算是很亲近的关系。

李家算是何家当前最有力的盟友之一，年轻一辈的几个兄弟都跟着他们何家哥俩混，所以他才把李埔交给何春潮来带。昨天晚上李埔也是被打的人之一，何春潮都被打了，不给他们点颜色看看，他们也不长记性。

可一晚上下来都好好的，刚才他去看他们的时候都没事，怎么会突然就发起烧来了？

何春华急急忙忙地把事情安排给老段，一路小跑着向李埔的房子跑去，还没进门就看到小弟们一窝蜂地站在门口，却没有人进去。

“怎么回事！”他不满地问道。

“春华哥……”小弟们让出一条路来。

但在他要进房间的时候，一名小弟终于说道：“春华哥，李埔他……他也开始浮肿、抽筋了……和那些人一模一样！”

何春华的脚步马上停了下来，再也踏不下去。

“粪便、尿液和唾液的培养物里都没有发现，但在血液样本中却发现了大量的病原体。”段宏对张晓舟说道，“城南的那些病人所得的更像是一种原始的类似疟疾的热带病，病原体通过蚊虫传播，在患者的血液中繁殖，比疟疾的症状更严重。”

“致命性呢？”张晓舟问道。

“这你要问城南的那些人，”段宏答道，“我们只是采集到一些患者排泄物的样本，同时从他们那里获取了一些关于患者症状的描述，并没有更具体的信息，所以我没法告诉你这病有多致命。但有一点是毫无疑问的，我试过我们手头上现有的抗生素和磺胺类药物，对这种病原体并没有显著的作用。以我们现在的医疗手段和药物储备，很难做出有针对性的治疗。”

张晓舟深吸了一口气，点了点头，这也是他们当前所面临的现状。

“就按这个给他们报告吧。”他对段宏说道。

在丰收节前夕从城南何春华那边得到某种传染病可能蔓延的消息，这简直就是当头一棒。

好在最终的结果并没有想象中那么糟糕。联盟一直都非常注意消灭蚊虫滋生的环境，也一直都提醒大家注意防范蚊虫叮咬，用烟熏死虫子。这种疾病虽然可怕，但对城北联盟的威胁并不算很大。

段宏却迟疑了一下：“也不是完全没有办法。”

“什么？”

“你还记不记得，之前我们辨认出来的那些不能吃的植物？其实里面有一些我没事的时候研究过，它们会引起人体不适的原因应该是含有大量的生物碱，而这是中草药的重要有效成分之一。如果出现病人，可以把这些植物分别给他们服用，看有没有效果。这样做基本上是碰运气，很多病人也许会死，但总比一点儿希望都没有强。我们的祖先也许就是用这种办法一点点地把草药的药效给分辨了出来，要是我们运气好，也许能找到类似金鸡纳树那样可以治疗这种疾病的植物。”

看到最后一页，何春华终于忍不住把那份报告重重地砸在墙上。

这种办法简直就是天方夜谭，他们列出来将近二十种植物，天知道要死多少人才能把正确的试出来！如果运气不好这些植物都没用呢？

再说了，他现在到哪里去找那么多病人？

他随手抓起桌子上的东西，暴怒地砸在墙上，直到手边什么都没有为止。

人们都知道他的心情不好，远远地避开了他的房间。

要是早知道这病不会传染……那他又何必让那些人去死？那也许，李埔就还有救……

但现在……

他深深地吸了一口气，努力让自己平静下来。事情已经发生到这一步，再怎么后悔也没有用了，只能想办法解决问题。

“把杨勇找来！”他大声地对外面叫道。一名小弟远远地答应了一声，一路小跑着去了。

“秘书长，你找我？”杨勇匆匆赶来。他知道何春华的心情不好，于是越发小心翼翼。

“李埔也发病了，这你知道了吧？”

杨勇沉默地点了点头。

大家都说李埔是因为被他用棍子狠狠地打了五下之后才变得虚弱而引发了那种可怕的疾病，这让他如履薄冰。他当然知道李埔是何春华的表弟，逼他动手的是何春华，但他也尽可能地放了水，他怎么知道会变成现在这个样子？

“我之前说动城北的人过来给他看了一下，”何春华说道，“那是他们刚刚派人送来的报告，你先看看再说。”

杨勇从墙角把那份文件捡了起来。他本能地厌恶一切从城北来的东西，但他不得不承认，他们现在做得已经超越了城南很多。

想要打垮他们已经变得一天比一天困难，他不知道何春华是用什么代价换取了他们专程派人到这边来给李埔检查，但他心里却忍不住想着，果然你们何家人的命才是命，其他人的命什么都不是。

他一目十行地跳过了那些讲述病理和判断过程的文字，很快就看到了结论，于是他马上就明白了何春华乱发脾气的原因。

“现在又有人发病了吗？”何春华看着他手上的动作，知道他已经看到了结论，于是问道。

“暂时还没有。”杨勇答道。

按照这份报告的结论，他很容易就判断出来，这一批劳工当中，体质弱容易发病的那些应该就是之前的那一百多人，按照之前他们的工作作风，从没被蚊虫叮过的人几乎不存在，如果会发病，那应该早就已经发了。

但他不敢这么对何春华说。

"你应该知道后果，"何春华说道，"我当然知道不能怪你，但其他人非要那么说，我也管不住他们的嘴。"

"秘书长！"杨勇急忙说道。

这是什么意思，准备找替罪羊了?!

"这件事我会扛着，但我们一定要想办法把李埔治好，"何春华说道，"如果他真的死了，李家的人闹起来，问题会很严重，你明白吗?"

杨勇点点头。

他看着何春华脸上焦躁的表情，心里有些不安起来。片刻之后，他就推翻了自己心底的犹豫。

"我们得想办法让更多人发病，"他终于对何春华说道，"这批劳工应该是有抗体的，得找新人。"

何春华马上就明白了他的意思，而他半秒也没有犹豫。

"好，"他马上说道，"我这就安排车队回何家营招人，你把之前的那些收获都拿出来，搬上车。做好准备，新人一来就让他们到丛林里去！"

这一次招人的速度空前地快，只是两个小时之后，何春华就带着两百多人回来，根本就没有按照以前的规矩把他们带到瓦庄那边去筛选，去讲规矩。

他的脸色很难看，很显然，要么是付出了很大的代价，要么就是受到了某种压力。

杨勇马上就安排这些人到丛林里去，何春华的表现让他感觉到了危机，心里那不多的一点点愧疚感马上就消失得无影无踪。他根本就没有提醒他们任何关于病症和蚊虫叮咬的事情，如果不是之前那些人已经知道这些，没有办法洗脑，他甚至期望着他们在下面不要点任何烟雾，不要有任何防蚊虫的措施，最好是让这些新人一无所知，全被叮了才好！

这种时候，他们最好是今天晚上就发病才好！

"采集这几种植物，越多越好！"他把派下去的监工叫上来，把城北联盟那边给出的标本拿给他们看。

“这些不是有毒的植物吗?”他们之前都受过培训,认识这些植物。

“你们不要管这个!”杨勇的情绪也开始急躁了起来,“这些有可能是能治病救命的草药!总之,越多越好!你们告诉那些人,这些东西可以两倍充抵今天上缴的粮食!”

“不对劲。”人们本能地感觉到了不安,但因为所处的层次不同,他们没有办法做出正确的判断,虽然心里满满的都是疑虑,但还是只能按照他的吩咐去做。

何春华和杨勇焦急地等待着,恨不得禁止任何人再点燃烟雾熏走蚊虫。但他们终究还没有完全丧失理智,这新来的两百多人全病倒没关系,但如果大规模出现这样的病症,那就算是把李埔医好,板桥也废了。

他们只是祈祷着,这病不要有什么几个月长的潜伏期,最好是马上被叮马上就发作,病得越重越好!

四天之后,第一个病患终于出现了。何春华迫不及待地把选好的一种草药给他吃了下去,但他却很快就出现了强烈的中毒反应,甚至还没来得及催吐就死了。

“剂量大了?还是药不对?”何春华焦躁不安地说道,“我靠!这么多天了怎么就他一个?其他人呢?怎么还没人发病?!”

李埔的情况已经很糟糕,他们都不知道他还能坚持多长时间。

杨勇感觉何春华的脾气越来越大,李埔的母亲已经从何家营赶过来,专门照顾儿子。

杨勇小心地躲避着这个因为儿子溺死而陷入疯狂的女人,但他还是好几次看到她怒气冲冲地从何春华的办公室里走出来,不知道他们之间说了些什么。

纯粹乱来的药物试验还在继续,不断有人病倒,然后吃了那些药死去。有些人意外地撑了下来,但病症却没有好转的迹象,于是很快就死在另外一种植物手上。

第六天晚上,李埔终于死了。

第16章 暴乱

“把杨勇带过来。”何春华在听到李埔的死讯之后，马上对来报信的小弟说道，在他离开之前又改口说道，“绑过来。多带几个人，小心一点，别把事情搞大了！”

那个小弟愣了一下，随即用力地点点头：“好嘞！”

何春华已经可以预见到姑姑马上就会出现在自己面前，大哭大闹着要自己把表弟的命赔给她。

他当然赔不出来，但为了维持和李家的盟友关系，他还有一个人可以交出来。

毕竟不管怎么说，虽然当时下令的是他，但实际动手的人是杨勇，把他交出去应该可以平息李家的一部分怨气，而其他的，就只能靠亲戚关系、利益和时间来消磨了。

可惜了。

他微微地叹了一口气。

杨勇算是他身边有能力的人了，可惜的是，他不是何家营的土著，自己又没有什么表妹堂妹之类的可以嫁给他。

不是一家人，终究不是一条心，没法全信。

另外一个方面，不是何家营的土著，就很难融入这个圈子，而何春华也没有能力去强行改变自己最亲近的那些人的想法，让他们接受如杨勇和老段这样的外人。他们再有能力，再能干再肯干，也无法改变这样的现实。

抛开村里这些血脉相通的亲人去拉拢外人？

那是脑子进水了嫌自己命长吧？

给他个痛快，也算对得起他了。

杨勇在自己的屋子里，躺在床上却睡不着。

不知道为什么，他今天晚上一直都觉得心神不宁，坐卧不安。

他下意识地坐了起来，在黑暗中摸索着那些自己很早以前就已经准备好的东西。

有人敲门。

"谁啊？"他装作迷迷糊糊地问道。

"我！怎么？睡了？"门外的人说道，"春华哥让你去他办公室一下。"

杨勇根本分不清何春华那些亲戚谁是谁，只记得何春潮等几个关系近的，但从称呼就可以搞清楚。叫春华哥的多半都是有亲戚关系的，叫华哥的一般来说都是村子里的土著，而像他一样叫秘书长的，肯定都是外来者。

简单的称呼就能分出远近亲疏，真是一种悲哀。

他答应了一声，准备站起来开门，却听到门外不止一个人。

他的血液一下子凉了下来，下意识地抓住了那些用来应急的东西。

"快点啊！"门外的人叫道。

以往这些人来叫他都是转身就走，什么时候还会在外面等他了？

"马上马上，我穿裤子。"杨勇随口答道，自己却迅速地把窗户打开，跨了出去。

好在他住的地方是三楼，好在窗户后面是一块刚刚耕种出来的玉米地，土应该还很软，掉下去应该也不会有什么事。

他小心翼翼地把自己吊在窗台上，伸脚去够二楼的窗台。就在这时，门突然被人粗暴地撞开！他不再迟疑，放开双手向后落了下去。

淋过雨的泥土又稀又软，杨勇顺势滚了一圈，终于把下落的力量抵消，身体也没有受什么伤。那几个人站在三楼的窗台惊叫了几句，但终究没有勇气像他一样跳下来，只能急匆匆地又冲了出去。

杨勇马上向板桥村的外侧跑去。

往哪里逃？

从李埔发病开始，他其实一直都在想这个问题。

联盟还有可能接纳他吗？这一点他深表怀疑。

即便是他们肯，他也不会就这样灰溜溜地逃回去，托庇在那些他曾经看不起的人手上。

如果他回去，那一定是作为征服者而不是别的身份。

何家营？

任何敢于收留他的人都将同时面对何家和李家的疯狂攻击，即便是他有能力帮助他们开辟丛林，以那些人的胆量也绝对不敢同时应对他们的怒火。最大的可能性是利用他开发丛林，谈条件，然后像何春华这样毫不犹豫地出卖他。

那就只有一个选择了。

虽然他们从很久以前就已经拒绝再接受任何外来者，但杨勇相信，只要自己能够活着逃到他们那边，只要他能够见到其中的某个实权人物，就一定能进入，并且凭借他对城北联盟和何家营的认识而迅速成为重要人物。

这是一场《三国演义》般的斗争，只要他们有脑子，就不可能把他这样重要的人物拒之门外。

要活着逃到那边！

他的脚下越来越快，一队哨兵打着火把从不远的地方走过，他急忙停了下来，悄悄地躲在阴暗的角落里。

"什么人？"有人听到了他的声音。

几个哨兵都慌张地把手中的长矛竖了起来。

"慌什么！是我！"他马上从黑暗中现身，强行把慌张压了下去，像往日那样说道，"有什么情况没有？"

"杨队长，"几个哨兵急忙恭敬地说道，"没事，我们都一直看着呢。"

"衣服拉起来一点儿！"杨勇心里急得要命，但脸上却一点儿也不敢显露出来，"最近那么多人被这些虫子叮了之后生病，你们不会怕是不是？"

几个哨兵急忙把因为热而拉开的衣服重新合了起来。

"我到那边看看去。"杨勇随手指了一个和他的目的地完全不同的方向，然后匆匆消失在黑暗中。

“我靠！装什么装啊！不就是一条狗吗？”一名哨兵低声地说道，“有什么了不起的？”

“闭上你的嘴！”他们的队长低声喝道，“你小子别连累我们！你看看那些劳工，一下子死了那么多！小心一下也是应该的。”

年轻的哨兵嘀咕了几句，这时候，另外一群人匆匆追了过来。

“刚才有人过去吗？”领头的那个人大声地问道。

“没什么人啊？”哨兵们惊讶地答道，“就只有杨队长查哨呢。”

“杨勇？”那个人气急败坏地叫道，“他往哪儿去了？”

哨兵们指了指某个方向。

“你们几个跟我一起来！抓住杨勇，赏女人一个！”

杨勇躲在黑暗中小心地听着他们的声音，直到他们向错误的方向离开，才跑了出来。

事情发生得太急，现在又极度缺乏通信手段，这让消息没有马上传遍整个营地，这就是他的机会。

他往前跑了没多远，又遇上了另外一队哨兵。

这一次他主动迎了上去。

“你们怎么还在这儿？！”他大声地叫道。

“杨队长？”

“劳工营那边暴动了！”杨勇焦急地说道，“你们快点过去帮忙！”

“哦！”他经常都像这样代表何春华发布命令，哨兵们丝毫也没有怀疑，匆匆向劳工营那边跑了过去。

杨勇这时候才想到，其实他完全可以趁这样的机会在板桥村制造出一阵混乱，至少能让何春华吃个教训。

但他现在已经到了板桥村北部边缘，再回去劳工营制造事端已经来不及了。

“你们几个！快点去劳工营帮忙！那边暴动了！”他大声地对遇到的哨兵说道，把人全部调开。他随后抓起岗哨旁边的一个火把，把附近的一间库房点燃了。

这就是你出卖我的代价！

他充满恶意地笑了起来，把火把扔进了另一间库房。

营地里终于彻底混乱了起来，人们从睡梦中被惊醒，有人开始救火，也有人趁乱发泄自己平日的不满，更有人惊慌地大叫、乱跑，让更多不明就里的人慌乱起来。

烧吧！烧吧！最好是把所有人都烧死！

杨勇疯狂地大笑着，快步向北面的一条通道走去。

几名哨兵正惊惧地看着起火的方向。

“还愣着干什么？”杨勇对他们说道，“还不去救火？”

“但是……”哨兵们有些迟疑。

他们的任务是守在这条用铁刺网遮蔽起来的通道前，一旦有恐龙靠近就用长矛隔着铁丝网把它们赶走，同时向周围发出警报。

“留一个人就行了！快点！粮食都烧了我们吃什么？！”杨勇大声地说道。

哨兵们于是不再迟疑，留下了一个最年长的成员，其他人都匆匆向火场方向跑去。

“抽烟吗？”杨勇在其他人离开之后问道。

“哎……那怎么好意思，杨队长。”这个哨兵显然是个烟鬼，但他的身份让他已经很久没有碰烟了，听了杨勇的话，他马上屁颠屁颠地跑了过来。

杨勇假装摸烟，实际上却伸手把匕首抽了出来。

“这么多领导里，还是杨队长你最有能耐……”哨兵还在眼巴巴地等着他的烟，却被他突然按住嘴，匕首连续在胸口捅了好几下，马上就倒了下去。

“我靠！”虽然已经努力避开，但杨勇身上还是被溅了不少血，这让他担忧了起来。黑暗中，那些恐龙会不会被引过来？

但他已经没有时间换衣服了，他把尸体拖到黑暗中，掏出小型破坏钳，飞速地向铁刺网跑去。

两拨被杨勇故意误导的巡逻队遇上了其他队伍，叫着他们一起到了劳工营准备镇压暴动，而这样的动静让那些还没有睡着的劳工马上就惊醒了。

之前那次屠杀让他们心有余悸，相同的场景马上就让他们恐慌起来。

这是又要杀谁了？

就在这时，远处突然起火了。

本来将信将疑的那些守卫此时也不再怀疑了，肯定是有人逃出去放了火，他们马上就全部动员了起来，甚至把那些已经睡下的队员也叫了起来，下发武器。而这越发让劳工们恐慌了起来。

“不是说既往不咎吗？”

“他们这是要动手了？”

“他妈的，不给活路了吗？”

“跟他们拼了！”

很快就有人把床拆了，把那些木板和木条作为武器拿在手里，那些卡在木头上的钉子成了最好的武器。

守卫听到动静，向这间宿舍跑来，而被恐惧吞噬了理智的劳工们在其中一个人开门进来看里面的情况时，狠狠地一棒砸了下去！

等到何春华把劳工营的混乱控制下来，已经有将近两百人倒在地上，将近五百人受了伤。这还是因为事发的时候大多数劳工都已经被分割在各自的宿舍里，被守卫们挡住没有办法冲出来的缘故。

按照他们现在的医疗条件，至少有一百多人活不了命。

守卫们和劳工们这时候终于都冷静了下来，许多人看着自己的手瑟瑟发抖，完全想象不到，自己在不久之前怎么会变得如同野兽。

“守住这里！再有人敢乱传消息，格杀勿论！”何春华下令道，带着其他人匆匆赶往火场。

那两间房子已经烧得完全看不到扑灭的希望，他只能指挥人们把周围那些房子里还能搬的东西赶快搬走，把周围的房子直接砸掉，以免火势蔓延得更远。

到了这个时候，他才终于有时间梳理发生的事情。

“到底是怎么回事？”何春华气得浑身发抖，对那个派去抓杨勇的小弟问道。

那小弟吓得一句话也不敢说，那些和他一起去抓杨勇的人也脸色惨白，不知道何春华会怎么处理他们。

“说！”何春华暴喝了一声，那个小弟下意识地往后退了一步，却不小心绊在自己的脚上摔了下去。

“真的不关我们的事啊！春华哥！”他惊慌地说道，“我们连门都没进那王八蛋就从三楼跳窗跑了！肯定是有人提前就偷偷给他通风报信了！”

“要是有人通风报信，那他怎么早不跑晚不跑，偏偏你们去的时候才跑？”

“我不知道……春华哥，春华哥你听我说，我真的不知道啊！你问他们！你问他们！我什么都没干，就是隔着门叫了他一声啊！”

“你们怎么不直接踢开门进去抓他！”何春华几乎已经失去了理智，面对如此之大的损失，任何人也冷静不下来。

他狞笑着把手移到身后的军刀把手上，那个小弟吓得魂飞魄散，却没有反抗的勇气，只是不断地在地上痛哭求饶。

惨叫声突然从远处传来。

“他妈的又怎么了？！”何春华暴怒地问道。

回答他的却是一大群疯狂奔逃的人，几只中型恐龙追在他们身后，高高跃起，在人群中散布着杀戮和死亡。

“救命啊！”人们马上就慌张地逃窜起来。黑暗中，谁也不知道那些东西到底有多少，会从什么地方冒出来，士气瞬间崩溃，让整个板桥再一次彻底陷入了混乱。

“张主席！”夜班的哨兵把位置让给闻讯匆匆赶来的张晓舟等人，站在新洲酒店的楼顶直接用肉眼就能看到板桥村那边的火光，甚至能够隐隐约约听到人们的哭喊。

“怎么回事？”钱伟接过一个望远镜，同时问道。

“不知道，这几天他们那边一直都不太平，”哨兵有些紧张地答道，“但之前有惨叫声传过来，那边应该是出大事了！”

没有电之后，夜晚对于人们来说始终都是极其危险的时段。视线受阻，人们的战斗力几乎没有办法发挥出正常水平的一半。

在这种环境下，即使是已经杀死很多恐龙的新洲团队也不敢托大，而那些负责守夜的联防队员则往往要依托大量的火把和足够的人才敢离开值守点去巡逻。

在长久的猎杀之后，恐龙已经很少会翻越高速公路到城北来，但即便是这样，夜晚依旧充满了不可知和危险。

新洲的哨兵在这种情况下主要负责观察地质学院和城南几个村子的灯火，据此来对他们的行动进行一些判断。

小部队或者是个人潜入城北的事情很难避免，但在治安联防制度和身份证工作牌制度实行之后，外来者其实很难隐藏自己的行踪，也不太可能进入重要场所，所以不是什么大问题。

而大部队行动，在这样的环境下，不可能不点火把，一点马上就会被哨兵看到。紧急情况下，他们将会点燃新洲酒店楼顶的灯笼，以不同的数量和组合排列方式来向联盟总部传递不同的信息。

近在咫尺的板桥村一直都是他们重点关注的对象，何春华等人可以说是在他们眼皮子底下挑选和训练新人，所以对于何春华实力的增长，城北一直都重点关注。

联盟上层已经有一种普遍的看法，不能再继续放任何家营的力量发展下去。

他们现在在瓦庄的常备兵力已经达到了将近四百人，无限接近每天在新洲酒店外面的空地上接受训练的联盟民兵。如果他们真的对联盟发动突然袭击，以他们的潜藏实力，联盟就算是能够把他们击退，也必然会付出惨重的代价。

双方目前当然还保持着一种相对友好的态度，甚至偶尔还互通有无，但任何人都清楚，这种友好只是一种虚幻的假象，随时都有可能被扯碎踩在地上。

人们开始对之前张晓舟一力推动的引导何家营开发丛林的决策质疑起来，当初就有人提出，以何家营的人力，即使是在技术和管理手段上远远不如联盟，但他们完全可以用人命去换经验，用人命去换产量。而在他们渡过粮食危机之后，将对联盟造成严重的威胁。

那时候张晓舟和王牧林站出来推动这个计划的理由是那些开发丛林的人将会成为何家营内部的反抗者，开发过程本身也会消耗何家营的潜力。但现在看起来，何家营显然把那些人控制得很好，哨兵们经常能看到有死者的尸体被他们抛出村子。但那些劳工每天早上都被卫兵押送着到悬崖那边去做工，天黑之前又被带回到房间里去。

这样的生活在联盟的人看来简直无法想象，也成了邱岳的宣教部的绝好材料，但最直观的结果是瓦庄的兵越来越多，反抗和暴动却丝毫也看不出有发生的迹象。

几天前板桥那边曾经在半夜出现过一些状况，那时候张晓舟等人也从康华医院赶来观察到底是怎么回事。

但因为距离和光线的问题，他们只能看到板桥那边点燃了上千支火把，而且有隐隐约约的叫喊声，却搞不清楚发生了什么。

第二天早上天亮之后，他们才看到劳工居住的区域有几具尸体被吊了起来，与此同时，那些守卫对于劳工们的控制明显加强了，整个板桥村也显得如临大敌。这让联盟猜测他们内部是不是发生了一次未遂的暴动。

但接下来的事情却让他们越发看不懂，三辆卡车离开板桥向南边驶去，随后停在那块空地上，只有一辆车匆匆逃了回去。几分钟后，那些长期在何家营周围活动的恐龙发现了这两辆卡车，并且马上就对他们疯狂地发动了攻击。

那里面明显有不少人，但让联盟的人感到奇怪的是，只看到那只暴龙和大量的中型恐龙在那里驻留，却没有看到任何人逃离。

邱岳猜测之前的那个晚上他们也许处决了大批反抗者，并且用这样的办法处理了尸体。

人们非常想知道城南到底发生了什么事情，正是因为如此，当何春华派人过来说出现了疫病请他们帮忙时，他们假意推托，随便提了一些要求就迫不及待地派了人过去。

段宏这样的宝贵人才当然不可能被派过去，事实上，他们也没有派任何医生过去，只是派了两名有一定医疗常识的联盟工作人员过去。他们希望能够打听到发生了什么事情，但除了知道有一种严重的疫病在板桥流行之外，什么有用的消息都没有弄到。

传染病存在的可能性让正在策划丰收节的张晓舟等人大为紧张，好在段宏等人最终证实，那只是一种严重的类似疟疾或者是登革热、黄热病的由蚊虫传播的热带病，对于一直非常注意这些工作的联盟来说，并没有太大的威胁。

那两辆车上也许是死去的病人的尸体？

人们又这样猜测起来，这也可以说明，他们为什么要远远地把那两辆车子停到远离村子的空地上。

这其实是他们之前极力推动何家营开发丛林时期望看到的结果，而今天晚上板桥村那边的大火和混乱毫无疑问是一场暴乱，只是不知道结果如何，会不会让何家营伤筋动骨？

毫无疑问，张晓舟再一次证明了他的远见。

但他看着那些火光，却并不高兴。

为了联盟的壮大，也许这是必需的过程和手段，但每死去一个人，远山幸存者的力量就再一次被削弱。

他们还能承受多少次这样的损失？

天色终于亮了起来。

那两幢房子的火已经灭了，烟雾翻腾，温度依然很高，里面可以烧的东西几乎已经全部烧光，只剩下一个黑漆漆的框架，看上去无比凄惨。

但更加凄惨的却是那些分散在周围的尸体，真正被恐龙杀死的人并不多，但在恐龙出现的那一刻，许多人正聚集在火场附近救火，在恐惧造就的混乱中，有三四十人被践踏而死，受伤者不计其数。

何春华冒着巨大的危险拉起了一支队伍，拼命地把那些恐龙从板桥村里赶了出去。

幸运的是，那个被杨勇剪开的破口位于板桥村北面，而那只暴龙一直守在那辆装满病人的卡车旁，并没有随着这些恐龙进入板桥，否则的话，何春华真的只有哭了。

但他的心却依然在滴血。

这样的损失对于他来说已经足够伤筋动骨，势必需要很长时间才能恢复过来。劳工的损失，物资的损失，而最严重的后果，则是闹事的苗头。

一个小小的杨勇就能轻易把他苦心经营的板桥搞成这种样子，那以后他如果再责罚任何人，他们会不会有样学样？

如果每个人一被惩处就放火制造混乱甚至是引恐龙进来吃人，那他还怎么管人？怎么当这个头？

一定要把他抓回来！抓住他之后，要把他千刀万剐！

“春华哥……”霍斯灰头土脸地过来，“那些劳工怎么办？”

“除非是伤到不能动的，否则的话，其他的照样按宿舍一批批地给我赶到悬崖下面去！”何春华强压着怒火说道，“工不能停，标准也不能降！他们敢闹事，那就要承担闹事的后果！”

“但是春华哥……”连续经过几次事端，还能干活的劳工的数量已经降到了一个很低的水平，让这些人按之前的标准上缴？那他们还肯下去吗？

“让最后一批人把今天要上缴的标准带下去！”何春华狞笑着说道，“要是完不成，那他们今天就全部死在下面吧！”

收殓和处理尸体，修补被破坏的缺口，给那些受伤的人做简单的处理，这些事情占据了整个上午的时间。但何春华却越想越怒，吃过午饭之后，他终于无法压抑内心的愤恨，把这边的事情交给霍斯和伤势稍稍有些好转的何春潮，带上了一半的士兵，沿着刚刚修通的地下通道回到了瓦庄。

“所有人都跟我走！”他对留守瓦庄的部下们说道，“新兵也跟来，排在后面！”

“去哪儿？”

“城北！”何春华咬牙切齿地说道。

上百人一起行动，很快就把瓦庄村通往高速公路的那个地方填出了一个足够五人并行的斜坡。但就在这时，高速公路上方响起了密集的脚步声，联盟把今天轮值的两个区的民兵紧急调了过来，堵住了坡头。

“何秘书长，你想干什么？”张晓舟全副武装站在队列前面。他的身边是临时抽调过来的新洲的队员，他们穿上了张四海刚刚给他们做的新甲，防御能力姑且不论，但外形真的是很酷，有种让人望而却步的感觉。

配上红色的披风和整齐划一的制式长矛，这十几个人给瓦庄村士兵的威慑力甚至远远超过了在他们身后那些民兵手上的长弓。事实上，已经普及到个人的这种东西才是真正会给他们带来灭顶之灾的大杀器。

这样的局面让何春华的怒火稍稍平息了一些，但他现在能拉起队伍靠的就是一个“狠”字，靠的就是他从一开始树立起来的无惧形象，这让他口头上毫不示弱。

“张晓舟你来得正好！把那个叛徒交出来！”

“叛徒？我不知道你在说什么？”

何春华冷笑了起来：“昨天晚上板桥那边那么大的阵仗，你们会不知道？杨勇在哪里？把他交出来！大家就还是好邻居！不然的话，从今天起，咱们就不死不休吧！”

“杨勇？”张晓舟摇了摇头，“我不知道你们那边出了什么事，但你觉得杨勇会逃到我们这边？何秘书长，这可能吗？我们这边可是有很多人的家人因他而死，恨不得扒了他的皮！如果换成你，会逃到我们这里来？”

“那你让开一条路，让我去找他！”何春华马上说道。

“这不行！”张晓舟断然拒绝。

眼下正是丰收的季节，隔着高速公路不远的地方就是他们开辟出来的田地，城南的这些兵堵在这里容易，让他们翻越这个屏障，事态就不在联盟掌控之中了。

“那你是非要和我翻脸了？”何春华大声叫道。

“我们根本不知道发生了什么事，但何秘书长，如果是我带着身边这些人说要去瓦庄转转，你会同意吗？”

“我一定要抓住这个叛徒！你明白吗？”何春华一字一顿咬牙切齿地说道。

张晓舟和身边的钱伟等人商量了一下：“你可以派人过来，但不能多。我们也会派人协助你搜寻他，作为交换，你们必须把这个土坡挖掉！”

“好！”何春华假装考虑了一下，随后点了点头。

刚刚经历了一次重大损失，他没有任何资本和城北开战。对方的人并不比他的人少，更何况，对方的装备和训练明显都要高上一筹。

但如果这么不声不响地让杨勇逃了，那他就威信扫地了。

杨勇应该不在城北联盟那边，他从张晓舟等人的表情和眼神这样判断着。

那么，他唯一可能去的地方就很清楚了。

何春华亲自挑了五十个最精锐的部下和他一起上了高速公路，这让张晓舟等人都有些没想到。瓦庄的士兵们开始把他们刚刚填好的那个坡重新挖开，而联盟的民兵们则留下了三分之二由钱伟带着监视着他们，其他人都跟着张晓舟和新洲的人，和何春华的人一起沿高速公路向西走去。

“注意搜索！”张晓舟说道。

他们已经把高速公路两侧的防护栏全部修复，甚至把某些部位的防护栏加高加厚。如果真的有人从城南过来，那一定会留下痕迹。

“需要帮忙吗？”他和何春华走在一起。

何春华沉默了一下。

“粮食，武器，你可以给我多少？”他问道。

“可以商量，但你要拿人来换。”张晓舟答道。

玉米陆续收获后，联盟的粮食储量已经从危险线上被拉了回来。虽然因为执行了较低的税率让联盟实际上并没有立竿见影的改善，但这些粮食不可能突然消失，对于联盟来说，只要执行邱岳的后续计划，存粮就不会有太大的问题。

这种情况下，对于劳动力的需求马上就纳入了议程。

之前从瓦庄被赶出来的那一批难民已经基本上恢复了劳动能力，他们已经接替了联盟的正式成员们，成了开发丛林的主力军。未来那些被开辟出来的土地将有一部分是他们转正后的个人财产，而另外一部分则是属于联盟由新移民和罪犯负责耕种的农场。

联盟需要源源不断的人口来维持这样的平衡，而最有可能的来源就是深陷饥荒之中的何家营。

何春华再一次沉默了。

从何家营要人已经越来越困难了。

对于何家营来说过多的人口其实是一种巨大的负担，但那些敌对何家的村老并不是傻瓜，他们完全清楚这些劳动力在获得了足够的补给之后将会成为一支强大而又可怕的力量，他们也知道何春华在瓦庄村训练了更多的士兵。

名义上这些士兵当然是用来抵抗城北联盟有可能发动的入侵，但他们都不傻，自然知道这些士兵随时都有可能转过头来对付他们自己。

他们正在通过各种各样的途径强烈地反对何春华继续招纳人口，甚至已经到了不惜撕破脸皮动手的地步。

何春华想要更多的人，可以，但必须满足他们那些苛刻的要求，给予他们更多的粮食让他们可以拉起更大的队伍，并且停止用个人的名义继续赈济难民。

凭什么他们什么都不干，只是龟缩在何家营里就能得到与他同样的回报？

何春华心里对于那些村老的愤怒越来越强烈，他越来越渴望着，在不久的将来把这些人一个个像死狗一样拖到自己面前，一个挨着一个地吊死在路灯上。

“可以！”他对张晓舟说道。

这绝对是一剂毒药，甚至比他当初决定和城北交易开发丛林更毒。

但他已经等不及了。

他已经无法再继续容忍那些吸血虫，受不了再像大哥计划的那样，慢慢增强自己的力量在村老会上压倒他们。他现在只想用最快的速度把这些寄生虫除掉！

只要能在毒发之前把那些村老干掉，那他就可以整合何家营的力量反过来吞掉城北联盟。

值得一赌。

“但是价码很高。”他接着说道。

“这可以具体谈。”张晓舟对于他的决定微微有些吃惊，如果换成是他自己，站在何春华的角度，应该不会接受这样的建议。

昨天晚上究竟发生了什么？

“找到了！”几个隶属于联盟的民兵突然兴奋地叫了起来。

防护栏的隔网被人用某种工具剪开，露出了一个足够一人爬过的洞，而另外一侧不远的地方，他们发现了一个相同的口子。

“追！”何春华咬牙切齿地说道，“张老弟，只要抓住他，我们一切都好谈！”

人们在高速公路边的一幢房子里找到了一个还有微微余温的火堆，还有人在地上躺过的痕迹，应该是杨勇曾经逗留的地方。他应该是在这里等到了天亮，然后便径直向北而去。

这里没有人是追踪逃犯的行家，但杨勇的去向已经非常明显。

在激怒了何家营之后，如果他没有回到城北，那他只有一个选择。

刚刚闻讯赶来的邱岳悄悄地把张晓舟拉到了旁边：“张主席，这件事情你准备怎么平息？”

张晓舟摇了摇头。

一路上他都在小心翼翼地打探消息，但何春华很谨慎，除了知道杨勇在板桥纵火烧掉了不少东西之外，没有得到其他任何信息。在这个世界，纵火、烧掉粮食的确是很严重的罪行，但他们却不知道为什么一直以来都是以何春华忠实走狗形象出现的杨勇会突然做出这种事情，他们之间究竟发生了什么？

“我们不能和何家营的人一起去地质学院。”邱岳说道。

联合地质学院一起对抗何家营是联盟一直以来的既定政策。三方争霸，两个较弱的联合起来对付较强的是唯一的选择。

另一方面，虽然地质学院的收缩政策造成了许多人的枉死，但在这个时代，地质学院里保存的那些教材、教学设备和实验设备也许是远山所有人能够继续发展下去的希望。

张晓舟一直都渴望着与地质学院达成合作甚至是联盟的关系,他当然不可能和何春华一起去兴师问罪,也根本没有这样做的理由。

“学校方面会把杨勇交出来吗?”他向和邱岳一起过来的夏末禅问道。

说到对于学校的了解,整个联盟也只有他了。

“很难说,”夏末禅却答道,“要看他当时遇到的是谁。学校里有多个不同的派系,每个派系的想法不完全一样。南边的围墙现在不知道是哪些人在负责,大部分人根本就不会让他进去,但如果是施远那样的人,只要搞清楚了他的身份,就一定会让他进去,而且把他当作是可以利用的奇货藏起来。”

“那么多哨兵看着,怎么可能藏得住?”

“当然藏不住,但他们只要拖一段时间,以学校管委会的拖沓程度,就很难马上核实情况做出决断。面对外部势力的逼迫,施远这样的人很容易就能在学生当中煽动起不满来,强硬地把要人的要求顶回去。在那之后再把杨勇放出来,既成事实已经造成,管委会还有什么办法?”夏末禅答道,“学校方面完全可以用没看到这个人来搪塞。事实上,何春华也根本就无法证明杨勇确实逃进了学校,如果这个人够狡猾,完全可以藏在什么地方等到何家营和学校发生了冲突之后再去投靠,那时候他所掌握的情报显然会更加值钱,被拒绝的可能性更小。”

他的话让张晓舟不由得高看了他一眼,因为张晓舟并没有想到这一点。

“何家营没有可能以这么点人手攻击学校,学校也不可能让外人进去搜人,”夏末禅继续说道,“这个区域是我们故意留出来的缓冲区,他可以躲的地方很多,我们根本就不可能投入大量的人力去把他找出来。他只需要等个两三天就行。只要学校不和何家营达成遣返的交易,他就是安全的。如果学校和何家营,甚至是和我们发生冲突,那他就有了晋升之阶。”

夏末禅自己就曾经从地质学院里逃出来,所以他很能揣摩杨勇可能采取的行动。如果当初不是因为张晓舟等人给了他不错的印象,而他自己在慌乱中摔伤了脚,他也许也会采取这种做法。

地质学院会和何家营达成交易吗?

张晓舟微微地摇了摇头，其实他一直都没有真正理解地质学院里那些人的想法。他们似乎对于远山其他人的死活根本就不放在心上，只是一门心思地发展自己，然后内斗得不亦乐乎。

以夏末禅所描述的议事模式，张晓舟怀疑他们并不能在一两天内拿出决断。当初联盟拿热脸去贴他们还搞成那个样子，以今天何春华的态度，和何家营做交易这种事情，根本就不可能有什么结果。

地质学院甚至都没有把何家营视为自己的对手，因为他们之间隔着一段距离，不像联盟和瓦庄村那样已经直接连在了一起。他们也没有新洲酒店这样的制高点可以观察周围的环境。

从上次施远傲慢的态度就能猜得出来，也许他们根本就不相信何家营有多强的实力，更不相信他们有能力把那么多人组织过来攻击地质学院。

站在联盟的立场，也不可能放任何家营通过自己的控制区去攻击地质学院。高速公路是一道很不错的屏障，如果让何家营的大部队轻松地通过这道屏障，他们突然翻脸攻击联盟怎么办？

假途灭虢的故事他们都听过，谁知道何春华是不是打的这个主意？

杨勇真的叛逃了吗？

毕竟到目前为止，一切都只是何春华的一面之词，他们所能看到的也只是一些间接的证据，如果一切都只是何春华和杨勇故意制造出来的假象，目的是让联盟和地质学院交恶呢？

"何秘书长，接下来你准备怎么办？"他和邱岳商量了几句，重新回到了何春华身边。

"那还用说吗？"何春华答道。

抓住杨勇，这不仅仅是为了杀鸡儆猴，也是为了保住何家营的情报。

何春华不懂什么大道理，但叛徒一定要抓回来用最残忍的手段处死这一点他是非常明白的。如果不把在他脸上狠狠打了几个耳光的杨勇抓住，以后还会有人怕他吗？反正大不了就是放火制造混乱然后逃到北边去。

另一方面，无论杨勇到底是投靠了哪一方，他对于何家营高层的矛盾非常清楚，对于何家所面临的困境也非常清楚，如果他把这些宝贵的信息泄露出去，那张晓舟这些人还会把他看作是敌手吗？他们还会继续和他交易吗？

如果他们知道何家营虚弱的现状，知道它只是一个随时都有可能爆炸的气球，他们会不会马上就打过来？

站到高速公路上，他才看到城北联盟地盘里那一块块分散的玉米地，很多地已经空了，显然已经收获完毕，如果他们有了充足的粮食，还会有什么顾虑吗？

抓住或者是杀死杨勇，已经不是单纯的泄愤，而是关系到何家营的存亡，关系到何家未来的大事了！

第17章 骑虎难下

“何秘书长，继续搜索杨勇没问题，但如果你准备去地质学院要人，那我们就没办法帮忙了。”

何春华的脸色变得很难看，张晓舟的意思很明确，联盟不可能和他站在一起向地质学院施加压力。

好不容易压抑下去的怒火马上又翻腾了起来，但他却找不到让张晓舟妥协的理由。

姿态放得太低，无疑是在暴露自己虚弱的本质，但如果姿态依旧那么高，联盟又为什么要和他站在一起？

总有一天！他在心里愤怒地狂吼着，总有一天我要让你们都死得很难看！

“你先把我的人挡在外面，然后又说不帮忙？张晓舟，你是铁了心要帮杨勇是吧？”

“何大哥，你话不能这么说。这件事我是真没办法帮忙，你站在我的角度想想就明白我的苦衷了，”张晓舟说道，“地质学院的力量不弱，也不缺物资，拉出一两千装备不错的队伍一点儿也不困难，还都是青壮年。你这五十人过去和两三百人过去，效果不会有很大的区别，人多反而会造成不必要的敌意。我个人的看法，这件事情硬来只会让我们三方交恶，让杨勇从中取利。何大哥，你冷静想一下就知道，最好还是想办法谈判。既然是谈判，那人少一点反而显得更有诚意。你说是不是？”

“好！那我就给你这个面子！”何春华大声地说道，“你的人继续搜，我带我的人到学校去！”

张晓舟的话让他终于彻底冷静下来，张晓舟的话一点没错。随着队伍一点点向地质学院的侧门靠近，他也越来越感到头疼。

他带人出来的时候头脑完全被愤怒占据，冲动的成分更多，但事情已经走到这一步，他也没有回头的理由了。

高家的影响力在高鸿昌死后一落千丈，其中当然有高鸿昌本人影响力式微的因素，但高家派出队伍去追杀凶手，最后死掉十几个人狼狈地逃回来，到现在也不知道凶手在什么地方，是死是活，这也是很重要的原因。

各方面的原因都迫使何春华必须尽快把杨勇抓回来处死，可踏入联盟的地盘之后，他才知道这有多困难。

但他已经彻底骑虎难下。

这件事情如果没有一个结果，那他就变成了一个笑话。可他如果不做，难道眼睁睁看着杨勇逃掉？

“什么人?!”距离大门还有将近三十米，守在那里的人就已经大声地叫了起来。

“远山自救委员会的！”何春华大声地答道，同时继续驱使部下向前。

“远山自救委员会?!”对方愣了一下，随即高声叫道，“站住！不然放箭了！”

十几把钢弩立了起来，何春华心里一凛，他手下的人也一下子有些慌了。

“我代表远山自救委员会来的！”何春华只能一个人走上前两步，大声地叫道，“让你们的领导出来！”

“你们等一下！”哨兵们商量了一下，一个人回去报信，而其他人则继续小心翼翼如临大敌地盯着他们这几十号人。

那种毫不掩饰的警惕心让何春华感到很奇怪。

十几分钟后，曾经接待过张晓舟他们的校办主任石建勋和几个工作人员骑着自行车匆匆赶了过来。

“请问你们是？”

“我是远山自救委员会的秘书长何春华。”

"何春华?!"石建勋愣了一下。

这个名字他一点儿也不陌生,在最近地质学院的论战当中,这个名字几乎已经成了奴隶主和杀人狂的代名词。他虽然并不完全相信施远那些人的话,但每天听这些东西,心里多多少少已经形成了一种潜移默化的印象,以至于很难把这个名字和眼前这个看上去并不很特别的男人联系起来。

"失敬失敬!我是地质学院办公室的石建勋,请这边坐!"他把何春华引向传达室,但却只让何春华的几个手下跟着进来,其他人都拦在了外面。手下人对此表示不满,但何春华微微地一抬手,让他们少安毋躁。

"没事,客随主便嘛,"他微微一笑说道,"地质学院总不至于把我给抓起来。"

"不会!不会!"石建勋笑了起来,忙着张罗倒茶。

两人都在相互观察。

校办应该是很要害的部门,如果杨勇真的已经进入学校,那这个石建勋应该会是知情人之一。

而石建勋则一面悄悄地观察这个已经被施远妖魔化的人,一面拖延时间,让自己手下的工作人员回去报信。

但这个过程再怎么折腾也只拖延了几分钟,当何春华喝了一口茶之后,石建勋不得不问道:"不知道何秘书长有什么贵干?"

"你知道我?"何春华问道。

"只是略有耳闻。"石建勋答道。

在城北联盟兴起之后,学校附近已经很长时间没有见过恐龙出没,站在学校最高的那幢房子顶上,也能看到城北其他地方的变化,农田一块块地被开辟出来,长出郁郁葱葱的作物。这一点其实对学校内部产生了很大的冲击。

不管施远在夏末禅逃走后怎么诋毁城北联盟,他们能够看到的这些变化是实打实存在的,不会说谎。

很多有识之士都在私下讨论,为了学校的发展,也为了远山幸存者的未来,学校应该考虑重新开启和城北联盟的谈判。

不管结果如何,作为同样被困在这个孤岛的为数不多的人类,只要有可能,都应该合作而不是盲目地对抗。如果城北联盟真的像施远所说的那样包藏祸心,他们绝对应该给予城北联盟一个教训，让他们打消这种念头。但继续把自己捆绑在学校这片仅仅占据了远山城不到五分之一的土地上，一直龟缩自我封闭下去，不是明智之举。

但施远等人一直在宣扬，城北联盟的居民大多数都是当初被学校拒之门外的那些人，他们当中有很多人的亲人都因此而死去，那些人自己也曾经因此而饱受痛苦，长期挣扎在死亡线上，因此他们必然会对学校满怀仇恨，包藏祸心。

施远甚至攻击万泽等外来人之所以急不可耐地想要和城北联盟接触，恰恰是因为这样的仇恨不会算在他们头上，而是会发泄在学校的成员，发泄在当初做出这个决定的所有学生和教职工身上。

这样明显带有臆测和夸大的话却让很多人都深以为然，也是当前阻碍学校与联盟重新展开交流和谈判的主要原因。

对于石建勋本人来说，这样的可能当然存在，设身处地地想象一下，如果自己的家人因为被学校拒之门外而离世，或许自己也很难释怀。

但就像万泽所说，城北联盟显然已经站稳了脚跟，不会突然消亡，那双方作为近在咫尺的邻居，总有一天会接触。既然是这样，那与其在双方长期对峙形成隔阂之后再被迫接触，倒不如一开始就把主动权掌握在自己手里。

这样的说法也打动了一部分人，但人们的信心却是在学校的第一批番薯大规模收获之后才第一次高涨了起来，虽然产量并不像想象中那么高，但随着第二批番薯苗种下，所有人都相信，只要不出现大规模的病虫害或者是天灾，粮食问题已经得到了解决。

这让他们开始考虑，当初在第一届学校管理委员会鼓动下做出的彻底封闭学校的决定，到底是不是正确的。

一些学生中的激进派和博爱派开始跃跃欲试，制造舆论，试图煽动学生们，声称"我们应当对远山的未来负责"，"我们应该站出来承担更大的责任"。博爱派更加激进地提出，"当初我们犯了错误，现在应该尽力去弥补，去赎罪!"

以万泽为首的外来派委员们开始以此为契机对施远这样的保守派学生委员施压，试图动摇他们的根基，但舆论却一直被施远等人牢牢地控制在手中，学校的广播台和宣传栏都是他们的禁脔，被他们死死地守着，终日宣扬阴谋论和危机论。

施远一改之前的口吻，开始大肆宣扬城南的恐怖之处，在他们的宣传里，城南的何家营及其周边的村子已经成为一个以奴隶制为基础建立的人间地狱，以何春成、何春华兄弟为首的奴隶主们以武力压迫逃难到那里的人们，实行残暴而又恐怖的统治。他们随时都可以驱使成千上万人到城北来，用那些已经被饥饿折磨得失去理智的人们为前驱，疯狂地把一切都抢走！把一切都毁灭！

“城北联盟接近我们的最大目的就是让我们替他们去阻挡这些饥民！让我们去充当屠杀难民的刽子手，让我们去抵挡何家营的奴隶大军！他们渴望看到的就是我们和城南那些人相互残杀，然后由他们来收取渔翁之利！”他一次次地在广播里这样说道，“难道我们明明知道这是一个陷阱，还要愚蠢地跳进去？”

“不！我们是这个城市唯一的希望！我们是生存在这个世界的人类唯一的希望！我们肩负的重任，是保存人类的种子，延续我们的文明！过去的几个月里，我们一直都在这样做，而且做得很好！你们都能看到，我们已经取得了一系列的成果！为什么我们要为了某些人的私心和好大喜功，突然改变我们一直在履行的责任和战略？为什么我们要去冒这样的风险，盲目地走出去？为什么我们要替所谓的城北联盟分担本不属于我们的责任？为什么我们要替那些仇恨我们的人去死？值得吗？你们觉得这值得吗？”

石建勋看着“残暴奴隶主”的代表何春华，不知道为何，突然有一种极其荒谬的感觉。

身为一个现代人，真的能够心安理得地去奴役其他人吗？

“不知道何秘书长今天过来，有何贵干？”石建勋再一次小心翼翼地问道。

“我那边有个贪污犯往这边逃了，我过来抓他。”何春华说道。

站在这里看城南那边，视线几乎都被建筑物挡住，甚至连高速公路都只能看到一点点影子。学校里面似乎也没有什么很高的建筑物，这让何春华觉得，他们未必知道昨天晚上城南发生了什么。

杨勇的身份是一个难题，照实讲，反而抬高他的身价，让对方觉得他是个叛逃过来的重要人物，甚至把他所说的一切都当成真话。但如果太过于轻描淡写，又无法解释为什么自己要亲自追过来。

想来想去，只有贪污这个名义最好。

他不知道杨勇是不是已经进入了地质学院，但如果能够把杨勇的身份抹黑，也许能够无形中降低他所说的那些话的可信度，甚至有可能让对方把他交出来，毕竟贪污犯应该不管在什么地方都不受待见。

城北联盟大规模地使用弓箭已经让他够头疼了，但来到地质学院他才发现，这里用的全是弩！他现在已经不指望能够轻轻松松把杨勇抓回去了，但不做一些努力，他又于心不甘。

石建勋的表情看上去很惊讶，就像是根本不知道有这么个事情。

“何秘书长，这里面大概有什么误会吧？”他对何春华说道，“你大概不知道，我们这里有明确的规定，从几个月前就没有接受过任何人进入学校了。你也看到了，我们的围墙很高，而且二十四小时都有人把守，没有人能够溜进来。他会不会跑去其他地方躲起来了？”

“城北联盟的张晓舟正在安排人手搜，”何春华说道，“我也安排了两三百人过来搜查。不过那个贱种身上没带多少东西，不可能一直躲在这个地方。他是往城北逃的，按照他逃跑的路线，来你们这里的可能性最大。”

“那您放心！他绝对进不了我们这里的门，”石建勋满脸堆笑，滴水不漏地应付着何春华，“既然联盟张主席那边已经在找了，那就一定能抓住他！他总不可能跑到丛林里去吧？”

为了一个“贪污犯”专门跑到城北来抓人？这他不太相信。

他甚至不太相信城北联盟会像何春华说的那样在动手帮忙搜人，虽然接触不多，但张晓舟手下那些人看起来比何春华的人要彪悍得多，不像是会屈居在何春华之下，听他指挥的人。

不过以何春华的身份，这种事情上应该不至于随口撒谎。

那么，他们要找的这个人到底是干什么的？

不过这归根结底和他没有什么关系，作为学校办公室的主任，他每天要协调和处理的杂事实在是太多，根本就没有心思去考虑更多的事情。任何地方有不满都要找他，抱怨和投诉一直不断，他自己也多次申请辞职不干，甚至主动要求去种地，但管委会却一直都不批准。如果不是学生们的矛头还没有对准过他，恐怕他早就撂挑子不干了。

他现在只想在自己的职权范围内把这个何春华哄走，至于那个“贪污犯”到底干了什么，乃至于他到底是不是真的进了学校，这些事情交给管委会那十九尊大神去操心就行了。

这样的想法让他的态度难免微微表现出敷衍来，而这马上就被何春华看了出来。

“贵校就由石主任你来负责这个事情?”何春华把茶杯放在桌上，盯着石建勋的眼睛冷笑了起来，“你们觉得自救委员会很好糊弄吗?”

他的态度马上让石建勋难受了起来。

学校虽然发生过一些流血事件，经常有人示威闹事，但总体来说暴力氛围并不严重，在学校生活的人们相对于这个世界来说其实被保护得很好，甚至可以说是有点过于病态的好了。

相反，何春华却是实打实杀过人，杀过恐龙，残酷折磨过许多人，下令处死过上百人的。

他身上的那种杀意，甚至比联盟新洲团队的人更浓，毕竟，他们杀的只是恐龙这样的异类而不是同类。

本来感觉上和普通人并没有什么不同的何春华身上突然流露出来的那种东西，让石建勋和留在传达室里的守卫们都感到有些无法形容的恐惧。虽然何春华只是坐在那里冷笑着，但他们却都有一种不寒而栗的感觉。

“这个……当然不是……”石建勋勉强挤出一个笑容，“不过我们这边办事情是有点过于死板和拖沓了。何秘书长，你稍等一下，我再打个电话。”

他站起来走到旁边，开始用力地摇动一个箱子上的摇柄，然后把电话拿了起来。

何春华微微有些吃惊。

如果是张晓舟或者是钱伟这样的人在这里，或许会马上意识到其中所包含的意义，但何春华更多的却是在回味石建勋和其他守卫的反应。

一群弱鸡。

他马上就做出了这种判断。

虽然他们手上的确有着相对于这个世界来说很好的装备，但他们所表现出来的那种慌张却让何春华知道，他们只是一群没有见过血的弱鸡。

这种感觉很难言述，但就像他能够感觉到张晓舟和他身边那支队伍是见过血的，一种肉食动物之间的第六感。

这些人没什么可怕的！

凭借手上的武器，他们也许能够在远距离的时候对自己的手下造成威胁，但只要想办法靠近，然后突然向他们发动袭击，这些人马上就会崩溃，而那些武器将马上成为自己的囊中之物。

石建勋压低了声音向电话那边简略地说明着情况。磁石式电话的最大不便之处就是需要线路和电池供电，而且现在他们还没有搞出配套的交换机，只能通过直连的方式使用，所以只配置在少数几个地方。

话务员匆匆忙忙地跑去会议室报告，但管委会到现在为止甚至连十九名执委都还没有集齐，会议也没有正式开始，听到石建勋的报告，知道来的是何春华，这让他们越发拿不出统一的意见。

这可不是隔壁联盟讲规矩的邻居，而是从城南而来，已经在学校被妖魔化的奴隶主，这让人们的分歧越发严重。

“何秘书长希望能够尽快得到一个答复。”石建勋小心翼翼地对着电话说道。

沉重的手摇发电机和电话机没有办法从传达室里拿出去，这让他只能小心地选择既能让那边明白问题的紧迫又不会刺激到何春华的话。

也许何家营那边不会因此而发疯突然对学校展开攻击，也许学校也不会害怕他们的攻击，但施远曾经描述的那种成千上万饥民蜂拥而至，推翻学校围墙把一切都撕碎的景象依然在石建勋的脑海中形成了某种印象，让他无法遏制地担忧起来。

就算真的发生战争，也绝对不能是因为他的缘故！

“事到如今，只能派几名委员先过去看看。”新的轮值主席无奈地说道。

权力过于分散，没有人愿意单独承担责任的后果就是，学校对于一切突发事件的反应能力都极端低下，作为轮值主席的他更多只是充当一个召集会议和协调纷争的中间人角色，而不是一个在突发情况下的决策者。

如果是以往已经通过表决并且形成了固定模式的事情，他们可以做得很好，但如果是既往从来没有发生过，也没有形成决议的事情，往往会在推诿或者是相互指责当中浪费大量的时间。

“底线是什么？可以承诺些什么不可以承诺些什么？”一名学生委员马上说道，“什么都不清楚，这个责任谁来负？”

眼看又一次争执马上要开始，施远突然站了出来："别争了，我去。"

他在学生委员当中还是有着相当的影响力，这让那几个本想继续说下去的委员暂时收声，但他们并非施远的跟班，而是在等待着他的后续说明。

"我们什么也不承诺，"施远说道，"搞清楚他的来意，避免直接发生对抗和争执，先让他回去再说。"

"如果他一定要我们马上就给他一个答复呢？"万泽马上反问道。

"如果那样的话，就告诉他，这里不是何家营那样的地方，没有人可以一言而决！"施远针锋相对地说道，"难道你认为，我们必须要对他那样的独裁者屈服？必须要向他卑躬屈膝？"

"施远你的意思是，可以向他们宣战了？"

"我没有那么说！难道我们不马上给出答复就意味着宣战？"

无休无止的争议眼看又要持续下去，轮值主席不得不再一次终止了他们的争论。

"你们两位都去，万泽，不然你也走一趟？你们三个在路上商量一下，尽可能搞清楚他们的真实意图，但不要做出任何实质性的答复，也不要与他们产生误会和争执，大家觉得呢？"

这样的要求听上去没什么问题，四平八稳，但事实上却充满了理想化的假设。

对方会按照你的想法来吗？万泽并不这样认为。他看了施远一眼，丝毫不掩饰对他的厌恶。

而在他对面，施远也是同样如此。

施远心里一直像是有一股火在烧着。

这当然与万泽这样的外来派渐渐站稳了脚跟，甚至开始拉拢学生中的某些派系有关，但更主要的，却是因为联盟的发展远远超出了他的预期。

为什么？他无法理解。

城北所有军人、工程师、技工之类的专业人员不是都已经来到学校这边了吗？他们怎么可能还发展得起来？就凭那些被挑剩了的人？就凭那些老弱病残？

但事实却总在一次次打他的脸。

他们不但活了下来，甚至活得不错，这让施远完全无法接受。

学校才应该是这座城市所有人类的希望所在！当然应该有人能活下来，但他们应该是随时挣扎在生死线上，朝不保夕，必须要依靠学校的帮助和施舍，对他们感恩戴德，言听计从才对。

现在这样，算什么？难道学校的存在对于他们来说没有多大意义？

联盟发展得越好，他就感到越发颜面无光。

更不要说，万泽等外来派明显是想要借助有着同样背景的城北联盟的势头，强化在学校的发言权。

凭什么?！你们不过是学校收留的丧家之犬，不想着怎么老老实实努力工作回报这份恩情，却意图掌握学校的大权？

白眼狼！

为了学校的未来，为了权力不被这些外来者窃取，他只能选择挺身而出！把这样的歪风邪气打压下去！

他坚信所谓的城北联盟绝对撑不下去，现在他们所表现出来的，不过是临死之前的回光返照。随着城南那些人所收集的粮食渐渐吃光，他们必然会被饥饿指向已经开始收获粮食的城北联盟，最终和他们同归于尽，而那时，才是一直修炼内功的地质学院出来收拾残局的最好时机。

万泽等人一直鼓吹要和城北联盟重新展开接触，无非是希望用学校的力量去分担城北联盟的压力，把张晓舟那些人从危机边缘拯救出来。

那样对学校来说有什么好处？把自己长久以来的努力毁于一旦？

从一开始，他们就已经确定了学校的发展方向，也在往这个方向持续不断地努力着，并且已经看到了成功的希望和曙光，为什么要为了这些无谓的人而毁掉一切？毁掉远山所有幸存者最后的希望？

绝对不行！

可惜的是，因为人们愚蠢而又迂腐的道德观，他没有办法直截了当地把自己的高瞻远瞩告诉所有人，只能告诉那些和他一样有远见懂得取舍的同伴，与他们一起，竭尽全力阻止万泽这类人的阴谋。

他们都深信，城北联盟和何家营的火并已经迫在眉睫了。这就是为什么，何家营的那个奴隶头子能够轻松地通过城北联盟的地盘，跑到学校来耀武扬威。

抓什么贪污犯,不过是一个拙劣的借口罢了。

张晓舟和何春华这两个无耻之徒唯一的目的,就是制造出一种他们已经合力的假象,以此来对地质学院施加压力,意图让那些软弱无能者和万泽这样卑鄙的内鬼向他们妥协!

但他们之间绝对不可能联合。

站在地质学院的围墙上就能看到城北联盟开辟出来的那些田地,当何家营的那些难民在学校的围墙前碰得头破血流,难道他们不会转而向更加容易得手的联盟下手?

如果他们敢来,那就是他们两者都被毁灭的时刻!

“去通知张瑜,让他把人都调过来,配齐装备到南门去支援!”他悄悄地对一名学生委员说道。

后者心领神会地点点头,快步向另外一个方向走了过去。

第18章 猝不及防

“何秘书长？我是地质学院管委会的委员万泽。”

“幸会！”何春华点点头说道，把目光转向了站在一旁的施远。

施远等待着他惊讶的表情，但何春华却早已经忘记了他，只是等着他的自我介绍。

施远的表情从志得意满到惊愕，随后是挫败，很快就变得气急败坏，脸色也迅速阴沉了下来。

“这是管委会的另外一名委员施远。”万泽对他的失态感到有些惊讶，但他知道这不是看笑话的时候，马上出来打了圆场。

何春华对施远的表情变化感到十分不解，连敷衍客套的话都不想说了，只是随意地点了点头。

“我是委员郑潼。”另一名委员自我介绍道。

“幸会！”何春华说道。

怒火瞬间在施远的心里爆发，你算个什么东西？就连张晓舟也一直记得我，你竟然把我忘了?!

这样的漠视甚至比当面咒骂更加让施远愤怒，他仿佛又回到了那一天，被困在那个小小的服装店里，他和那个胖子被其他人无视，就好像他俩只是累赘。

他似乎又变成了那个什么也不是的学生，瑟瑟发抖着，躲在他们身后，看着他们三个人用火焰挡住那些想要冲进来的恐龙，然后慌张地扯下汽车后座，拆着油箱盖，到处寻找可以用来装汽油的瓶子。

失败，然后是另外一次失败，对失败和死亡的恐惧几乎要让他尖叫出来，而在这时，张晓舟抛出的那个燃烧瓶终于点燃了一只恐龙，不但烧死了它，还惊走了其他的恐龙。

他们再一次漠视了他，无视他的感激和好意，无视他提出的邀请，把他和那个一无是处的胖子归于一类，转身离开。

即便是到了今天，他们还是这么自以为是，这么傲慢无礼！

好吧！你们将为此而后悔！将为此而付出代价！

正在这时，一队士兵从地质学院内部沿着北面的围墙喊着口号跑了过来。

“立——定！”带队的男子大声地叫道，四五十人的队伍马上就按照他的口令整齐地停了下来，很有气势。

他们的到来让大部分人都愣了，何春华冷笑了起来。

来的都是身强力壮的年轻人，队列训练得也不错，每个人都背着钢弩，手持大约两米长的长矛，看上去很有战斗力。

这大概是学校苦心训练出来的精锐部队？专门调过来示威的？

但看过新洲团队那些人之后，何春华真的很难对这些明显是没有见过血的菜鸟生出什么畏惧之心。

“有意思！”他冷笑着说道，“几位委员，这是什么意思？给我个下马威？”

万泽和郑潼都非常惊讶，他们当然认识这些人，带队的是原来学校武术协会的副理事长张瑜，而他带来的这支队伍，正是学校在见识过城北联盟的那支精锐小队之后，在施远的大力推动下，专门从学生当中挑选精兵强将训练出来的队伍。

好事的学生们给自己命名为“狼牙”。

队伍的教官是两名逃难进来的退伍军人，虽然并不是特种部队或者是侦察兵出身，但他们的个人素质都很不错，也教给了学生们很多技巧。不过施远等学生派委员在一开始就已经牢牢拉住了张瑜等骨干，两名教官和队员们的关系很不错，但却对“狼牙”没有任何的指挥权。

理论上，“狼牙”是隶属于学校管委会下的一支精锐队伍，除非管委会下令，否则任何人都没有权力指挥它。

但是谁在这个时候把他们调了过来？

施远也笑了起来。

何春华的反应在他眼里不过是强撑而已，何春华带来的人看上去高高矮矮，良莠不齐，根本就没有办法和“狼牙”相比，不但衣服不统一，就连武器看上去都是拼凑出来的。

何家营的力量果然是被张晓舟等人夸大了。就连带过来示威的队伍都只是这种状况，那其他人是什么样子，可想而知。

这显然是因为饥荒已经消耗了他们所有的潜力，让他们没有能力好好地训练队伍。

在“狼牙”建立前，施远也没有想过一支完全脱产的队伍会消耗这么多资源，不仅仅是食物，还有武器装备，甚至是衣物和鞋子的消耗。

很显然，凭借何家营的能力根本就不可能建立起这样一支强大而有战斗力的队伍。

不足为虑。

他们唯一的威胁，不过是驱赶饥民冲击学校的围墙，以他们的死亡来动摇守卫们的意志。

但何家营真的有那么多人吗？他们真的有能力驱使这么多人悍不畏死地一直冲上来？

施远对此越来越怀疑。

但他此前为了激起人们的恐惧，已经狠狠地夸大了何家营的实力，现在也不好马上就揭露他们的虚弱假象。他还要等着他们去和联盟拼个两败俱伤。

但想要凭借一张嘴就来讹诈？

想都不要想！

“何秘书长，”万泽此时却只能站出来平息何春华的怒火，“你误会了，这是他们每天例行的耐力训练，只是刚好跑到这个地方。”

万泽和施远对何家营的了解都止步于次访问联盟时张晓舟等人的介绍。这让万泽对于施远别有用心的夸大很不满。

但按照张晓舟等人的说法，何家营也绝不是空架子。会让看上去实力并不弱于地质学院的城北联盟主动上门寻求合作，提议联合起来对抗的势力，应该有一定的实力。

学校不至于惧怕他们，但也没有必要毫无缘由地与他们交恶。

事实上，他对于学校这些守卫的实际战斗力一直都很担心。

这一代的年轻人不像他们那个时候，从小在街上跑来跑去，有时还要帮大人干活，身体好得很。地质学院的这批年轻人，大多数都是娇生惯养下成长起来的一代，他们成长的过程中多半都是被家长关在房子里，手边不离手机和电脑，近视率高得可怕，而且绝大多数人都是报纸和网络上所说的“宅男宅女”，手无缚鸡之力。

地质学院传统的勘探设计之类的院系稍稍好一些，那些专业的孩子体力和服从性都比较好。而那些诸如商贸旅游、市场营销之类的院系，进来的几乎都是那些高不成低不就，既没有毅力又不能吃苦的孩子。

这些年轻人是典型的眼高手低，说起各种似是而非的道理来头头是道，每个人都是行家，但真的让他们去做什么事情，大多数人都既没有韧性又缺乏意志力。

在他们刚刚开始各项工作的时候，许多男生因为觉得太苦太累而当众放声大哭，自暴自弃，而居然还有很多人觉得这没什么不对。他们中的大多数人都觉得自己应该当管理者，却没有最基本的沟通协调能力，只会要求别人来迁就自己。但让他们去干不需要什么技术的体力活，他们却极度不满，觉得自己被大材小用，遭到了别人的算计和打压。

在这样的环境下，第一届管委会能够建立起让学校走到今天这一步的大致框架，并且让它们执行了下来，这一直让万泽感到敬佩。

但也正是因为他们过分的压制让占据了学校绝对数量的学生群体累积了大量的不满，最终他们才会因为那件在万泽看起来根本就不算什么的事情的推波助澜下，被愤怒的学生彻底推翻。

学生群体在那之后彻底占据了学校，而一切也在那个时候变得疯狂而又愚昧起来。

他们把像万泽这样的人轻蔑地称为“外来派”，并且想尽一切办法在决策层压制住，但可笑的是，在执行层面，他们却不得不极度依赖这些外来者的知识和经验。

在那种歇斯底里的疯狂面前，大多数外来者都选择了明哲保身，就连那些本应该站出来拨乱反正的退伍军人也是如此。万泽曾经去向他们寻求帮助，但他们都觉得现在还不是时候。

反正学校依然在维持着正常的运行，让他们有限度地闹下去，最终明白这样的路走不通，然后主动要求回归正常才是最好的办法。

否则的话，他们就不会明白，他们追求的那些东西，其实只是一场伤筋动骨的闹剧。在他们真正意识到这一点之前，任何试图强行扭转这一切的做法，只会激起学生们的逆反心理，让一切变得越发不可收拾。

但万泽却很难容忍施远这样的狂妄之徒一直在自己面前犯蠢，他无法理解这个人的思维模式，更无法理解他那种盲目的自信源自什么地方。

更让他无法理解的是，为什么其他学生还会信任他，把他看作是一心为公的学生领头人。

他不得不一次次地想办法收拾他们这些“学生领头人”惹出的乱子，并且变得越来越没有耐心，越来越无法容忍这一切。

“是吗？”何春华冷笑着点点头，这明显是一个谎言，但对方的话多多少少给了他一个台阶，让他可以把面子绷过去。

“何秘书长，”施远却在这时用略带嘲弄的语气说道，“你今天来到底是什么事？”

这个四眼田鸡看上去有点眼熟，但何春华无法理解，他为什么会对自己有这种毫不掩饰的敌意？

何春华不愿意被别人牵着鼻子走，于是看了看石建勋。石建勋只能把何春华对他说的那些话简要地介绍了一下。

“贪污犯，呵呵。”施远冷笑了起来。

这些他们其实早就在石建勋的电话汇报里听到了，这时候提问，无非是需要一个话头。

“何秘书长，”他看着这个至今没有想起自己的混蛋，轻蔑地说道，“我们还是开门见山吧，大家都是聪明人，没必要搞这些花样。”

“你是什么意思？！”

“什么样的贪污犯会需要你亲自追过来？”施远无视万泽和郑潼脸上的表情，自顾自地说道，“你觉得我们会相信这样的借口？”

何春华也冷笑了起来，如果不是地质学院的那些士兵已经到了传达室门外，和自己的手下对峙起来，他真的很想抽刀把这个混蛋干掉。

那些哨兵根本不足为虑，只要抓住这几个委员，他绝对有把握全身而退。

地质学院会和何家营开战吗？

他不知道，但忍气吞声从来都不是他的风格。

传达室里的气氛一下子变得很僵，何春华冷笑了起来，把头转向万泽：“万委员，你们是什么意思？”

三个自称委员的人当中，万泽的年龄最大，正常来说，万泽应该最有发言权。谈判的时候一个唱红脸一个唱白脸，年轻人假装莽撞胡言乱语出来试探底线，然后沉稳一点的那个出来缓和气氛，把谈判拉回轨道，这样的手段何春华见得多了，但像这个四眼田鸡这样恶劣的，他还真没见过。

但他偏偏不知道地质学院的情况并不能以常理来推测，三个委员当中，万泽虽然代表了外来派的势力，但他的发言权却是最小的。

何春华的再一次无视让施远越发愤怒了起来。

“何秘书长，你觉得我们是什么意思？随便带着几个人过来就想耀武扬威？你以为我们会怕你？”

“啪！”何春华一脚把放茶的茶几踢到了旁边。房间里的几个人都被吓了一跳，外面何春华的手下和“狼牙”的队员马上各持武器对峙了起来。

“你们想干什么？！”“别找死啊！”房子外面的人们被这一声吓了一跳，举起武器相互警告着。“狼牙”的队员来不及给钢弩上弦，只能用长矛对着何春华的手下，反倒是那些站在稍远一些位置手拿已经上弦的弩箭的卫兵威胁更大一些。

这样的局面让万泽不知道该怎么收拾，施远在吓了一跳之后却笑了起来：“何春华，你当这里是你那个村子？告诉你，我们不吃这……”

何春华突然向他扑了过去。

传达室的空间本身并不大，之前何春华和石建勋谈的时候双方还都有护卫在房子里，但万泽、施远等人来了之后，为了给他们腾位置，双方的护卫都退了出去。这样一来，房间里地质学院有四个人，而何家营一方只有何春华一个。

但这样的差异何春华并不放在心上，自古以来，两国交兵不斩来使，更何况，双方只是第一次接触，远远够不上“交兵”的程度。

但他却想不到，这个名叫施远的家伙不知道是吃错了什么药，一直对他冷嘲热讽，这让他再也忍不下去。

之前他踢走茶几只是为了清除两人之间的阻隔，但施远被吓了一跳之后却错误地以为，何春华只是在发泄不满。在何春华抓住他的时候，他甚至没有做出任何反抗的举动。

一拳！

施远的身体像是被扔进油锅的虾子，猛地弯了下去，苦胆汁都差一点吐了出来。

在众人的惊呼声中，何春华拔出了总是随身携带的军刀，刀尖紧紧地抵住了施远的下颚，让他本来还在痛苦扭曲着的身体突然就动也不敢动了。

“何春华！”万泽惊讶地叫道，随手抓起旁边桌子上的一个花盆，下意识地向前走了一步。郑潼还没反应过来，石建勋却像兔子一样从传达室里窜了出去。

“让你们的人让开！不然我就杀了他！”何春华大声地说道。

别看他带来的人多，但因为最得力的何春潮受伤未愈还在休养，杨勇叛逃，霍斯又被留在板桥监视那些劳工，还真没有几个贴心的人。他挑来跟着自己的都是有家人在板桥或者是瓦庄可以作为人质的部下，不怕他们叛逃或者有贰心，但在反应上却慢了不止一拍。

在这种情况下，依靠他们突然暴起解决外面的武装人员完全不可能，他只能赌。

这个施远几次插嘴，抢在年纪最大的万泽前说话，但万泽等人除了脸色不好之外却没有任何其他的表现，这让何春华意识到，他或许是地质学院的重要人物。虽然不明白这是为什么，但在他的又一次挑衅之后，何春华毫不犹豫地动手了。

“我这个人向来说到做到，”他大声地说道，“让你们的人让开！”

万泽还在犹豫，但施远感觉到那尖锐的刀刃在自己的喉咙上轻轻地划来划去，心脏已经跳得就像是要从胸口突出来。他的脑子里一片混乱，曾经无数次设想自己遇到危险时应该如何淡定，如何大义凛然，如何运筹帷幄，但到了此时却一点儿也回想不起来了。

只有死亡的恐惧。

“让开！都快点让开！”他下意识地大声叫道，“听他的！都听他的！”

万泽愣了一下，随即摇了摇头，放下手中的花盆，从传达室里退了出去。

“何秘书长，没必要搞成这样……”他站在外面说道。

“是我想这样的吗？”何春华突然狠狠地用刀柄在施远头上一砸。他惨叫一声，眼镜飞了出去，头发也乱了，看上去狼狈不堪。

“哈哈！”何春华大笑了起来，“果然是个孬种！”

地质学院一方的人都说不出话来。

“我今天来本来是想好好谈谈的，”何春华大声地说道，这些话既是说给地质学院一方的人听，其实更是说给自己的手下听，“你们以为我只有这点人？那是我给城北联盟张晓舟面子，答应他只带五十人过来。不然的话，会被这样的垃圾在我面前蹬鼻子上脸？”

“何秘书长……”万泽其实觉得很解气，但站在地质学院的立场，他不能让事态恶化下去，“有什么事我们可以好好谈，没必要像现在这样……”

“我是想好好谈，可这杂碎一直在这里搞事。”他随手抓住施远的头发，从后面又用刀柄狠狠地给了他脑袋一下。

听着施远的惨叫，学校一方的人越发觉得丢脸。

即便是和施远站在同一阵线的“狼牙”小队队长张瑜也觉得，这真的有点太丢份了。

“我们可以谈，可以好好谈的！”施远恐慌地说道。

何春华的力气很大，他的身体本来就不错，来到这个世界之后更是很注意坚持锻炼筋骨，施远这样只喜欢动嘴皮子的瘦弱青年，在他手里根本就没有半点还手之力。

施远脑子里那些高瞻远瞩、那些宏伟构想全都不见了，此时此刻，他只想让那把刀离开自己的喉咙。

“谈个屁！”何春华轻蔑地说道，“你有资格吗？”

“何秘书长……”万泽再一次说道。

“让路。”何春华把施远挡在前面，慢慢走了出去。他的那些手下终于抢过来护住了他，但他却把试图挡住他的那两个手下挤开，走了出去。

“这个垃圾我先带走了，”他对万泽说道，“这件事情算是给你们一个教训！我们何家营不是你们能惹的！”

“这不行！”万泽迟疑了一下，压抑着内心的狂喜说道。

“我不会杀他，”何春华说道，“只是给他点教训！让他知道什么人能惹，什么人不能惹！你们要是想他回去，就把我要的人抓住，活着押过来或者砍掉脑袋拿来换人。”

“让开！”他回到自己的手下当中，大声地对挡在前面的“狼牙”队员叫道。

施远的嘴已经被堵住，一句话也说不出来，“狼牙”的队员不知道该怎么办，下意识地看着万泽，而后者却一脸凝重，看着何春华那些人慢慢地离开。

“万委员?!”张瑜大声地叫道。

“难道看着他们把施远杀了?”万泽反问道，“他们不会杀施远，我们下来再想办法！”

在队伍中正反十几个耳光把那个施远打得像一个猪头之后，何春华的心里一下子舒服了许多，但真正让他感觉舒爽的是这种孤身进入敌营，把对方重要人物抓出来，大摇大摆离开的感觉。

就像是电影中的人物。

这样的成功足以抵消杨勇前一晚造成的那些破坏对他声誉的影响，也许还能带来更多的加分。试想一下，从古到今，有多少人有这样的魄力？又有多少人成功过？

他顺便又给了施远一脚，心里越发愉快起来。

杨勇有可能给对方带去何家营的情报，但这对于他来说已经不是什么很大的问题。以地质学院这副孬样，即使是知道了何家营的现状，他们也做不了什么。

唯一可虑的依然是城北联盟。

他们往回走着，地质学院那边终于有一队人出来远远地跟着他们。但何春华对这些人毫不在意，面对面的时候他们都不敢上来抢人，现在隔着几十米，他们又能干什么?

到了联盟的士兵正在搜索的区域，何春华四处寻找张晓舟等人，然后大摇大摆地走了过去。

“何秘书长。”张晓舟有些好奇，何春华在地质学院那边待了将近一个半小时，究竟谈了些什么？

“怎么又这么见外了？”何春华故意搂住他，往外走了两步，让地质学院的那些人能够看清他们俩，“我和地质学院那边已经说好了，只要杨勇那个贱种过去，他们就会把他绑过来给我。”

张晓舟有些惊讶，这是地质学院转性了，还是何家营的面子比联盟大？

这时他也看到了地质学院的那些人，何春华故意对他们摆了摆手，这让张晓舟突然意识到，自己又被无形中算计了。

“要是那小子被你们发现？”何春华继续说道。

“你放心，我们一定会尽快把他送到瓦庄去。”张晓舟说道。

杨勇一定知道何家营的很多内幕，如果真的能抓住他，那不用说，这个人就当是永远消失了。

“那就拜托你了！”何春华哈哈一笑说道。

张晓舟可以明显感觉到他情绪的不同，应该是在地质学院那边占了不少便宜。

何春华留下十几个信得过不会叛逃的老实人“帮忙”继续搜寻杨勇，实际上是监视城北联盟有没有把人藏起来或者是送走，自己则带着施远回到了瓦庄。

那个土坡已经被完全推平，只能继续用梯子上下。

联盟的一些工人已经用铁丝把被杨勇剪开的防护网重新固定起来，当他们回到瓦庄村，联盟甚至动手把高速公路通往瓦庄的那个地方也修补了大部分，只留下两三米宽的一条通道。

他们也在心虚吗？

何春华突然意识到这一点，这让他越发兴奋了起来。一次成功的冒险让他的自信心空前膨胀，思维也变得更加敏锐和清晰。

远山现在的三个地方也许都不过是被拼命吹大的气球，那么，就看谁先被扎破吧！

“秘书长，这个人？”

“送到板桥去单独关起来，”何春华说道，“小心别让他死了，也别让他跑了，明天我过去审。”

施远拼命地扭动着身体，但他的嘴早已经被用破布死死地塞住，什么都讲不出来了。

“邱岳，你觉得他们谈了些什么？”张晓舟问道。

邱岳摇了摇头，他只是比别人聪明一些，多懂一些东西，但这样什么信息都没有凭空让他猜，他又不是神仙！

“也许我们应该和他们接触一下。”但他还是说道。

联盟和地质学院绝对有很多互通有无的空间，玉米和番薯都是在这种环境下能够生长得不错的农作物，而且地质学院那边还号称养了鸡。

就算是别的什么都不考虑，这两样东西对于联盟来说也是极度渴求的资源。

同样，联盟的玉米和药品也应该是地质学院无法拒绝的东西，而联盟还有一个更大的优势，那就是开发丛林的便利性。

地质学院周围的悬崖高度远远超过联盟这一侧，这让他们开发丛林时必然面对多得多的困难。按照夏末禅汇报的信息，地质学院除了尝试着砍树之外，并没有对丛林进行更深入的开发，那么，联盟一方已经取得的成果对于他们来说应该就很有意义了。

同样的东西已经给了何家营，那再给地质学院一份也没有什么问题。

“这个事情由宣教部来负责牵头吧。”张晓舟说道。这是很重要的一项工作，但放眼望去，有资格又有能力负责这件工作的，似乎也只有邱岳了。

“没问题，”邱岳马上就点了点头，“等丰收节过后，我们马上就着手这个事情！”

就在他们说话的时候，从地质学院出来的那支队伍犹豫了许久之后，终于又退了回去。

……

“最大的障碍已经被消除，现在已经是最好的时机了！”

“但那些学生……他们还没有真正尝到苦头，也就不会明白他们心心念念的那些东西会带来什么样的苦果。施远只是个跳梁小丑，要消灭他从来都不是什么问题。关键是，他抓住了那些学生心里最真实的想法，而且把它们放大了。”

“强压下去，结果可能更加糟糕，”另外一个人说道，“我们经不起另外一次暴乱！”

“但我们已经没有那么多时间，等到那一步一切就太晚了，”万泽说道，“如果地质学院外部是一盘散沙，那等下去未尝不可。但城北联盟和何家营会给我们这样的机会吗？联盟一方的发展你们应该都能看到。而今天把施远绑走的何春华，行事果断而且胆子很大，如果张晓舟那时候没有夸大，那何春华做事还狠辣而又没有底线。这样的人，如果再给他时间发展，让他把城南的人口潜力爆发出来，结果会很危险！各位，周围的竞争者都在加速发展，而我们却还停滞不前，这是取死之道。”

房间里的几个人都沉默了，片刻之后，其中一个人点了点头。

“那我们开始表决吧？”万泽问道，“你们同意站出来扭转学校的现状吗？”

“同意。”

“同意。”

“……同意。”